El corto verano de la anarquía

Hans Magnus Enzensberger

El corto verano de la anarquía

Vida y muerte de Durruti

Novela

Traducción de Julio Forcat y Ulrike Hartmann

EDITORIAL ANAGRAMA
BARCELONA

Título de la edición original:
Der kurze Sommer der Anarchie. Buenaventura Durrutis Leben und Tod. Roman
Suhrkamp
Frankfurt, 1972

Traducción cedida por Ediciones Grijalbo

Diseño de la colección:
Julio Vivas
Ilustración de Ángel Jové

Primera edición en «Panorama de narrativas»: abril 1998
Primera edición en «Compactos»: febrero 2002

ISBN: 84-339-6706-1
Depósito Legal: B. 3798-2002

Printed in Spain

Liberduplex, S.L., Constitució, 19, 08014 Barcelona

NOTA A LA EDICIÓN ESPAÑOLA

Al realizar la traducción de esta obra hemos tenido en cuenta que gran parte del libro se compone a su vez de traducciones libres de textos de escritores españoles.

Los textos incluidos en la novela (en alemán) proceden del español, francés, inglés y alemán, y pueden dividirse del siguiente modo:

1. Textos traducidos literalmente (al alemán). Son muy escasos.
2. Textos parafraseados, traducidos libremente o reelaborados por el autor (en alemán). Constituyen la inmensa mayoría.
3. Los textos procedentes del alemán son escasos. En ocasiones han sido reproducidos directamente, y otras veces han sido reestructurados por el autor.
4. Textos del autor (comentarios).

Hemos traducido siempre directamente del alemán. Las fuentes en español, francés e inglés han servido únicamente como ayuda secundaria. Agradecemos la colaboración del doctor Hans Magnus Enzensberger, quien nos suministró parte de las fuentes y nos expuso su punto de vista con respecto a la traducción. Damos las gracias también al señor Ignacio Vidal, quien nos envió otra parte de las fuentes desde Barcelona.

Nos hemos esforzado por conservar el estilo del autor. Dada la diversidad y el carácter fragmentario de los textos traducidos (por el autor), hemos procurado realizar nuestra traducción (al español) en el lenguaje más claro y preciso posible. Los textos, al ser extraídos del contexto del libro, la entrevista, la revista o el periódico donde se hallaban insertados, exigen una transmisión exacta y altamente expresiva. De este modo se han evitado posibles ambigüedades. Al mismo tiempo, debemos señalar que el carácter fragmentario de los textos está compensado ampliamente por la unidad estructural de la obra en su conjunto. Existe una continuidad dramática, temática y rítmica en el ordenamiento consecutivo de los fragmentos seleccionados. Esta continuidad y estructura originales logradas por el autor justifican plenamente la inclusión de *El corto verano de la anarquía* dentro de un género novelístico de nuevo tipo. Las fuentes han suministrado la materia para la concepción de una obra cuya originalidad reside en el trabajo selectivo, la reelaboración de las fuentes y la organización armónica de las partes. Los comentarios del autor son un contrapunto reflexivo, una pausa de meditación histórica en medio de la multiplicidad, la rapidez y la violencia de la acción.

La novela de Durruti es un documento fundamental para la compresión del anarquismo en general y del anarquismo español en particular. A través del libro se revela claramente la sorprendente magnitud y profundidad que tuvo el anarquismo en España.

JULIO FORCAT

LOS FUNERALES

El cadáver llegó a Barcelona tarde por la noche. Había llovido todo el día, y los coches que escoltaban el féretro estaban llenos de barro. La bandera rojinegra que cubría el coche fúnebre estaba sucia. En la casa de los anarquistas, que antes de la revolución había sido la sede de la Cámara de Industria y Comercio,[1] los preparativos ya habían comenzado el día anterior. El vestíbulo había sido transformado en capilla ardiente. Como por milagro, todo se había hecho a tiempo. La ornamentación era simple, sin pompa ni detalles artísticos. De las paredes colgaban paños rojos y negros, un baldaquín del mismo color, algunos candelabros, flores y coronas: eso era todo. Sobre las dos puertas laterales, por donde debía pasar la multitud en duelo, se había colocado, a la usanza española, grandes letreros donde se leía: «Durruti os dice que entréis» y «Durruti os dice que salgáis».

Unos milicianos vigilaban el féretro, con los fusiles en posición de descanso. Después, los hombres que habían venido con el ataúd desde Madrid, lo condujeron a la casa. A nadie se le había ocurrido abrir los grandes batientes del portal, y los portadores del féretro tuvieron que estrecharse al pasar por una pequeña puerta lateral. Les había costado abrirse paso a través de la multitud que se agolpaba ante la casa. Desde las galerías del vestíbulo, que no habían sido decoradas, miraban unos curiosos. El ambiente era de expectativa, como en un teatro. La gente fumaba. Algunos se quitaban la gorra, a otros no se les ocurría hacerlo. Había mucho ruido. Algunos milicianos, que venían del frente, eran saludados por sus amigos. Los centinelas trataban de hacer retroceder a los presentes. También esto

---

1. Se trata del llamado Fomento Nacional del Trabajo. (*N. de los T.*)

causaba ruido. El hombre encargado de la ceremonia daba indicaciones. Alguien tropezó y cayó sobre una corona. Uno de los que llevaban el ataúd encendió cuidadosamente su pipa, mientras la tapa del féretro era levantada. El rostro de Durruti yacía sobre seda blanca, bajo un vidrio. Tenía la cabeza envuelta en una bufanda blanca que le daba aspecto de árabe.

Era una escena trágica y grotesca a la vez. Parecía un aguafuerte de Goya. La describo tal como la vi, para que se pueda entrever lo que conmueve a los españoles. La muerte, en España, es como un amigo, un compañero, un obrero que se conoce en el campo o el taller. Nadie se alborota cuando viene. Se quiere a los amigos, pero no se los importuna. Se los deja ir y venir como quieran. Quizá sea el viejo fatalismo de los moros que reaparece aquí, después de encubrirse durante siglos bajo los rituales de la Iglesia católica.

Durruti era un amigo. Tenía muchos amigos. Se había convertido en el ídolo de todo un pueblo. Era muy querido, y de corazón. Todos los allí presentes en esa hora lamentaban su pérdida y le ofrendaban su afecto. Y sin embargo, aparte de su compañera, una francesa, sólo vi llorar a una persona: una vieja criada que había trabajado en esa casa cuando todavía iban y venían por allí los industriales, y que probablemente nunca lo había conocido personalmente. Los demás sentían su muerte como una pérdida atroz e irreparable, pero expresaban sus sentimientos con sencillez. Callarse, quitarse la gorra y apagar los cigarrillos era para ellos tan extraordinario como santiguarse o echar agua bendita.

Miles de personas desfilaron ante el ataúd de Durruti durante la noche. Esperaron bajo la lluvia, en largas filas. Su amigo y su líder había muerto. No me atrevería a decir hasta qué punto era dolor y hasta qué punto curiosidad. Pero estoy seguro de que un sentimiento les era completamente ajeno: el respeto ante la muerte.

El entierro se llevó a cabo al día siguiente por la mañana. Desde el principio fue evidente que la bala que había matado a Durruti había alcanzado también al corazón de Barcelona. Se calcula que uno de cada cuatro habitantes de la ciudad había acompañado su féretro, sin contar las masas que flanqueaban las calles, miraban por las ventanas y ocupaban las azoteas e incluso los árboles de las Ramblas. Todos los partidos y organizaciones sindicales, sin distinción, habían convocado a sus miembros. Al lado de las banderas de los anarquistas flameaban sobre la multitud los colores de todos los grupos antifascistas de España. Era un espectáculo grandioso, imponente y extravagante; nadie había guiado, organizado ni ordenado a esas masas. Nada salía de acuerdo con lo planeado. Reinaba un caos inaudito.

El comienzo del funeral había sido fijado para las diez. Ya una hora antes era imposible acercarse a la casa del Comité Regional Anarquista. Nadie había pensado en bloquear el camino que el cortejo fúnebre recorría. Los obreros de todas las fábricas de Barcelona se habían congregado, se entreveraban y se impedían mutuamente el paso. El escuadrón de caballería y la escolta motorizada que debían haber encabezado el cortejo fúnebre, se hallaban totalmente bloqueados, estrujados por la muchedumbre de trabajadores. Por todas partes se veían coches cubiertos de coronas, atascados e imposibilitados de avanzar o retroceder. Con un esfuerzo mayúsculo se logró allanar el camino para que los ministros pudieran llegar hasta el féretro.

A las diez y media, el ataúd de Durruti, cubierto con una bandera rojinegra, salió de la casa de los anarquistas llevado en hombros por los milicianos de su columna. Las masas dieron el último saludo con el puño en alto. Entonaron el himno anarquista *Hijos del pueblo*. Se despertó una gran emoción. Por alguna razón, o por error, se había hecho venir a dos orquestas: una tocaba muy bajo, y la otra muy alto. No lograban tocar al mismo compás. Las motocicletas rugían, los coches tocaban la bocina, los oficiales de las milicias hacían señales con sus silbatos, y los portadores del féretro no podían avanzar. Era imposible organizar el paso de una comitiva en medio de ese tumulto. Ambas orquestas volvieron a ejecutar la misma canción una y otra vez. Ya habían renunciado a mantener el mismo ritmo. Se escuchaban los tonos, pero la melodía era irreconocible. Los puños seguían en alto. Por último cesó la música, descendieron los puños y se volvió a escuchar el estruendo de la muchedumbre en cuyo seno, sobre los hombros de sus compañeros, reposaba Durruti.

Pasó por lo menos media hora antes de que se despejara la calle para que la comitiva pudiera iniciar su marcha. Transcurrieron varias horas hasta que llegó a la plaza Cataluña, situada sólo a unos centenares de metros de allí. Los jinetes del escuadrón se abrieron paso, cada uno por su lado. Los músicos, dispersados entre la multitud, trataron de volver a reunirse.

Los coches que habían errado el camino dieron marcha atrás para encontrar una salida. Los automóviles cargados de coronas dieron un rodeo por calles laterales para incorporarse por cualquier parte al cortejo fúnebre. Todos gritaban a más no poder.

No, no eran las exequias de un rey, era un sepelio organizado por el pueblo. Nadie daba órdenes, todo ocurría espontáneamente. Reinaba lo imprevisible. Era simplemente un funeral anarquista, y allí residía su majestad. Tenía aspectos extravagantes, pero en ningún momento perdía su grandeza extraña y lúgubre.

Los discursos fúnebres se pronunciaron al pie de la columna de Colón, no muy lejos del sitio donde una vez había luchado y caído a su lado el mejor amigo de Durruti.

García Oliver, el único superviviente de los compañeros, habló como amigo, como anarquista y como ministro de Justicia de la República española.

Después tomó la palabra el cónsul ruso. Concluyó su discurso, que había pronunciado en catalán, con el lema: «¡Muerte al fascismo!» El presidente de la Generalitat, Companys, habló al final: «¡Compañeros!», comenzó, y terminó con la consigna: «¡Adelante!»

Se había dispuesto que la comitiva fúnebre se disolviera después de los discursos. Sólo algunos amigos de Durruti debían acompañar el coche fúnebre al cementerio. Pero este programa no pudo cumplirse. Las masas no se movieron de su sitio; ya habían ocupado el cementerio, y el camino hacia la tumba estaba bloqueado. Era difícil avanzar, pues, para colmo, miles de coronas habían vuelto intransitables las alamedas del cementerio.

Caía la noche. Comenzó a llover otra vez. Pronto la lluvia se hizo torrencial y el cementerio se convirtió en un pantano donde se ahogaban las coronas. En el último momento se decidió postergar el sepelio. Los portadores del féretro regresaron de la tumba y condujeron su carga a la capilla ardiente.

Durruti fue enterrado al día siguiente.

H. E. KAMINSKI

LA HISTORIA COMO FICCIÓN COLECTIVA

«Ningún escritor se habría arriesgado escribir la historia de su vida; se parecía demasiado a una novela de aventuras.» A esta conclusión llegó ya en 1931 Ilya Ehrenburg al conocer personalmente a Buenaventura Durruti, y enseguida puso manos a la obra. En pocas palabras formuló su opinión sobre Durruti: «Este obrero metalúrgico había luchado por la revolución desde muy joven. Había participado en luchas de barricadas, asaltado bancos, arrojado bombas y secuestrado jueces. Había sido condenado a muerte tres veces: en España, en Chile y en Argentina. Había pasado por innumerables cárceles y había sido expulsado de ocho países.» Y así sucesivamente. El rechazo de la «novela de aventuras» revela el antiguo temor del narrador a ser tomado por mentiroso, y eso precisamente cuando éste ha dejado de inventar y se atiene en cambio estrictamente a la «realidad». Al menos esta vez quisiera que le creyeran. Entonces se vuelve contra él la desconfianza que hacia sí mismo había despertado a través de su obra: «No se cree nunca al que mintió una vez.» Así, para escribir la historia de Durruti, el escritor tiene que renegar de su condición de narrador. En definitiva, su renuncia a la ficción oculta también el lamento de no saber nada más sobre Durruti, de comprender que de la novela prohibida sólo queda el vago eco de conversaciones en un café español.

Sin embargo, no logra silenciar ni escamotear por completo lo que le han contado. Los relatos que ha escuchado se apoderan de él y lo convierten en un mero repetidor. ¿Pero quiénes han sido los relatores? Ehrenburg no cita sus fuentes. Sus pocas sentencias captan un producto colectivo, una algarabía de voces. Hablan personajes anónimos y desconocidos: una voz colectiva. Las declaraciones anónimas y contradictorias se

13

combinan y adquieren un nuevo carácter: de las narraciones surge la historia. Así ha sido transmitida la historia desde los tiempos más antiguos: como leyenda, epopeya o novela colectiva.

La historia como ciencia nace justo cuando nos independizamos de la tradición oral, cuando aparecen los «documentos»: expedientes diplomáticos, tratados, actas y legajos. Pero nadie recuerda la historia de los historiadores. La aversión que sentimos hacia ella es irresistible, y parece infranqueable. Todos la han sentido en las horas de clase. Para el pueblo la historia es y seguirá siendo un haz de relatos. La historia es algo que uno recuerda y puede contar una y otra vez: la repetición de un relato. En esas circunstancias la tradición oral no retrocede ante la leyenda, la trivialidad o el error, con tal que éstos vayan unidos a una representación concreta de las luchas del pasado. De ahí la notoria impotencia de la ciencia ante los pliegos de aleluyas[1] y la divulgación de rumores. «Eso sostengo, no puedo remediarlo.»[2] «Y sin embargo se mueve.» Ninguna demostración en contra podría borrar el efecto de esas palabras, aunque se probara que nunca fueron dichas. La Comuna de París y el asalto al Palacio de Invierno, Dantón ante la guillotina y Trotski en México: la imaginación popular ha participado más que cualquier ciencia en la elaboración de esas imágenes. Al fin y al cabo, la Gran Marcha china es para nosotros lo que se cuenta sobre la Gran Marcha. La historia es una invención, y la realidad suministra los elementos de esa invención. Pero no es una invención arbitraria. El interés que suscita se basa en los intereses de quienes la cuentan; quienes la escuchan pueden reconocer y definir con mayor precisión sus propios intereses y el de sus enemigos. Mucho debemos a la investigación científica que se tiene por desinteresada; sin embargo ésta sigue siendo para nosotros un producto artificial, un Schlemihl.[3] Sólo el verdadero ser de la historia proyecta una sombra. Y la proyecta en forma de ficción colectiva.

Así debe interpretarse la novela de Durruti: no como una

1. Narración profusamente ilustrada en colores, con cortos textos versificados, para la difusión de temas religiosos y políticos, que aparece en Europa en el siglo XIII (especie de cómics medievales). (*N. de los T.*)

2. Supuestas palabras de Lutero al negarse a retractarse ante la Dieta de Worms en 1521.

3. «Pedro Schlemihl, o el hombre que perdió su sombra»: cuento de Adalbert von Chamisso.

biografía producto de una recopilación de hechos, y menos aún como reflexión científica. Su campo narrativo sobrepasa la mera semblanza de una persona. Abarca también el ambiente y el contacto con situaciones concretas, sin el cual este personaje sería imposible de imaginar. Él se define a través de su lucha. Así se manifiesta su «aura» social, de la que participan también, a la inversa, todas sus acciones, declaraciones e intervenciones. Todas las informaciones que poseemos sobre Durruti están bañadas de esa luz peculiar; es imposible ya distinguir entre aquello que puede ser atribuido estrictamente a su aura y aquello que sus comentaristas (incluso sus enemigos) le atribuyen en sus recuerdos. En cambio, el método narrativo permite ser precisado. Este método deriva de la persona descrita, y los problemas que plantea pueden caracterizarse del siguiente modo: se trata de reconstruir la existencia de un hombre que murió hace treinta y cinco años, y cuyos bienes relictos se reducían a «ropa interior para una muda, dos pistolas, unos prismáticos y gafas de sol». Éste era todo el inventario. Sus obras completas no existen. Las declaraciones que el difunto expresó por escrito son muy escasas. Sus acciones absorbieron por completo su vida. Eran acciones políticas, y en gran parte ilegales. Se trata de descubrir sus huellas, las cuales no son tan evidentes después de una generación. Esas huellas han sido obliteradas, desdibujadas y casi olvidadas. No obstante son numerosas, cuando no caóticas. Los fragmentos transmitidos por escrito están enterrados en archivos y bibliotecas. Pero existe también una tradición oral. Todavía viven muchas de las personas que lo conocieron; hace falta encontrarlas y preguntarles. El material que puede reunirse de este modo es de una desconcertante diversidad: la forma y el tono, los gestos y la autoridad varían a cada instante. La novela como *collage* incorpora reportajes y discursos, entrevistas y proclamas, se compone de cartas, relatos de viajes, anécdotas, octavillas, polémicas, noticias periodísticas, autobiografía, carteles y folletos propagandísticos. El carácter discordante de las formas revela una grieta que se prolonga a través de los mismos materiales. La reconstrucción se asemeja a un rompecabezas, cuyas piezas no encajan sin costura. Es ahí precisamente, en las grietas del cuadro, donde hay que detenerse. Quizá resida ahí la verdad de la que hablan, sin saberlo, los relatores. Lo más fácil sería hacerse el desentendido y afirmar que cada frase de este libro es un documento. Pero ésas serían palabras huecas. Apenas miramos con un poco de detenimiento, se deshace entre los dedos la autoridad que el «documento» parece poseer. ¿Quién habla? ¿Con qué propósito? ¿En interés de quién? ¿Qué trata de ocultar? ¿De qué quiere convencernos? ¿Hasta qué punto sabe en realidad? ¿Cuántos años han transcurrido entre el suceso narrado y el relato actual? ¿Qué ha olvidado el narrador? ¿Y cómo sabe lo que dice? ¿Cuenta lo que ha visto, o lo que cree haber visto? ¿Cuenta lo que alguien le ha contado? Estas preguntas nos llevan lejos, muy lejos, ya que su contestación nos obligaría, por cada testigo, a interrogar a otros cien; cada fase de ese examen nos alejaría progresivamente de la reconstrucción, y nos aproximaría a la destrucción de la historia. Al final habríamos liquidado lo que habíamos ido a buscar. No, la cuestionabilidad de las fuentes es un problema de principios, y sus diferencias no pueden resolverse con una crítica de las fuentes. Incluso la «mentira» contiene un elemento de la verdad, y la verdad de los hechos incontestables, suponiendo que ésta pueda hallarse, nada nos aportaría. Las ambiguas opalescencias de la tradición oral, su colectivo parpadeo, emana del movimiento dialéctico de la historia. Es la expresión estética de sus antagonismos.

Quien tenga esto presente no cometerá muchos errores en su tarea de reconstructor. Él no es más que el último (o más bien, como ya veremos, el penúltimo) en una larga serie de relatos de algo que tal vez haya ocurrido de un modo, o tal vez de otro, de algo que en el transcurso de la narración se ha convertido en historia. Como todos los que le han precedido, también él querrá sacar a la luz y poner de relieve su interés. No es imparcial, e interviene en la narración. Su primera intervención consiste en elegir ésa y no otra historia. El interés que demuestra en esa búsqueda no aspira a ser completo. El narrador ha omitido, traducido, acortado y montado. Involuntaria o premeditadamente ha introducido su propia ficción en el conjunto de las ficciones, excepto que la suya tiene razón sólo en tanto tolere la razón de las otras. El reconstructor debe su autoridad a la ignorancia. Él no ha conocido a Durruti, no ha vivido en su época, no sabe más que los otros. Tampoco tiene la última palabra, puesto que la próxima persona que transformará su historia, ya sea que la rechace o la acepte, la olvide o la recuerde, la pase por alto o la repita, esa siguiente persona, la última por el momento, es el lector. También su libertad es limitada, pues lo que encuentra no es un mero «material», casualmente esparcido ante sí, con absoluta objetividad, *untouched by human hands*.[1] Al contrario. Todo lo que aquí está escrito ha pasado por muchas manos y denota los efectos del uso. En más de una ocasión esta novela ha sido escrita también por personas que no se mencionan al final del libro. El lector es una de ellas, la última que cuenta esta historia. «Ningún escritor se hubiese propuesto escribirla.»

BALAS PERDIDAS

Dos aspectos de una ciudad

León, obispado y capital de la provincia homónima, está situada sobre una colina a 851 metros sobre el nivel del mar, en la confluencia de los ríos Torío y Bernesga, de donde nace el río León. Población: 15.580 habitantes (1900). Por la ciudad pasa el tren rápido Madrid-Oviedo. El barrio antiguo, con la catedral y otros edificios medievales, está rodeado por las murallas de la ciudad; éste no ha perdido sus aspectos característicos, a pesar de la renovación arquitectónica que se produjo en la segunda mitad del siglo XIX. En la misma época se formaron, fuera de los muros de la ciudad, nuevos suburbios donde habitan los obreros industriales, atraídos por el establecimiento de una fundición, una fábrica de material ferroviario, una industria química y una fábrica de artículos de cuero. Así, León está formada por dos ciudades: una antigua y clerical, y otra nueva e industrial.

[Encyclopaedia britannica]

El barrio de Santa Ana, donde nació Durruti, se compone de casas viejas y pequeñas. Es un barrio proletario. Su padre era ferroviario, y casi todos sus hermanos trabajaron para el ferrocarril, al igual que Durruti.

El ambiente social de la ciudad estaba poderosamente influido por la presencia del obispado. Éste sofocaba toda idea y acción que disgustara al clero. En resumen, León era un ba-

---

1. En inglés en el original: «No tocado por manos humanas.» (*N. de los T.*)

17

luarte de la vieja España clerical y monárquica. Casi no había industrias. Los habitantes se conocían entre sí. Una fuerte guarnición, varias brigadas de la Guardia Civil, numerosos claustros, una catedral, un palacio episcopal, una escuela normal de maestros, una escuela de veterinaria y una poderosa pequeña burguesía defensora de la calma y el orden: eso era todo. Este ambiente no toleraba ninguna opinión divergente o temperamento contradictorio. La única solución era emigrar. Una persona como Durruti nunca habría hallado su sitio en León, al menos en el León de nuestra juventud, que consideraba como extremistas y elementos escandalosos a los pocos republicanos tibios e inofensivos de entonces.

[DIEGO ABAD DE SANTILLÁN]

Informaciones de una hermana

1) Buenaventura Durruti nació en León el 14 de julio de 1896.

2) Hermanos: ocho, de los cuales siete hermanos y una hermana. En 1969 vivían todavía dos hermanos y la hermana.

3) Profesión: mecánico.

4) Antecedentes personales: a los cinco años ingresó en la escuela primaria de León. Siempre fue un buen alumno. Inteligente, un poco travieso, pero de buen carácter. Asistió a la escuela dominical de los padres capuchinos de León, donde obtuvo varias distinciones y diplomas que mi madre ha conservado cuidadosamente.

Desde 1910 hasta 1911 trabajó en el taller del señor Melchor Martínez, por un jornal de 25 céntimos. Me acuerdo que no estaba satisfecho, porque el sueldo le parecía muy poco. Mi madre no compartía su opinión. Consideraba que el salario era suficiente y le decía que allí aprendería una profesión útil que le permitiría independizarse. Por aquel entonces él asistía a la escuela nocturna. Su tiempo libre lo empleaba casi siempre en leer y estudiar. Después ingresó en la fundición del señor Antonio Miaja. Allí trabajó hasta 1916. Luego se presentó a un examen práctico en la compañía ferroviaria del norte de España y obtuvo allí un puesto de mecánico en 1916. Después de la huelga de 1917 fue despedido. Se marchó de España y viajó a París, donde permaneció hasta 1920. Después regresó y trabajó en el

montaje del lavadero de carbón de la mina de Matallana de Torío, en la provincia de León. Al llegar a la edad reglamentaria
para cumplir el servicio militar, se encontraba de nuevo en París. Fue inscrito en la lista de reclutas prófugos y al regresar a
España fue arrestado en San Sebastián. Como era grande y
fuerte, lo destinaron a la artillería de plaza, pero debido a una
hernia fue declarado inepto para el servicio militar y dado de
baja.

5) Observaciones: su juventud estuvo llena de dificultades y
sufrimientos, así como también los años posteriores. Sus relaciones con la familia eran excelentes. Por ejemplo, les decía a
sus hermanos que buscaran un trabajo decente y que no se metieran en pleitos, para que su madre tuviera una vida tranquila.
Siempre le tuvo mucho cariño a su madre, una mezcla de gran
respeto y profunda veneración. En casa nunca habló de su
ideología. Yo y mi madre gozamos siempre de la consideración
y la simpatía de los habitantes de León, sin distinción de clases
sociales, incluso después de la Guerra Civil.

Mi padre era ferroviario de profesión. Tenía un puesto en el
taller de reparaciones de León. Murió en 1931. Mi madre falle-
ció en 1968, a los noventa y un años. También mi padre era
muy estimado en la ciudad. Bajo la dictadura de Primo de Rivera fue adjunto del concejo superior durante la alcaldía del
señor Raimundo del Río.

[ROSA DURRUTI]

El amigo de la escuela

Durruti y yo hemos sido amigos de la infancia, hemos sido
compañeros y hemos sido hermanos, ¿me comprendéis? Apenas habíamos dejado de mamar, mucho antes de ir a la escuela. Éramos vecinos. Mi madre murió muy joven, yo tendría entonces siete u ocho años, y la madre de Durruti me alojó en su
casa; con ellos estaba como en mi propia casa.

Y creo que ella le dijo a Pepe, porque para nosotros era
siempre Pepe, simplemente Pepe, Pepe Durruti; le debió decir:
El Florentino ahora no tiene madre. Quizá sea por eso me quiso tanto, más que a un mero compañero de juegos, más bien
como a un hermano, era como un hermano para él.

En la escuela Durruti era muy aplicado, estudiaba mucho.

Ya éramos un poco mayores, y un día el maestro llamó a su madre y le dijo: «Su hijo ya no aprende nada nuevo aquí, pierde el tiempo. Si me permite, yo considero que tiene cualidades para estudiar otras cosas, es muy inteligente.»

Pero no estudió; prefería trabajar. Además, ¿sabéis qué clase de niños éramos? Éramos balas perdidas. Los vecinos decían que éramos incorregibles, que no había esperanza, que de nosotros no saldría nada bueno, que éramos unos degenerados, bandidos o algo así.

¿Por qué lo decían? Lo decían porque nosotros íbamos a las huertas, sobre todo Durruti, que siempre quería repartirlo todo. Hasta que un día el dueño de una gran finca, allí mismo en León, nos pilló y nos dijo: «¡Oye, tú [nos tuteaba], tú, fuera de ahí!» Y Durruti me dijo: «Mira a este tío.» Y él: «¿No habéis oído?» Y Durruti le contestó: «Sí, hemos oído.» Y él: «¡Anda, corre!» Durruti le respondió: «No tengo prisa.» Y dijo el dueño: «¡La finca es mía!» Y Durruti le preguntó: «¿Y dónde está la mía? ¿Por qué no tengo ninguna?» «¡Los voy a apalear!» «Haga la prueba y verá lo que le pasa.» Así recogíamos las frutas, yo, él y algunos otros. Pero casi siempre las regalábamos, nos gustaba hacerlo. Durruti no podía hacer de otro modo, siempre lo distribuía todo.

Durruti nunca siguió estudios superiores. ¿Qué podía hacer? Por aquel entonces nos mandaban a trabajar a los catorce años para ayudar a la familia con un poco de dinero.

Su padre trabajaba en los ferrocarriles del Norte, y así pudo acomodar a su hijo en los ferrocarriles, a los dieciséis o diecisiete años. En aquel tiempo aquello era una bicoca. Porque representaba un jornal seguro, un trabajo seguro, y de mecánico.

Antes de entrar en el ferrocarril, había estado en otros talleres de León; a los catorce años trabajó en el taller de Miaja, donde conoció por primera vez a los obreros asturianos. También ellos hablaban de cuestiones sociales, y Durruti los escuchaba con atención, porque se daba cuenta de las injusticias. Estos trabajadores venían de muy lejos, de Asturias, y cuando querían comer alguna vez con su mujer y sus hijos, en su casa, tenían que ir y volver a pie el fin de semana.

[FLORENTINO MONROY]

Luego vino la gran huelga general de 1917. La huelga se extendió por toda España. Nosotros ya pertenecíamos al sindicato socialista de León; no había otro por aquella época.

Fuimos los primeros en activar la situación para que el sindicato no se empantanara. Siempre decían que la única solución era votar. No, hombre, decíamos nosotros, que hay que buscar otros procedimientos.

Al estallar la huelga de 1917 teníamos diecisiete años. ¿Violenta? ¡Ya lo creo que fue violenta! Nosotros provocamos esa violencia. El gobierno nos echó encima al ejército. La huelga se declaró una noche, y comenzó a medianoche. La Guardia Civil estaba por todas partes para intimidar a los obreros que se plegaban a la huelga. Pero nosotros nos habíamos puesto de acuerdo para impedir que la huelga fracasara. Teníamos algunas armas, nada extraordinario, pero lo suficiente para darles un susto a los soldados. Ellos habían ocupado la estación. La estación estaba al otro lado del río, viniendo desde la ciudad. Era de noche, vimos relucir las monturas de los soldados, y enseguida se armó: ¡Bang! ¡Bing-bang! ¡Bing-bang! Era casi una pequeña guerra, nos divertimos bastante.

Pronto tuvimos a la Guardia Civil detrás. No podíamos hacer nada con nuestros pequeños revólveres. En el centro de León elegimos unos postes de alta tensión, altísimos y muy bien situados, con los árboles alrededor. Nos subimos a los pilones con las gorras y los bolsillos llenos de piedras, nos escondimos bien, y desde arriba se las tiramos a los policías.

Los guardias civiles estaban locos, no sabían de dónde venían las piedras. Al chocar éstas contra el empedrado saltaban chispas en la oscuridad. Piedras por todos lados. Los policías cargaron con los caballos contra la gente. A nosotros no nos pescaron.

No fue nada extraordinario, pero estuvo bien, porque la gente comprendió que con la lucha pacífica no se conseguía nada, y poco a poco se creó un ambiente revolucionario, parecido al que más tarde se extendió en todo el país a través de la CNT.

Claro, ya por aquel entonces era Durruti quien dirigía estos combates.

[Florentino Monroy]

A raíz de la huelga general de 1917 el sindicato ferroviario expulsó a Durruti y a algunos de sus compañeros. Este sindicato era una institución controlada y manipulada por los socialdemócratas. Durruti y sus compañeros habían tomado la huelga demasiado en serio, sin comprender, en su entusiasmo juvenil, que todo el movimiento huelguístico no era más que un ardid de los grandes jerifaltes. Largo Caballero, Besteiro, Anguíano y Saborit, los dirigentes socialdemócratas, habían fraguado la huelga con el único propósito de entregar a la patronal ferroviaria, atados de pies y manos, a los obreros cuyas acciones habían escapado por un instante a su control.

Esta artera maniobra, y la comedia de su persecución policial, no sólo les valió a los burócratas sindicales algunos mandatos en el parlamento, sino que de este modo lograron también expulsar a los anarquistas del sindicato ferroviario. En el curso de una asamblea los anarquistas habían atacado la táctica reformista y la influencia dominante del partido socialdemócrata y habían luchado por una orientación abiertamente revolucionaria del sindicato.

Durruti era uno de los más rebeldes y militantes entre ellos. Él y sus compañeros se negaron a capitular ante los empresarios; por el contrario, su grupo, al igual que muchos otros, respondió con el sabotaje en gran escala. Quemaron locomotoras, arrancaron rieles, incendiaron depósitos y galpones, y así por el estilo. Esta táctica tuvo mucho éxito, y muchos obreros la adoptaron. Pero cuando las acciones de sabotaje se extendieron, los socialistas levantaron la huelga.

Muchos organizadores de la huelga, entre ellos Durruti, perdieron sus empleos. El sindicato de los anarquistas, la Confederación Nacional del Trabajo, comenzó a crecer. Un gran sector del proletariado español simpatizó con ella y se afilió. Durruti se dirigió al distrito minero asturiano, baluarte de los socialdemócratas, y allí luchó contra los dirigentes sindicales reformistas y neutrales, y a favor de la línea anarquista de la CNT. Lo pusieron en la lista negra, perdió de nuevo su empleo, y tuvo que emigrar a Francia.

[V. de Rol]

Yo familiaricé a Ascaso y Durruti con los principios del anarquismo. La primera vez que vi a Durruti me pareció muy tímido. Todavía no tenía ideas propias. Venía de León, y se presentó en nuestro sindicato en San Sebastián. Quería trabajar como mecánico, y lo enviamos a una fábrica. Pocos días después regresó, quejándose de que allí el sindicato no tenía valor para imponerse a la patronal. Él quería encargarse de ello, si el sindicato se lo permitía. El sindicato no estuvo de acuerdo, porque debido a su debilidad no podía ni siquiera emprender nada todavía, y le advirtió a Durruti que no se sacrificara. A raíz de ello Durruti abandonó su puesto. Fue en San Sebastián donde comenzó a asimilar nuestras ideas, de un modo más bien intuitivo. Así empezó Durruti...

[Manuel Buenacasa]

El primer exilio

Luego fue a París y allí trabajó como ajustador. Creo que la fábrica se llamaba Berliet o Breguet. No vino solo, lo acompañaban otros compañeros de León, entre ellos uno que llamábamos «Todo va bien», a quien mataron los fascistas después. Aprendieron mucho en Francia. Cuando regresaron a España sabían al dedillo la teoría de la lucha de clases. Esto le gustó a Durruti, era algo que cuajaba perfectamente con su temperamento y su manera de ver el porvenir.

Durruti fue uno de los discípulos de los anarcosindicalistas franceses, y aprendió en París, sobre el terreno.

[Florentino Monroy]

En París trabajó tres años de mecánico. Sus amigos españoles le escribían informándole de la situación política y social de nuestro país. Le decían que el movimiento anarquista español adquiría cada vez más amplitud; que la CNT agrupaba ya a un millón de trabajadores; que los republicanos estaban dispuestos a sublevarse; que la caída de la monarquía se consideraba inminente; que el gobierno y la burguesía estaban organizando bandas de matones, los llamados «pistoleros», para eliminar a los militantes más destacados del anarquismo, de la CNT y del republicanismo de izquierda. Estas noticias inquietaron al revolucionario Durruti. Cruzó clandestinamente la frontera francesa y volvió a España. En San Sebastián se incorporó a los grupos militantes anarquistas que conspiraban contra la monarquía. Allí se encontró con Francisco Ascaso, Gregorio Jover y García Oliver.

[ALEJANDRO GILABERT]

Mr. Davis del Clavel Blanco

Nunca me olvidaré de la vez que Durruti vino a Matallana del Torío; habrá sido en 1920. Este pueblo está situado en el norte de la provincia de León. Él trabajaba allí como mecánico en la Compañía Minera Anglo-Hispana. En este pueblo minero de la montaña existía un movimiento obrero organizado, de tendencia socialista. Cuando llegó había estallado justamente un conflicto laboral, y lo nombraron miembro del comité de huelga.

Yo vine al pueblo de la mano de mi padre, que era anarquista y había agitado a los trabajadores. Durruti se subió a un muro y arengó a la multitud. Los obreros decidieron ir a la gerencia de la fábrica. Al llegar la comitiva a las oficinas de la sociedad minera, el gerente, un ingeniero inglés llamado Davis, creo, se negó a recibir a la delegación de huelguistas.

Mr. Davis era un señor delicado, siempre muy elegantemente vestido, con un clavel blanco en el ojal, un poco enfermizo, creo que sufría de tuberculosis. Él había oído hablar de Durruti, tal vez tenía miedo; lo cierto es que anunció, por medio del ordenanza que estaba en la puerta, que no podía hablar con nadie.

Durruti se dirigió al ordenanza, que estaba armado, y le dijo: «Salude de mi parte a Mr. Davis, y dígale que si no quiere salir por la puerta iré a buscarlo y saldrá volando por la ventana a la calle, adonde estamos nosotros.»

Unos minutos más tarde apareció en la puerta Mr. Davis e hizo pasar a su oficina al comité de huelga, muy amablemente. Hubo una larga discusión. Las reclamaciones de los obreros fueron satisfechas, y la huelga terminó con una victoria. Unos días después vino la policía con una orden de detención contra Durruti. Pero él ya se había esfumado.

[JULIO PATÁN]

Su temperamento inquieto y curioso y sus deseos de lucha lo llevaron hasta La Coruña, Bilbao, Santander y muchas otras ciudades del norte. Al regresar de uno de esos viajes, Durruti notó un movimiento inusitado ante el modesto hospedaje que habitaba. La policía había rodeado la casa, y Durruti se mantuvo a distancia. Sus precauciones eran fundadas, porque ya había comenzado a aplicarse entonces la tristemente célebre «ley de fugas» que costaría la vida a tantos obreros.

En San Sebastián estaba a punto de inaugurarse un lujoso local, llamado Gran Kursaal, que serviría como cabaret y casino. La pareja real y la crema de la aristocracia española, que solían venir en verano a San Sebastián, participarían en la fiesta. La policía descubrió un túnel en los cimientos del edificio. Este hecho fue atribuido de inmediato a los anarquistas, los cuales, presuntamente, se proponían hacer volar por los aires el Kursaal el día de su inauguración, en presencia del rey, los ministros y otros peces gordos.

Para la policía nunca había sido un problema acusar de supuestos delitos a sus víctimas. Esta vez eligieron como chivo expiatorio a Durruti y a dos de sus compañeros, que habían trabajado como carpinteros en la construcción del casino. La policía acusó a los tres de haber excavado el túnel por la noche. Durruti, como mecánico, habría montado la máquina infernal y conseguido una gran carga de dinamita, supuestamente de las minas de Asturias y Bilbao, donde tenía tantos amigos.

En Barcelona la policía asesinó a dos carpinteros, dos compañeros llamados Gregorio Suberviela y Teodoro Arrarte. Durruti logró escapar a Francia. Las autoridades españolas pidieron su expulsión en caso de que fuera hallado. Así comenzaron las primeras calumnias contra él. Se le quería hacer pasar por un delincuente común. Esta campaña se intensificó a medida que él prosiguió sus actividades revolucionarias, a pesar de las persecuciones.

[V. DE ROL]

Antes de ser anarquista, Durruti ya era un rebelde. Buenacasa, el dirigente del movimiento en Cataluña, le indicó Barcelona como el único lugar de España donde podría vivir, porque «sólo en Barcelona existía una conciencia proletaria». Y así se encaminó a Barcelona el arriscado mozo leonés que en Gijón y en Rentería armaba conflictos por su cuenta y llamaba a sus compañeros de trabajo «borregos» por aceptar las condiciones laborales de la época.

[MANUEL BUENACASA, *Crónica*]

ORÍGENES DEL ANARQUISMO ESPAÑOL

Un día de octubre de 1868 llegó a Madrid Giuseppe Fanelli, un italiano. Tendría unos cuarenta años, era ingeniero de profesión, y tenía una espesa barba negra y ojos relampagueantes. Era alto, y manifestaba una serena determinación. En cuanto llegó, buscó una dirección que tenía anotada en su agenda: un café, donde se encontró con un pequeño grupo de obreros. La mayoría eran tipógrafos de pequeñas imprentas de la capital española.

«Su voz tenía un tono metálico, y su expresión se adaptaba perfectamente a lo que decía. Cuando hablaba de los tiranos y explotadores su acento era iracundo y amenazante; cuando se refería a los sufrimientos de los oprimidos su tono expresaba alternativamente tristeza, dolor y aliento. Lo extraordinario del asunto era que no sabía hablar español; hablaba en francés, una lengua que algunos de nosotros sabíamos chapurrear al menos, o en italiano, en cuyo caso, dentro de lo posible, aprovechábamos las analogías que este idioma tiene con el nuestro. Sin embargo, sus pensamientos nos parecían tan convincentes, que cuando terminaba de hablar nos sentíamos embargados de entusiasmo.»

Treinta y dos años después de la visita del italiano, el relator Anselmo Lorenzo, uno de los primeros anarquistas españoles, puede aún citar textualmente a Fanelli, el «apóstol», y todavía recuerda el estremecimiento que sentía cuando éste exclamaba: «*¡Cosa orribile! ¡Spaventosa!*»

«Durante tres o cuatro noches Fanelli nos expuso su doctrina. Nos habló en el transcurso de paseos y en cafés. Nos dio también los estatutos de la Internacional, el programa de la alianza de socialistas democráticos y algunos ejemplares de *La Campana*, con artículos y conferencias de Bakunin. Antes de despedirse, nos pidió que nos sacáramos un retrato en grupo, donde él aparece en el centro.»

Ninguno de sus oyentes sabía algo acerca de la organización que había enviado a Fanelli como emisario a España: la Asociación Internacional de Trabajadores (AIT). Fanelli era un discípulo de Bakunin, pertenecía al ala «antiautoritaria» de la Primera Internacional, y el mensaje que había traído a España era el del anarquismo.

El éxito de esta doctrina revolucionaria fue inmediato y sensacional; ésta se extendió entre los trabajadores rurales e industriales del oeste y el sur de España como un fuego en la pradera. Ya en su primer congreso de 1870 el movimiento obrero español se había declarado a favor de Bakunin y contra Marx, y dos años más tarde la Federación Anarquista reunió en su convención de Córdoba 45.000 miembros activos. Las insurrecciones campesinas de 1873, que se extendieron por toda Andalucía, estaban dirigidas sin duda por los anarquistas. España es el único país del mundo en el cual las teorías revolucionarias de Bakunin se convirtieron en un poder real. Los anarquistas mantuvieron hasta 1936 el control del movimiento obrero español; no sólo eran los más numerosos, sino también los más militantes.

Estas circunstancias históricas excepcionales suscitaron una larga serie de conatos de interpretación. Ninguno de éstos, aisladamente, cumplió lo prometido, y hasta ahora no existe ninguna explicación coherente elaborada según los principios de la economía política. De todos modos es posible determinar las condiciones bajo las cuales se desarrolló el anarquismo español; éstas permiten comprender al menos un proceso que ha resistido hasta ahora la explicación puramente económica.

Hasta la Primera Guerra Mundial, España fue un país exclusivamente agrícola, con excepción de algunas regiones. Tan extremas y evidentes eran las diferencias de clase en esta sociedad, que puede hablarse de dos naciones, separadas entre sí por un abismo. La clase política que controlaba el aparato estatal, en estrecha coalición con el ejército y el clero, se componía en su mayor parte de latifundistas. Era una clase totalmente improductiva y corrupta, incapaz de cumplir el papel transitoriamente progresista que cumplió la burguesía en otros países de Europa occidental. Su existencia parasitaria se limitaba exclusivamente a la recaudación de rentas; no le interesaba desarrollar la potencia productiva a través de la expansión capitalista. Como consecuencia, la pequeña burguesía se había desarrollado muy poco. Con excepción de algunos artesanos pobres y pequeños comerciantes, el resto estaba integrado por lacayos de los «timoratos estatales», como los llama Marx, una burocracia superflua y mal pagada, que si bien no estaba completamente exenta de funciones, desempeñaba más un papel represivo que administrativo.

La auténtica España, la inmensa mayoría del pueblo trabajador, vivía en el campo, y allí se disputaron las más importantes luchas de clase en suelo español hasta fines de siglo en adelante. Su desarrollo dependía íntimamente de la estructura agraria. Allí donde se conservaron relaciones medievales de propiedad y de producción, como en las provincias del norte, allí donde pueblos enteros de pequeños y medianos campesinos retuvieron sus tierras comunales de bosques y campos de pastoreo, allí donde el suelo era fecundo y suficientemente irrigado, sobrevivieron en orgulloso aislamiento anticuadas formas sociales, independientes casi por completo de la economía financiera.

Sin embargo, en otras regiones, sobre todo en la costa de Levante y en Andalucía, la naciente burguesía propietaria se abrió paso violentamente a partir de 1836. En España la palabra liberalismo significó en realidad la parcelación de las viejas tierras comunales, y su «libre» venta, la expropiación de las pequeñas fincas y la constitución de latifundios. La introducción del régimen parlamentario en 1843 confirmó la dominación de los nuevos hacendados, los cuales, por supuesto, vivían en la ciudad, consideraban sus latifundios como lejanas colonias y los explotaban por medio de administradores o arrendatarios.

De este modo se formó un enorme proletariado rural. Hasta el estallido de la Guerra Civil, las tres cuartas partes de los habitantes de Andalucía eran braceros, esto es, jornaleros que vendían su mano de obra por un salario de hambre. Durante la cosecha el horario laboral era por lo general de doce horas. Durante la mitad del año reinaba un desempleo casi total. Las consecuencias eran una pobreza endémica, la desnutrición y el éxodo rural.

En los pueblos el poder del Estado se manifestaba principalmente como potencia ocupante. Un año después de apoderarse del aparato gubernamental, la nueva clase política de los hacendados creó un ejército de ocupación propio, la Guardia

Civil, una gendarmería acuartelada, con el supuesto fin de eliminar el bandolerismo, la forma más primitiva de autodefensa campesina. En realidad, su verdadero objetivo era tener en jaque al proletariado rural, que ya adoptaba nuevas formas de lucha. La Guardia Civil se compone de individuos cuidadosamente seleccionados, siempre ubicados lejos de sus pueblos. A estas tropas se les prohíbe casarse con la población autóctona o confraternizar con ella. No se les permite salir de sus acantonamientos desarmados o solos; todavía actualmente la gente del campo los llama *la pareja,* porque siempre salen de dos en dos a patrullar. En los pueblos andaluces el evidente odio de clase se manifestó hasta los años treinta en una permanente guerra de guerrillas, una primitiva guerrilla campesina que tendía a convertirse de improviso en espontánea insurrección campesina. Estas rebeliones desencadenaban una irresistible violencia colectiva; se luchaba con increíble arrojo. Las insurrecciones seguían un desarrollo estereotipado: los trabajadores rurales mataban a los guardias civiles, secuestraban a los curas y funcionarios, incendiaban las iglesias, quemaban los registros catastrales y los contratos de arrendamiento, abolían el dinero, se declaraban independientes del Estado, proclamaban comunas libres y decidían explotar colectivamente la tierra. Es sorprendente comprobar cómo estos campesinos, en su mayoría analfabetos, seguían exactamente las consignas de Bakunin, sin saberlo, por supuesto. Como las sublevaciones eran únicamente locales y faltas de coordinación, sólo duraban en general algunos días, hasta que las tropas del gobierno las sofocaban sangrientamente.

El anarquismo español echó sus primeras raíces en los pueblos de Andalucía. Allí dio casi de inmediato una base ideológica y una firme estructura organizativa al movimiento espontáneo del proletariado rural; fomentó en los pueblos las ingenuas aunque firmes esperanzas de una pronta y completa revolución.

A fines de siglo había por todas partes en el sur de España «apóstoles de la idea», que recorrían el país a pie, a lomo de burro y en carromatos, sin un céntimo en el bolsillo. Los trabajadores los alojaban y les daban de comer. (Desde el principio, y esto es válido incluso hasta el día de hoy, el movimiento anarquista español nunca fue apoyado ni financiado desde el exterior.) Así se inició un masivo proceso de aprendizaje. Por todas partes se veían braceros y campesinos que leían, y entre los analfabetos había muchos que aprendían de memoria artículos enteros de los periódicos y folletos del movimiento. En cada pueblo había al menos un «ilustrado», un «obrero consciente», el cual se distinguía porque no fumaba, no jugaba, no bebía, profesaba el ateísmo, no estaba casado con su mujer (a la que era fiel), no bautizaba a sus hijos, leía mucho y trataba de transmitir sus conocimientos.

Cataluña es la antípoda económica de las empobrecidas y áridas zonas del sur y oeste de España. Siempre ha sido la región más rica y la de desarrollo industrial más elevado del país. Barcelona, la metrópoli naviera, exportadora, bancaria y textil, ya era a fines de siglo la cabeza de puente del capitalismo en la península ibérica. Las contribuciones impositivas *per capita* eran en Cataluña dos veces más elevadas que el promedio en el resto de España. Con excepción del País Vasco, Cataluña es el único sector de España que ha producido una burguesía empresarial capaz de funcionar; los industriales y banqueros catalanes no pensaban sólo en dilapidar, como los hacendados, sino también en acumular. Entre 1870 y 1930 se formó en Barcelona y sus alrededores un inmenso y superconcentrado proletariado industrial.

Pero en contraste con otras regiones parecidas de Europa, los trabajadores catalanes no se adhirieron a la socialdemocracia ni a los sindicatos reformistas, sino al anarquismo, el cual echó aquí sus segundas raíces, sus bases urbanas. Ya en 1918 el 80 % de los obreros de Cataluña pertenecían a organizaciones anarquistas. Estas circunstancias son aún más difíciles de explicar que el éxito de los bakuninistas en el campo. La sociología puede darnos los primeros indicios. Sólo una mínima proporción de los obreros de la zona industrial de Barcelona son nativos de la región; la mitad proceden de las áridas provincias de Murcia y Almería, es decir del sur; estas migraciones internas han proseguido hasta el presente, debido a la desocupación de origen estructural existente en el campo.

Las fuerzas centrífugas, que tan importantes son para la historia de España, representan la segunda causa. Muchas provincias españolas se caracterizan por su fuerte regionalismo, un ansia de independencia y autonomía y una tenaz oposición al dominio del gobierno central de Madrid; pero en ninguna parte es esto tan evidente como en Cataluña, una región que en muchos aspectos podría considerarse como una nación, y que ya en el siglo XVII dirigió una guerra de independencia contra la monarquía española. Su especial desarrollo económico ha contribuido a fortalecer esta tendencia. El nacionalismo catalán tiene dos caras. Su ala derecha representa los intereses de la burguesía regional y utiliza el problema de la autonomía para mistificar la lucha de clases. Pero para las masas la cuestión catalana adquiere un sentido enteramente revolucionario.

El deseo de autoadministración, el odio contra el poder central estatal y la insistencia en la radical descentralización del poder, eran elementos que volvían a encontrarse en el anarquismo.

Los anarquistas nunca se consideraron en ninguna parte como partido político; sus principios son no participar en las elecciones parlamentarias y no aceptar puestos gubernamentales; no quieren apoderarse del Estado, sino abolirlo. También en sus propias asociaciones se oponen a la concentración del poder en la cima de la organización, en la central. Sus federaciones son elegidas por la base; cada una de sus regionales disfruta de una autonomía muy amplia, y, al menos teóricamente, la base no está obligada a obedecer las decisiones de la dirección. La aplicación práctica de estos principios depende por supuesto de las condiciones concretas. En España el anarquismo halló en 1910 su forma definitiva de organización, al fundarse la confederación de sindicatos anarquistas, la CNT (Confederación Nacional del Trabajo).

La CNT fue el único sindicato revolucionario del mundo. Nunca se comportó como los «patrones y obreros», que negociaban con los empresarios para mejorar la situación económica de la clase obrera; su programa y su práctica consistieron en dirigir la lucha abierta y permanente de los obreros asalariados contra el capital, hasta la victoria definitiva. Su estructura y sus procedimientos tácticos concordaban con esta estrategia.

La CNT nunca fue un sindicato de tributarios, y no acumuló reservas financieras. La cuota de socio era insignificante en la ciudad, y en el campo no había que pagar nada para serlo. ¡Todavía en 1936 la CNT tenía sólo un funcionario a sueldo y un millón de afiliados! No existía ningún aparato burocrático. Los cuadros directivos vivían de su propio trabajo o con la ayuda directa de los grupos de base para los cuales actuaban. Éste no es un detalle insignificante, sino un factor decisivo que explica por qué la CNT nunca produjo «líderes obreros» aislados de las masas y llenos de las convencionales e inevitables deformaciones del caudillismo. Este control permanente desde abajo no estaba formalmente garantizado por medio de estatutos; era una consecuencia de las formas de vida de los dirigentes, los cuales dependían directamente de la confianza de las bases.

Las armas principales de la CNT eran, tanto en la ciudad como en el campo, la huelga y la guerrilla. Para los anarquistas no había más que un paso desde la huelga a la revolución. Sus luchas laborales eran dirigidas siempre con un gran sentido práctico. Este movimiento sindical rechazaba la simple lucha por el aumento de salario para la expansión y consolidación del «estado de posesión social». Rechazaba las «prestaciones sociales» o seguros, y se negó sistemáticamente a concertar convenios colectivos de trabajo. Sólo *de facto* reconoció los numerosos beneficios que obtenían para los trabajadores. Nunca aceptó comisiones de arbitraje ni treguas de ningún tipo. Ni siquiera disponían de una caja de resistencia en caso de huelga. En consecuencia, sus huelgas no tenían larga duración, pero eran tanto más violentas. Sus métodos eran revolucionarios: abarcaban desde la autodefensa hasta el sabotaje, y desde la expropiación hasta la insurrección armada.

El movimiento anarquista se planteó entonces la cuestión de la actividad legal e ilegal. Dadas las condiciones existentes en España, éste no era en absoluto un problema moral, ya que la clase dominante en la península ibérica no se había esforzado siquiera por mantener la fachada burguesa de un Estado constitucional democrático. Las elecciones parlamentarias fueron durante muchas décadas una completa farsa; se basaban en la compra de votos y la extorsión por medio de caudillos en el campo, y en el fraude más descarado. En España nunca hubo una división de poderes según la entendían las teorías estatales liberales. Hasta el fin de la Primera Guerra Mundial no existió una legislación social, y las leyes que se dictaron posteriormente nunca llegaron a aplicarse. La clase trabajadora era tratada con manifiesta injusticia y violencia, tanto por parte de los empresarios como del Estado. Así, el problema de la violencia quedaba aclarado antes de que pudiera ser planteado.

Sin embargo, la CNT era una organización de masas, por lo cual, a pesar de la represión, no podía operar en la clandestinidad. Grupos de cuadros clandestinos, como Los Solidarios, se encargaron desde el principio de las actividades ilegales de la

CNT: autodefensa, suministro de armas, reunión de fondos, liberación de prisioneros, terrorismo y espionaje. Esta división del trabajo se formalizó en 1927 al fundarse la Federación Anarquista Ibérica (FAI). Esta organización operaba fundamentalmente en un plano conspirativo. No se conoce con exactitud el número de sus miembros ni su organización interna. Pero se sabe que gozaba de un inmenso prestigio entre los trabajadores españoles. Todos sus afiliados pertenecían simultáneamente a la CNT. La FAI constituía, por así decirlo, el núcleo esencial de los sindicatos anarquistas; era una verdadera garantía contra amagos oportunistas y contra el peligro del reformismo. El modelo de Bakunin de un gran movimiento espontáneo de masas dirigido por grupos clandestinos y permanentes de revolucionarios profesionales, vuelve a manifestarse en esta estructura organizativa.

Se han inventado muchas historias acerca de la FAI. Es inevitable que surjan toda clase de rumores en torno al prestigio de una organización secreta. Prescindimos de la propaganda terrorista burguesa, por su obvia ignorancia. (Así, por ejemplo, los portavoces de los grandes terratenientes afirmaban, aún en 1936, que la FAI estaba «al servicio de Moscú».) En cambio, merecen una atención especial las ambigüedades que se derivan del origen y estructura de tales organizaciones conspirativas. Los adversarios de los anarquistas han aludido reiteradamente a los «elementos criminales» que se habrían introducido supuestamente en la FAI, sobre todo en Barcelona. Pero una estimación política no puede conformarse con alusiones al código penal. La clase obrera española, a diferencia de la alemana e inglesa, nunca se distinguió por su respeto a la propiedad privada, y, puesto que era oprimida a mano armada, siempre consideró la resistencia armada como un medio normal de autoafirmación. La ambigüedad que plantean estos grupos ilegales desde el punto de vista político tiene un origen totalmente diferente. Esta ambigüedad está en parte relacionada con un elemento social que siempre ha desempeñado un papel importante en Barcelona: el subproletariado. A su desarrollo han contribuido el éxodo rural, el desempleo, y también la subcultura internacional de una ciudad portuaria. Los obreros industriales catalanes no estaban distanciados de este sector social; se sentían solidarios y unidos a él por más de una razón. También en este aspecto se diferencian de los obreros especializados de Europa occidental, los cuales se sienten en su conciencia tan rigurosamente separados del subproletariado como de la clase superior. La policía hizo todo lo posible, por supuesto, por utilizar políticamente el latente antagonismo de clase existente entre los obreros industriales y el subproletariado. Especialmente a principios de siglo, la policía logró infiltrar agentes secretos y provocadores en el movimiento anarquista. Este doble juego ya se conoce a través de la historia de los socialrevolucionarios y los bolcheviques en Rusia. La policía española colaboró con los grupos revolucionarios tan efectivamente como la Okrana. De las dos mil bombas que entre 1908-1909 explotaron en Barcelona ante las puertas de fábricas y casas de empresarios, puede imputarse la mayoría a la policía, la cual, por orden del gobierno central de Madrid, procedía así contra los anhelos de autonomía de los catalanes. Al igual que en Rusia, se demostró en España que la policía secreta había arriesgado demasiado; en lugar de desprestigiar políticamente a los anarquistas, sus provocaciones contribuyeron sólo al crecimiento de la CNT y la FAI.

No es fácil ponderar cuáles eran las ventajas y cuáles las desventajas de las formas organizativas anarquistas. Su contacto con las bases, su fervor revolucionario y su solidaridad militante eran insuperables; pero estas ventajas se obtenían a costa de una considerable falta de eficiencia, coordinación y planificación central. Así se produjeron hasta poco antes de la Guerra Civil reiterados intentos de rebelión y revueltas espontáneas y aisladas, sofocadas todas sin excepción: «ejemplos de cómo *no* debe hacerse una revolución», según dijo Engels en 1873.

Historiadores burgueses y marxistas han tratado de explicar reiteradamente por qué se produjeron con tanta persistencia durante un siglo tales intentos elementales y violentos de acabar, aquí y ahora, con la represión. Según ellos, el anarquismo español sería en el fondo una manifestación religiosa. Sus adeptos se imaginarían el día de la revolución como un juicio final, después del cual se sucedería en el acto el milenio, el reino milenario de la justicia divina. Según esta hipótesis, también el fanatismo y el espíritu de sacrificio de los anarquistas españoles serían rasgos mesiánicos. Es indiscutible en verdad que el movimiento, sobre todo en los pueblos, abrigaba imágenes y esperanzas cuasi religiosas. Pero el método de reducir todo a formas religiosas es insuficiente, como toda tesis de secularización. Así, siguiendo las normas de la historia de las ideas se oculta el contenido político de esta lucha. Los trabajadores españoles realizaron, consciente y resueltamente, las promesas de su religión. Los historiadores materialistas deberían reconocer esto por lo menos.

Mucho más interés merece la tesis que sostienen principalmente Gerald Brenan y Franz Borkenau. Según ésta, el anarquismo español expresaría una profunda resistencia contra el desarrollo capitalista, una resistencia dirigida contra el progreso material en general, como se concibe en los países industriales de Europa, y por ende también contra el esquema marxista del desarrollo histórico. Según este esquema, la burguesía aparece como una fuerza transitoriamente revolucionaria, el desarrollo de las fuerzas productivas como una fase necesaria, y la disciplina y la acumulación como imperativos inevitables de la industrialización. En cambio, los obreros y campesinos anarquistas de España rechazan este «progreso» con elemental violencia. De ningún modo admiran la capacidad productiva ni las conquistas del proletariado inglés, alemán y francés; se niegan a seguir su camino; no han asimilado ni el objetivo racional del desarrollo capitalista ni su fetichismo del consumo; se defienden desesperadamente contra un sistema que les parece inhumano, y contra la alienación que éste trae consigo. Odian el capitalismo con un odio que sus compañeros de Europa occidental ya no son capaces de sentir.

Creo que hay mucho de cierto en esta explicación. Ésta podría relacionarse con el hecho de que, contra las esperanzas de Marx y Engels, la revolución no triunfó en los países «avanzados» (ni en Inglaterra, Alemania o los Estados Unidos), sino en las sociedades donde el capitalismo era extraño y superficial. En lo que a España se refiere, esto no significa, empero, que los anarquistas fueran meros «residuos del pasado»; quien califique de arcaico a este movimiento, se adhiere precisamente al esquema histórico que aquí ponemos en tela de juicio. Los revolucionarios españoles no eran *ludditas*.[1] Sus aspiraciones no apuntaban al pasado, sino al futuro: el capitalismo propendía a un futuro muy diferente; y en el corto lapso de su triunfo no cerraron las fábricas, sino que las pusieron al servicio de sus necesidades y las tomaron a su cargo.

---

1. Movimiento de obreros ingleses que se opusieron a la industrialización y destruían las máquinas (1811-1817). *(N. de los T.)*

El terror de los Pistoleros

Fue el compañero Buenacasa, presidente del Comité Nacional de la CNT en San Sebastián, quien aconsejó a Durruti que fuera a Barcelona. Fue en 1920, una época de terrible represión. El gobernador Martínez Anido y el jefe de la policía, Arlegui, habían organizado una sistemática campaña de terror contra los anarquistas de Cataluña. Usaban todos los medios a su alcance. En colaboración con los empresarios de la región, trataron de organizar sindicatos amarillos obligatorios, los llamados «sindicatos libres». Por supuesto, ningún obrero quería adherirse voluntariamente a esos sindicatos. Entonces los empresarios, con la ayuda de las autoridades, formaron ex profeso una banda armada, los llamados «Pistoleros». Estas cuadrillas de asesinos se proponían liquidar a los trabajadores políticamente activos de Barcelona.

Durruti se hizo amigo de Francisco Ascaso, Gregorio Jover y García Oliver, una amistad que sólo la muerte destruiría. Organizaron un grupo de combate y mantuvieron en jaque con sus pistolas a los asesinos de obreros. La clase obrera española vio en ellos a sus mejores defensores. Practicaron la propaganda de los hechos y arriesgaron diariamente la vida. El pueblo los quería, porque no practicaban el engaño político.

El presidente del gobierno, un tal Dato, era considerado como el principal responsable de la campaña de represión desatada en Barcelona. Los anarquistas decidieron ajusticiarlo mediante un atentado. Y así lo hicieron.

Después se ocuparon del cardenal Soldevila, que residía en Zaragoza. Éste cayó víctima de las balas de Ascaso y Durruti. El distinguido cardenal financiaba, con los ingresos de una sociedad anónima propietaria de hoteles y casinos, los sindicatos libres amarillos y su centro de asesinos en Barcelona.

[HEINZ RÜDIGER/ALEJANDRO GILABERT]

Conocí a Durruti en Barcelona, en 1922. La CNT ya era entonces una inmensa organización sindical. No sólo representaba a la mayoría de los trabajadores, sino que controlaba también casi todas las empresas.

Organizamos entonces el grupo Los Solidarios, que después se hizo tan famoso o tan temido. Éramos doce más o menos: Durruti, García Oliver, Francisco Ascaso, Gregorio Jover, García Vivancos y Antonio Ortiz. Al principio éramos sólo una docena en total.

Necesitábamos estos grupos para defendernos del terror blanco. Los empresarios habían formado, de común acuerdo con las autoridades, unidades propias de mercenarios, grupos de matones bien armados y mejor pagados. Teníamos que defendernos. Cuando fundamos nuestra agrupación, ya habían caído, víctimas del terror blanco, más de 300 sindicalistas anarquistas, sólo en Barcelona. ¡Más de trescientos muertos!

Entonces no podíamos pensar para nada en acciones revolucionarias ofensivas. Era la época de la autodefensa. La FAI no existía todavía; se fundó poco más tarde. Por lo tanto, organizamos regionales con gente que conocíamos de los barrios o de la fábrica. Teníamos que armarnos y necesitábamos dinero para sobrevivir.

[RICARDO SANZ]

Miembros del grupo Los Solidarios (1923-1926)

Francisco Ascaso, de Aragón, camarero, nacido en 1901.
Ramona Berni, tejedora.
Eusebio Brau, herrero, asesinado por la policía en 1923.
Manuel Campos, de Castilla, carpintero.
Buenaventura Durruti, mecánico y ajustador de León, nacido en 1896.
Aurelio Fernández, de Asturias, mecánico, nacido en 1897.
Juan García Oliver, de Cataluña, camarero, nacido en 1901.
Miguel García Vivancos, de Murcia, obrero portuario, pintor y chófer, nacido en 1895.
Gregorio Jover, carpintero.
Julia López Mainar, cocinera.
Alfonso Miguel, ebanista.
Pepita Not, cocinera.
Antonio Ortiz, carpintero.
Ricardo Sanz, de Valencia, obrero textil, nacido en 1898.
Gregorio Soberbiela o Suberviela, de Navarra, maquinista.
María Luisa Tejedor, modista.

Manuel Torres Escartín, de Aragón, panadero, nacido en 1901.
Antonio, *El Toto*, jornalero.

[RICARDO SANZ[2]/CÉSAR LORENZO]

Ascaso

Me encontré por primera vez con los dos hermanos Ascaso
en Zaragoza. Fue en 1919, cuando la Revolución Rusa aún no
se había vuelto autoritaria y ejercía una incomparable suges-
tión agitativa sobre las masas trabajadoras del mundo, incluso
en España.

Los hermanos Ascaso pertenecían entonces al grupo Voluntad, que editaban también un excelente periódico del mismo
nombre.

En Zaragoza se produjo, en esa época, una repentina sublevación de los soldados del cuartel del Carmen. Una noche, sin
avisar antes a los anarquistas, algunos soldados redujeron a la
guardia, mataron a un oficial y a un sargento y se apoderaron
del cuartel dando vivas a los soviets y a la revolución social.
Luego se dirigieron a la ciudad y ocuparon la central telefónica, la oficina de correos y telégrafos y las redacciones de los
periódicos. Como quiera que a las cuatro de la mañana no sabían qué hacer, en su entusiasmo ingenuo y desordenado, decidieron por último regresar al cuartel, y allí se atrincheraron. Al
llegar la Guardia Civil se rindieron tras breve lucha.

Por supuesto, la policía trató de arrancar informaciones a
los amotinados acerca de los cabecillas e instigadores, pero su
esfuerzo fue en vano, porque no los había. La justicia militar
se encontró ante el dilema de fusilar a todos o a ninguno. Pero
nunca falta un cobarde, y en este caso lo fue el director del diario local *Heraldo de Aragón,* el cual delató a la policía a siete
soldados que habían ocupado su imprenta. Los siete fueron fusilados. El odio que despertó este adulador, perpetuo calumniador de los anarquistas y los sindicalistas, impulsó a uno de
nuestros compañeros a tomar su pistola y acribillarlo a tiros.

Acto seguido, a raíz del hecho, se formuló querella judicial
contra los hermanos Ascaso. El mayor, Joaquín, logró huir,
pero el menor, Francisco, un camarero, fue apresado. El dueño, los camareros y los huéspedes del hotel donde él trabajaba,
declararon unánimemente que éste estaba trabajando en el

momento de ocurrir el hecho. Sin embargo, habría sido seguramente condenado a muerte, como el fiscal había solicitado, si la población de Zaragoza no hubiese opuesto resistencia y proclamado la huelga general para el día del pronunciamiento de la sentencia. Dadas las circunstancias, el jurado prefirió absolver a Ascaso. Al trasponer la puerta de la cárcel el sonriente Ascaso, que entonces tenía dieciocho años, la multitud que lo esperaba gritó: «¡Viva la anarquía!», y nosotros, que aún estábamos presos, nos unimos a ese grito.

Viendo que no encontraba trabajo en Zaragoza y que la policía lo detenía una y otra vez, Ascaso decidió irse a Barcelona. Fue en 1922. Allí se convirtió en uno de los organizadores del sindicato de la alimentación. También actuó en la comisión de enlace de los anarquistas.

Un día me anunció que quería ir a La Coruña y enrolarse allí como camarero; las perspectivas parecían buenas, ya que la provisión de empleos para la flota mercante estaba controlada por sindicalistas anarquistas. Apenas llegó a la ciudad fue detenido, bajo la acusación de planear un atentado contra Martínez Anido, que se hallaba casualmente el mismo día en La Coruña. Como no tenían pruebas, tuvieron que ponerlo de nuevo en libertad. Regresó a Zaragoza, donde vivía su familia. Pero allí volvió la policía a tenderle una trampa. El cardenal Soldevila, instigador de numerosos crímenes contra los trabajadores y los «elementos subversivos», había sido asesinado por manos anónimas al regresar a casa después de visitar un convento de monjas. Como consecuencia hubo detenciones en masa de sindicalistas y anarquistas. En esta *razzia* cayó también Ascaso. Por lo pronto la policía tuvo que ponerlo en libertad, ya que un guardia y varios presos declararon que en el momento del atentado él se hallaba visitando a alguien en la cárcel. Pero como las autoridades no habían conseguido nada con sus pesquisas, y necesitaban un chivo expiatorio, lo detuvieron otra vez ocho días más tarde. Se preparó un proceso contra él. El fiscal pidió la pena de muerte. Los anarquistas temieron por la vida de Ascaso, ya que entretanto, a través de un golpe de Estado, había tomado el poder el dictador Primo de Rivera, el cual ya había ordenado ahorcar a dos anarquistas. Sin embargo, antes de iniciarse el juicio, Ascaso logró escapar de la prisión junto con otros seis presos políticos.

[V. de Rol]

40

Jover era el mayor de Los Solidarios; allí lo apodaban *El Serio*. Procedía de una familia de campesinos pobres de la provincia de Teruel. Sus padres lo enviaron a Valencia para evitarle las penurias de una vida de jornalero. Allí se hizo colchonero, y encontró trabajo en una fábrica de colchones. Fue encarcelado por vez primera al declararse una huelga en su gremio. En su transcurso se produjeron acciones violentas: los esquiroles fueron apaleados, las fábricas sitiadas, y finalmente, como autodefensa contra las represiones de los empresarios, se ajustició al propietario de una fábrica. El comité de huelga fue encarcelado. Jover fue condenado a dos años de cárcel, por instigación a la violencia, lesiones, etc. Muy poco tiempo después de salir de la cárcel, fue encarcelado de nuevo, en esta ocasión por difundir escritos subversivos en los cuarteles.

Por último fue a Barcelona, y allí se convirtió en uno de los militantes más combativos de la proscrita CNT.

La burguesía había desencadenado entonces una violenta ofensiva contra los trabajadores. El terror blanco se intensificaba diariamente. Los arrestos, torturas y fusilamientos de «fugitivos» estaban a la orden del día. A los trabajadores anarquistas no les quedaba otra alternativa que recurrir a la violencia proletaria. Jover, al igual que sus mejores compañeros, se lanzó arma en mano contra las bandas de pistoleros de los capitalistas. Por aquella época ningún trabajador militante podía salir de su casa sin armarse antes hasta los dientes; en los lugares de trabajo la pistola siempre estaba al alcance de la mano, al lado de las herramientas.

El millonario empresario Graupera, presidente de la unión industrial, cayó bajo las balas de comandos armados. Lo siguieron los asesinos policiales Barret, Bravo Portillo y Espejo. Maestre Laborde, ex gobernador de Barcelona, murió en Valencia. En Zaragoza cayeron bajo las balas de los revolucionarios el gerente de una fundición de Bilbao, el propietario de la fábrica de vagones, el arquitecto municipal, un ingeniero de la compañía de luz eléctrica y un vigilante, conocido como delator y negrero. También en Barcelona tuvo que defenderse desesperadamente la CNT. Cada día moría un obrero, y al día siguiente un burgués o un policía. Tres años duró esta lucha callejera. Martínez Anido y Arlegui, que dirigían la represión desde sus oficinas, no se atrevían a salir al aire libre.

La policía anunció haber descubierto un complot de los anarquistas contra Martínez Anido. Los conspiradores se proponían, presuntamente, matar primero al alcalde de Barcelona, y después, durante su entierro, al que debían asistir Anido y Arlegui, liquidar a los huéspedes de honor con granadas de mano. La represión se intensificó más aún. La violencia proletaria lanzó una contraofensiva. El Club de Caza de Barcelona, donde se reunían los magnates de la industria, fue atacado con granadas de mano, a pesar de la fuerte vigilancia; varios empresarios fueron gravemente heridos. También el alcalde de la ciudad fue herido en un tiroteo, al igual que el concejal católico Anglada. En medio de esta atmósfera de continua lucha, bajo perpetuo peligro de muerte, Jover se destacó por su serenidad y su valerosa energía.

Después de la ejecución del presidente Dato a manos de los trabajadores, Anido y Arlegui tuvieron que renunciar. Los sindicatos fueron legalizados. Las organizaciones pudieron restablecerse. Fue entonces cuando Jover conoció a Durruti y a los hermanos Ascaso.

Después de tres años de sangrienta represión, la primera manifestación pública celebrada en Barcelona tuvo un gran éxito. Una convocatoria del sindicato de obreros madereros bastó para colmar el teatro Victoria, una de las salas más grandes de España. El acto comenzó con la lectura de una larga lista: los nombres de 107 precursores de la CNT caídos. Desde entonces los grupos anarquistas de Barcelona desplegaron una actividad febril. Fundaron centros culturales y escuelas para obreros; su periódico *Solidaridad Obrera*, alcanzó un tiraje de 50.000 ejemplares y superó así a todos los periódicos burgueses de la ciudad.

[V. DE ROL]

El dinero para la escuela

Me incorporé al movimiento anarquista en 1915, durante la Primera Guerra Mundial, bajo la influencia de mi padre, que era un comunero y había luchado en 1871 en las barricadas de París.

Cuando estalló la guerra tenía apenas diecinueve años; ya había escrito mis primeros artículos. Yo era internacionalista y no quise participar en esa guerra, así que me fui a España, porque este país era neutral. Allí, naturalmente, entré enseguida en contacto con el movimiento y me hice activo anarquista.

Fui tirando diez años como jornalero, ayudante en una herrería y una fundición; ejercí una docena de profesiones, hasta que llegué a los veintiocho años. Luego entré a trabajar improvisadamente como maestro; no como profesor, no, más bien de maestro de escuela primaria en una escuela gratuita de La Coruña, en Galicia, en el extremo noroccidental de España. Fueron los sindicatos, la CNT, los marineros, los portuarios y estibadores quienes organizaron y sostuvieron esta escuela. El capital necesario para su fundación lo aportó Durruti.

Claro que no lo había obtenido legalmente. Ahora puedo decírselo con toda franqueza: fue un asalto, no a un banco esta vez, sino a una casa de cambio. Durruti se presentó con la pistola en la mano, pidió el dinero, se armó un tiroteo, el dinero fue remitido al sindicato, la escuela comenzó a funcionar, eso es todo.

Acciones como ésta no pueden juzgarse con el código penal burgués en la mano. Vea usted, yo mismo he pasado por situaciones en las cuales tal vez habría sido capaz de matar, suponiendo que hubiese tenido el valor de hacerlo. Para comprender la desesperación de estos hombres y explicar sus acciones, es preciso haber visto la miseria, la terrible miseria que reinaba entonces en España.

[Gaston Leval]

Tres razzias

La huelga de los albañiles del metro de Barcelona contra la empresa constructora Hormaeche produjo una nueva ola de luchas. Esta empresa era un viejo enemigo de la CNT y había contratado a una banda de criminales para liquidar a los promotores de la huelga. Los anarquistas tuvieron que defenderse.

En León fue ejecutado el ex gobernador de Bilbao, González Regueral. Como era habitual, la policía buscó a los culpables en las filas del grupo Los Solidarios. La sospecha cayó primero sobre Durruti. Sin embargo, éste pudo demostrar que durante el día en cuestión se encontraba en Bruselas para pedir la extensión de un pasaporte. A continuación fue acusado

Ascaso, pero también él tenía una coartada: el día del atentado se hallaba preso en La Coruña. Por último a la policía se le ocurrió acusar a los anarquistas Suberviela y Arrarte. Éstos se ocultaron en Barcelona.

Por casualidad descubrieron las autoridades las fechas y punto de reunión de Suberviela, Arrarte, Ascaso el joven y Jover. La casa en que paraba Suberviela fue rodeada. En lugar de entregarse, éste trató de abrirse paso y arremetió contra los policías con una pistola en cada mano. Los policías retrocedieron atemorizados, pero otros agentes, ocultos en las esquinas y en las entradas de las casas, le dispararon hasta matarlo. En la casa de Arrarte se presentaron algunos policías de paisano, y dijeron ser compañeros perseguidos. Éste fingió creerles, les prometió llevarlos a la casa de un compañero, donde estarían seguros, y trató en cambio de conducirlos a las afueras de la ciudad. Allí pensaba desembarazarse de ellos. Pero los policías no le dieron tiempo y lo mataron en la calle. Ascaso fue sorprendido en el cuarto piso de una casa; se tiró por la ventana y logró salvarse, a pesar de que sus perseguidores dispararon contra él. Jover fue detenido en su casa y conducido a la jefatura de policía. Más tarde, mientras lo conducían ante el jefe de la policía, pasó ante una puerta que daba a la calle; les dio a sus dos guardias unos fuertes golpes en el pecho y escapó bajo una lluvia de balas.

[V. DE ROL]

En el verano de 1923, poco después de la ejecución de Regueral a manos del grupo Los Solidarios, Durruti fue detenido mientras viajaba en tren de Barcelona a Madrid. La declaración de prensa de la policía, que apareció al día siguiente en los periódicos, daba como motivo de su arresto «la sospecha» de que Durruti se dirigía a Madrid para preparar el asalto a un banco. «Además, había en San Sebastián una orden de detención contra él, por un robo a mano armada contra las oficinas de la firma Mendizábal Hnos.»

El mismo día viajó a San Sebastián un miembro del grupo, para visitar a los señores Mendizábal e insinuarles que no se metieran con Durruti. Cuando la policía lo condujo a San Sebastián y dispuso la confrontación, los señores ya no se acordaban más de él. El juez tuvo que ponerlo en libertad.

El día anterior el cardenal Soldevila había sido ejecutado

por unos desconocidos en Zaragoza, en un lugar llamado El Terminillo.

[RICARDO SANZ[2]]

Durruti, Ascaso, Jover y García Oliver participaron en la organización del atentado contra el presidente Dato.

Durruti sólo participó marginalmente en la acción. «La preparación del atentado fue en realidad obra de Ramón Archs, quien murió torturado después. Todavía vive uno de los que participó en el atentado. Otro de los cómplices, Ramón Casanellas, huyó a la Unión Soviética, y allí se convirtió al comunismo; murió en un accidente de motocicleta.»

[FEDERICA MONTSENY[2]]

A fines de agosto de 1923 se reunieron en Asturias la mayoría de los miembros del grupo Los Solidarios. El primero de septiembre fue asaltada en Gijón la filial del Banco de España. No hubo víctimas; pero unos días después la Guardia Civil localizó en Oviedo a algunos compañeros que habían participado en el golpe. Se produjo un tiroteo y en él perdió la vida Eusebio Brau. Fue el primer miembro del grupo que moría bajo las balas de la policía. Además fue arrestado Torres Escartín, a quien la policía acusó de ser el responsable del atentado contra el cardenal Soldevila. Escartín fue torturado por la policía. Participó en un intento de evasión de la cárcel de Oviedo, pero la Guardia Civil lo había maltratado tanto durante los interrogatorios que no tuvo fuerzas para huir.

El cadáver de Eusebio Brau nunca fue identificado por la policía. Su madre, que ya tenía más de cincuenta años y era viuda, vivía en Barcelona. Para proveer a su mantenimiento, el grupo arrendó para ella un puesto en el mercado de Pueblo Nuevo, el barrio de donde ella era originaria.

[RICARDO SANZ[2]]

Las armas

En cuanto a las armas, sólo teníamos armas de fuego portátiles, pequeños revólveres. No era fácil comprar armas en España. Sin embargo en Barcelona había una fundición donde trabajaban compañeros nuestros. Éstos dijeron que era posible adquirir esa empresa para fabricar allí cascos de granada. Esto era ideal para la revolución. Sólo nos faltaba la dinamita para cargar los cascos. Pero eso no era un problema, porque nosotros también teníamos compañeros que trabajaban en las canteras, y ellos podían suministrarnos la dinamita.

Sin embargo, no podíamos hacer nada sin dinero, y el dinero estaba en los bancos. Entonces parecía una herejía que nosotros, que estábamos contra el capitalismo y el dinero, fuéramos a buscarlo a los bancos. Hoy se considera normal. El dinero no lo necesitábamos para nosotros. Lo tomamos porque la revolución necesitaba dinero. En España fuimos los primeros, los introductores, por así decirlo. En aquella época se consideraba inmoral. Hoy es moral; lo que antes era injusto hoy es justo.

Una vez viajé a Marsella con un contrabandista español. En Marsella conseguimos armas. El contrabandista era un especialista en estas cosas. De Marsella traje también mi primer fusil ametralladora, uno de fabricación alemana. Más tarde, en 1936, después del golpe de Estado de los generales, salí con él a la calle.

[RICARDO SANZ[1]]

En octubre de 1923, un mes después del golpe de Estado de Primo de Rivera, Los Solidarios lograron comprar a través de un mediador, en la fábrica de armas Garate y Anitua de Éibar, 1.000 rifles de doce tiros de repetición, con 200.000 cartuchos. El grupo abonó 250.000 pesetas por el suministro.

Ya mucho antes Los Solidarios habían adquirido por 300.000 pesetas una fundición en el barrio de Pueblo Nuevo, en Barcelona. En dicha fundición fundía el grupo sus propios cascos para las granadas de mano. El fundidor Eusebio Brau se encargó de este trabajo para el grupo. En el barrio de Pueblo Seco, también en Barcelona, Los Solidarios tenían un depósito de armas que contenía más de 6.000 granadas de mano cuando fue descubierto por la policía debido a una delación.

Además había, distribuida por toda la ciudad, una serie de depósitos de armas de fuego portátiles y fusiles, casi todos comprados en Francia y Bélgica. Éstos entraban en España de contrabando, generalmente por la frontera francesa, por Puigcerdà y Font-Romeu, donde el grupo tenía sus intermediarios. Otros suministros llegaban por vía marítima.

Los Solidarios se atenían estrictamente a una regla: sólo los participantes inmediatos podían saber algo con respecto a la acción que preparaban, es decir, cada uno sabía sólo lo imprescindible. En el grupo nunca existió un jefe o cabecilla. Las decisiones las tomaban los actores mismos en conjunto.

[RICARDO SANZ[2]]

El Comité Nacional de la Revolución había comprado armas en Bruselas y las había introducido por Marsella. Pero el material resultó ser insuficiente. Por esta razón, en junio de 1923 viajaron Durruti y Ascaso a Bilbao, para obtener allí una provisión más abundante. La fábrica estaba en Éibar. Un ingeniero que trabajaba allí ofició de intermediario. Las armas debían ser embarcadas oficialmente con destino a México; pero estaba previsto que el capitán recibiera nuevas órdenes al llegar a alta mar, y a través del estrecho de Gibraltar siguiera rumbo a Barcelona, donde se descargaría el cargamento, por la noche, muy lejos de la rada. El tiempo apremiaba. La fábrica no pudo cumplir con el plazo de entrega, y las armas no llegaron a Barcelona hasta septiembre; demasiado tarde, ya que entretanto Primo de Rivera había concluido victoriosamente su golpe de Estado. El barco tuvo que regresar a Bilbao y devolver las armas a la fábrica.

[ABEL PAZ[2]]

La madre

Más tarde no nos vimos con tanta frecuencia, pero cuando Durruti venía a León y visitaba a su familia, nos ponía al corriente de lo que pasaba en Barcelona y de las luchas que allí se desarrollaban. Venía a ver a su madre, ¿comprendéis?, y ella le remendaba la ropa y le arreglaba los zapatos.

Y la madre decía: «Pues ya no sé lo que pasa. Los periódicos dicen que Durruti ha hecho esto y lo otro y lo de más allá, y cada vez que viene a casa, llega hecho un harapo. ¿No lo veis cómo viene? ¿Qué se imaginan los periodistas? No dicen más que mentiras, necesitan un chivo expiatorio y lo han elegido a él.» Y así era, ¿sabéis? Durante dos años Durruti fue la encarnación del demonio. Y no se cansaban de tentarlo, cada vez que pasaba algo en un banco o estallaban bombas. Y la madre

47

gritaba: «Esto no puede ser, cada vez que viene a casa tengo que remendarle la ropa, y en los diarios dicen que saca el dinero a paladas allí donde lo encuentra.»

Por supuesto que hubo muchos asaltos, pero Durruti tomaba el dinero con una mano y lo daba con la otra para las familias de los presos y para la lucha. No tenemos nada que ocultar, ¿comprendéis?, y tampoco nos avergonzamos de haberlo hecho, para que lo sepáis.

[Florentino Monroy]

Por la cárcel hemos pasado todos y cada uno de nosotros. ¿Una vez? ¡No me hagáis reír! Docenas de veces. En 1923, al subir al poder el dictador Primo de Rivera, nos metieron a todos en la cárcel. Nos encerraban por cualquier causa, y no sólo durante la dictadura. He pasado cinco años en la cárcel, no sólo en Barcelona, sino también en Zaragoza, en San Sebastián y en Lérida. Y mientras estábamos presos siempre había algunos guardias que simpatizaban con nosotros. Nos traían informaciones y llevaban nuestras comunicaciones cifradas al exterior, la cosa funcionaba como por arte de magia. Algunos lo hacían por convicción, a otros los sobornamos. Los compañeros se ocupaban de la familia, en este sentido podíamos estar tranquilos. A veces hasta teníamos conferencias políticas en la cárcel.

Con Durruti sólo estuve una vez en la cárcel, con García Oliver varias veces, y a algunos de los compañeros de presidio de entonces los nombraron ministros después.

[Ricardo Sanz]

EL DILEMA ESPAÑOL (1917-1931)

Durante la Primera Guerra Mundial España fue un país neutral. Las anticuadas minas del norte, la mayoría de las cuales estaba en manos de capitales extranjeros, trabajaban al máximo: las industrias catalanas establecieron el turno de noche; la producción agrícola del país se vendió fácilmente a precios astronómicos. La guerra produjo un súbito auge en la economía española, sin transformar su estructura anacrónica. Los salarios siguieron siendo bajos. El día del armisticio, el Banco de España atesoraba reservas de oro por valor de noventa millones de libras.

«Barcelona estaba de fiesta, las Ramblas eran un mar de luz por la noche. Durante el día las bañaba un sol espléndido y las poblaban pájaros y mujeres. Por aquí también fluía el torrente de oro producido por el lucro de la guerra. Las fábricas trabajaban a toda máquina. Las empresas amontonaban oro. La alegría de vivir brillaba en todos los rostros. En los escaparates, en los bancos, y en los bolsillos. Era para volverse loco.» Así describió el revolucionario profesional Víctor Serge el invierno de 1916-1917 en España.

«Finalmente, cuando ya nadie creía en ella, se produjo por fin la revolución. Lo inverosímil se convirtió en realidad. Leímos los telegramas de Rusia. Nos sentimos transfigurados. Las imágenes que nos transmitían eran simples y concretas. Ahora todo se aclaraba. El mundo no estaba irremediablemente loco. Los españoles, incluso los obreros de mi taller, que no eran activistas, comprendieron instintivamente las jornadas de Petrogrado. Su espíritu transfirió de inmediato esta experiencia a Barcelona y a Madrid. La monarquía de Alfonso XIII no era ni más querida ni más estable que la monarquía de Nicolás II. La tradición revolucionaria de España se remontaba, al igual que la rusa, a la época de Bakunin. En ambos países actuaban causas sociales similares: el problema agrario, la industrialización tardía, un régimen que, comparado con los occidentales, llevaba un atraso de más de un siglo y medio. El auge económico e industrial del tiempo de guerra fortaleció a la burguesía, sobre todo a la catalana, que se había enfrentado hostilmente a la antigua aristocracia de los terratenientes y a la esclerosada administración real. Esto acrecentó también la fuerza y las demandas de un proletariado joven que aún no había tenido tiempo de formar una aristocracia obrera, esto es, de aburguesarse. El espectáculo de la guerra despertó el espíritu de la violencia. Los bajos sueldos (yo ganaba cuatro pesetas diarias, cerca de ochenta centavos de dólar), motivaron reclamaciones que exigían satisfacción inmediata.

»El horizonte se aclaró a medida que pasaban las semanas. En tres meses cambió el estado de ánimo de los trabajadores de Barcelona. Nuevas fuerzas afluían a la CNT. Yo pertenecía a un minúsculo sindicato de tipógrafos. Sin que aumentara el número de sus miembros (éramos unos treinta), aumentó su influencia. El gremio parecía despertar. Tres meses después del estallido de la Revolución Rusa, las comisiones obreras comenzaron a preparar una huelga general que tendría al mismo tiempo carácter de rebelión.

»Me encontré con activistas que se preparaban para el próximo combate en el café Español del Paralelo, un frecuentado bulevar que resplandecía de luces por la noche, en las cercanías del barrio chino, en cuyas barrosas callejuelas pululaban las prostitutas, escondidas tras las puertas. Hablaban entusiasmados de los que serían ajusticiados, distribuían las Brownings, se burlaban de los atemorizados espías policiales de la mesa de al lado. Se había concebido un plan para tomar por asalto Barcelona; se estudiaban los detalles. Pero ¿y Madrid? ¿Y las restantes provincias? ¿Caería la monarquía?»

La huelga general de 1917 fue ahogada en sangre; setenta trabajadores murieron bajo las balas de las fuerzas armadas. Dos factores decidieron el fracaso de la acción de masas: el papel dominante del ejército en la sociedad española y la división del movimiento obrero español.

Desde los años ochenta y noventa la socialdemocracia se convirtió en el enemigo formal del anarquismo en España. El partido fue fundado en 1879 y se dedicó a la acción parlamentaria dentro del marco legal; durante décadas había permanecido pequeño y débil ante el notorio fraude electoral; también su rama sindical, la Unión General de Trabajadores, apenas se desarrolló hasta la Primera Guerra Mundial. Con sus altas cuotas sociales, su equipo de funcionarios pequeñoburgueses a sueldo, y su moderación política, que poco se diferenciaba del miedo, la socialdemocracia española imitaba fielmente a sus modelos de Europa occidental. Era, desde todo punto de vista, la antítesis de la CNT. Ambos rivales se oponían incluso en su distribución geográfica, lo que dividió al movimiento obrero hasta la Guerra Civil. Mientras los anarquistas tenían sus bases en Cataluña y Andalucía, los socialdemócratas se establecieron sobre todo en Asturias, Bilbao y Madrid. El reformismo se convirtió en un movimiento de masas durante la coyuntura económica favorable de la Primera Guerra Mundial, que auspició las ilusiones económicas y parlamentarias de los socialdemócratas. El antagonismo entre la UGT y la CNT tenía raíces tan hondas, que sólo en contados momentos se logró una unidad de acción entre ambas: en 1917, en 1934 y durante la Guerra Civil. Fue siempre la presión de las bases la que obligó a ambas organizaciones a actuar en conjunto, pero esta unidad fue siempre frágil, llena de desconfianza y viejos resentimientos. No podía existir una alianza duradera entre ambas tendencias, ya que la socialdemocracia pretendía integrar a los obreros en la sociedad, y la CNT se proponía derribarla radicalmente.

En 1917 la revolución era al mismo tiempo necesaria e imposible. El antiguo régimen había fracasado por completo desde el punto de vista político, pero las fuerzas militares y económicas que lo respaldaban eran aún considerables. Sus partidos políticos, los Conservadores y los Liberales, que eran en realidad un consorcio de poder, seguían formando parte de los gobiernos, como siempre, pero no tenían capacidad de maniobra y ni siquiera podían adaptar su rumbo a la situación táctica. La única enmienda política de importancia que la administración de Madrid podía animarse a hacer, fue un acuerdo con la burguesía catalana, a la cual otorgó al principio de los años veinte ciertas concesiones aduaneras; la consecuencia fue, entonces, que el nacionalismo catalán se orientó hacia la izquierda. Sus demandas de autonomía, nunca satisfechas, se cristalizaron en una nueva fuerza, Esquerra Catalana, el partido de la pequeña burguesía, que se convirtió en un potencial aunque inseguro aliado del movimiento obrero. Detrás de los bastidores parlamentarios, las fuerzas sociales de la derecha se agruparon en una coalición inerte e ininteligible: en primer plano, como siempre, una clase de terratenientes de inconcebible vacuidad e incapacidad, flanqueada por una burocracia superflua y parasitaria; en segundo plano, cada vez más enredada con la primera, se hallaba la creciente burguesía de empresarios y el alto clero, especialmente los jesuitas, que ya en 1912 controlaban un tercio del capital extranjero que, sobre todo desde la Primera Guerra Mundial, había afluido al país, y que luego, en 1936, desempeñaría un importante papel (capital francés tres mil millones de marcos; capital inglés cinco mil millones de marcos y capital americano tres mil millones de marcos). Esta coalición de poderes se sostuvo intacta hasta 1936, a pesar de sus contradicciones internas y su inercia. Esta coalición mantuvo a raya al movimiento obrero revolucionario no con medios políticos, sino militares.

Ya en el siglo XIX, el ejército español se aisló, como una casta, de la sociedad, y ganó un importante peso propio en el Estado. Su cuerpo de oficiales era enorme: por cada seis soldados había un oficial. A pesar de la mala dirección, el atraso técnico y su instrucción insuficiente, absorbía, a principios de los años veinte, más de la mitad del presupuesto nacional. Su *raison d'être* era el de una tropa ocupante en su propio país. Las clases dominantes dependieron completamente, hasta la Guerra Civil, del ejército y otros instrumentos laterales de represión: Guardia Civil, Guardia de Asalto, Cuerpo de Seguridad y Mozos de Escuadra. Esto sigue siendo así todavía hoy.

La confrontación era inevitable. La opción era: la revolución o la dictadura militar. En 1917 España estaba madura para ésta; pero el rey dudaba. Temía a la República, y a su lado la oligarquía agraria se aferraba tenazmente a las formas de gobierno tradicionales. Mientras que la socialdemocracia se contentaba con promesas y mínimas concesiones, un compromiso con la CNT era inimaginable. Así pues, la confrontación se dirimió en el terreno de los anarquistas, en Barcelona. Una interrupción de cinco años, durante la cual los adversarios, entrelazados entre sí, casi no se movieron del lugar; esto fue la guerrilla urbana de cinco años en Barcelona, desde 1917 hasta 1923: el *statu quo* era el paroxismo, un ensayo general previo a la Guerra Civil. Los empresarios, apoyados por el ejército y la policía, lanzaron una contraofensiva contra la CNT. La frontera entre criminalidad y poder estatal se desvaneció. El comandante en jefe del ejército en Cataluña, general Martínez Anido, y su jefe de policía, general Arlegui, eran al mismo tiempo figuras de los bajos fondos y representantes de la autoridad nacional. No fue la Gestapo, sino la administración española, la que sancionó legalmente el fusilamiento de presos «fugitivos», y el capitalismo catalán creó en la forma de los paramilitares Pistoleros una SA[1] *avant la lettre*. La guerra permanente en las fragosidades de Barcelona condujo a la ciudad al borde del caos con sus tiroteos, actos de sabotaje, provocaciones, paros forzosos, arrestos masivos, el auge de los policías secretos, el asesinato, la tortura y la extorsión.

En 1923 la guerra colonial en Marruecos, que condujo al ejército español a una ignominiosa derrota, dio el golpe de gracia al antiguo régimen. La única salida era la dictadura. Primo de Rivera era ante todo el candidato de la burguesía industrial; subió al poder con un programa de «modernización» entresacado de lemas de Kemal Ataturk y Mussolini. Dependía naturalmente del apoyo del ejército, al que tuvo que hacer toda clase de concesiones. La CNT fue proscrita. La socialdemocracia resolvió colaborar; su dirigente Largo Caballero ingresó en el gabinete del dictador; procesos de arbitrajes y convenios colectivos habrían de resolver el «problema social». Esto significaba en la práctica la fiscalización de los sindicatos y la constitución de un «frente del trabajo». La oposición intelectual fue aplastada. Primo de Rivera ignoró la cuestión catalana. Las reformas no se realizaron. Las contradicciones de la sociedad española no pudieron ser «saneadas» desde el despacho del dictador. El experimento autoritario de Primo de Rivera fracasó al producirse la crisis económica de 1929. El ejército se tambaleó. La monarquía había tocado a su fin. Los intereses del capital industrial español impusieron otra forma de gobierno: la República. En marzo de 1931 abdicó Alfonso XIII.

EL EXILIO

La huida

En 1923, al subir al poder el dictador Primo de Rivera, Ascaso y Durruti se exilaron, de lo contrario los reaccionarios los

1. Sección de Asalto del Partido Nacional Socialista Alemán (=SS). *(N. de los T.)*

habrían matado. Ascaso estaba entonces en la cárcel, a raíz del atentado al arzobispo de Zaragoza, el cardenal Soldevila. Pero los compañeros habían organizado una evasión, y entre los evadidos estaba también Ascaso. Pero él no hizo como los otros, que anduvieron por allí o se sentaron en el café, y al cabo de pocos días estaban otra vez en la cárcel. Él tomó un tren de carga nocturno de los que llevaban el ganado del norte a Barcelona. En este tren había pastores que cuidaban el ganado para que no lo robaran por el camino. Y Ascaso se puso una blusa negra de pastor, subió al tren en Zaragoza en plena noche, y a la mañana siguiente apareció en la puerta de mi casa en Barcelona.

Desde Barcelona, Ascaso se marchó a Francia, y en París se reunió con Durruti, García Oliver y Jover. A ellos les dimos el dinero que nos quedaba. Los Solidarios prosiguieron su actividad en Francia. Lo primero que hicieron en París fue ayudar a constituir la Librería Internacional de la rue Petit 14. Donamos 300.000 pesetas para la librería; se fundó al mismo tiempo la Enciclopedia Anarquista, que todavía hoy no está concluida, siempre se editan nuevos tomos y nunca se termina.

[RICARDO SANZ[1]]

En París se encontraban de nuevo los cuatro supervivientes del grupo Los Solidarios: Jover, Durruti y los hermanos Ascaso. Durruti entró a trabajar como mecánico en la fábrica de automóviles Renault; el mayor de los Ascaso encontró trabajo en un taller de mosaicos y piedra artificial, y su hermano menor trabajó como ayudante en una plomería y fábrica de cañerías. Jover trabajó en una fábrica de colchones, donde debido a su aptitud le ofrecieron un puesto de capataz, para inspeccionar a los otros obreros. Pero él se negó, ya que no armonizaba con sus ideas.

[V. DE ROL]

Lo conocí durante los primeros años de la dictadura, en 1923 o 24, en una reunión conspirativa que sostuvimos en Bilbao. Durruti había venido ilegalmente de su exilio en París; se paseaba tranquilamente por la plaza principal de Bilbao, junto con Jover, uno de sus mejores amigos. Era una reunión muy importante, casi un congreso; había muchos compañeros, incluso de otras organizaciones. También los socialistas estaban presentes. Me acuerdo que Durruti discutió con Largo Caballero, el jefe del partido socialdemócrata, que luego sería presidente de la República.

[JUAN FERRER]

Una tentativa ingenua

Los anarquistas españoles exilados en París, que se mantenían en contacto con los compañeros de España, planearon derribar por las armas a la odiada dictadura. Mientras varios comandos atacarían los cuarteles y levantarían barricadas, los compañeros de París proyectaban cruzar al mismo tiempo la frontera española y ocupar a mano armada los puestos fronterizos.

Desde varias ciudades españolas llegaban noticias sobre el creciente descontento de las tropas. Éstas iban a ser trasladadas a Marruecos, para oprimir a los africanos. La situación parecía favorable. Los anarquistas de París decidieron enviar un representante a Barcelona. Se le encomendó la misión a Jover. Después de su llegada se convocó una reunión en el campo, en la que participaron delegados de la CNT y de los comandos, para planear y preparar la rebelión. Los compañeros de Barcelona debían ocupar los cuarteles e incautarse del parque de artillería. Algunos soldados y un suboficial declararon que estaban dispuestos a abrir el portón del cuartel y ayudarles. Les aseguraron que la mayoría de los soldados se plegarían a la sublevación.

A su regreso a París, Jover informó a los compañeros. Viajó otro delegado a Barcelona. Se dispuso que los compañeros de Barcelona fijaran el día de la acción; el grupo de París atacaría los puestos fronterizos de Hendaya, Irún, Vera de Bidasoa, Perpiñán y Figueras.

Una semana antes del día señalado se realizó la última entrevista. Los dos delegados de la CNT, que en la reunión anterior habían expresado su acuerdo con la decisión, manifestaron ahora de repente recelos y dudas. Se ofrecían a colaborar personalmente, y a prestar toda la ayuda posible; sin embargo, la organización no podía participar en la acción. Se habían dejado atemorizar por el espectro de la «responsabilidad», que algunas personas influyentes de gremios importantes habían invocado. A pesar de todo, los reunidos opinaron que la acción de las bases arrastraría a esos «notables» y decidieron llevar el plan adelante. Uno de los participantes regresó a París. Jover, que había sido propuesto para viajar a esa ciudad, se negó a ir. Aunque corría mucho riesgo en Barcelona, creía que en su tierra natal podía hacer mucho más que en la frontera. En su lugar viajó otro compañero a París.

Éste confirmó que en Barcelona todo estaba listo para la rebelión y que la fecha en que se abrirían las hostilidades se comunicaría telegráficamente al grupo residente en París. La contraseña sería: «Mamá enferma.» En París, Lyon, Perpiñán, Marsella y otros lugares donde existían grupos anarquistas, se esperaba el telegrama con impaciencia. Quien haya vivido estos momentos febriles no los olvidará jamás. Sabíamos que al recibir el telegrama debíamos ir a la frontera, dispuestos a entablar un duro combate con la policía fronteriza, la cual era numéricamente superior, mejor organizada y armada que nosotros.

Por fin llegó el telegrama. Enseguida nos pusimos en marcha en pequeños grupos de diez a doce hombres, armados únicamente con revólveres. Habíamos pasado hambre para comprarlos. Los compañeros de París se encontraron en la Gare d'Orsay. El mayor de los Ascaso repartió los billetes y fue el último en subir al tren con sus pesadas maletas. Llevaba consigo 25 fusiles Winchester, las armas de más grueso calibre de que disponíamos.

En Barcelona los compañeros preparaban al mismo tiempo el asalto al cuartel de artillería de Atarazanas. Para no llamar la atención, se dividieron en grupos muy pequeños que ocuparon puntos estratégicos la noche anterior. La ofensiva comenzaría a las seis en punto con granadas de mano.

Atarazanas está en el distrito quinto de Barcelona, un barrio muy vigilado, porque allí se erigían siempre las primeras barricadas, allí estaban la imprenta de *Solidaridad Obrera,* las redacciones de *Tierra, Libertad* y *Crisol,* la sede de los sindicatos maderero y de la construcción, y allí vivían muchos de los compañeros que trabajaban en esas entidades.

A pesar de todas las medidas de seguridad, la policía debió de sospechar algo, pues uno de los comandos, al avanzar hacia el cuartel, fue interceptado por una patrulla. Se produjo un nutrido tiroteo en el que murió un centinela y resultó herido otro. Acudieron refuerzos, se dio la alarma, y la policía rodeó con ametralladoras el cuartel. La ofensiva fue sofocada en su origen. Dos compañeros fueron detenidos en las cercanías y fusilados en el acto.

Después del fracaso de la acción en Barcelona, el ataque a los puestos fronterizos no tenía la más mínima posibilidad de éxito. Para colmo de desgracia, los grupos destinados a Vera y Hendaya llegaron 18 horas antes, porque no calcularon correctamente la ruta del viaje. En el primer encuentro salieron victoriosos, pero luego se movilizaron fuerzas superiores y se vieron obligados a retroceder luchando en una larga y agotadora marcha a través de la cadena montañosa. Cayeron dos camaradas, y otro fue herido gravemente. Dos días más tarde fueron apresados varios otros dispersos. Cuatro de ellos fueron ajusticiados en Pamplona, y se supone que el resto compareció ante un tribunal.

Al llegar a Perpiñán, los grupos destinados a atacar Figueras y Gerona leyeron en los periódicos lo que había ocurrido en Vera. Habían llegado demasiado tarde. La policía estaba sobre aviso desde hacía tiempo. Habían venido casi mil hombres a Perpiñán, y los contingentes tuvieron que dispersarse enseguida para no llamar la atención. Muchos fueron detenidos, sin embargo. Sólo un grupo de cincuenta hombres logró escapar sin dispersarse. Salvaron incluso las maletas con los fusiles y las municiones. Llegaron a marchas forzadas a la falda de los Pirineos. Allí, de acuerdo a lo convenido, encontraron a un compañero de un pueblo español, que debía haberlos guiado a Figueras a través de la cordillera. Allí, según el plan, se proponían atacar la cárcel y liberar a los compañeros allí detenidos. Pero el guía les trajo malas noticias. Varios regimientos provistos de artillería y armas automáticas se habían apostado en la frontera. Sin el factor sorpresa, y con fuerzas inferiores, nuestro ataque no tenía sentido. Lloramos de rabia, de cólera y de vergüenza, porque debíamos regresar como vencidos sin haber entrado en batalla. Ascaso estaba entre nosotros. Durruti había ido con el grupo que cruzó la frontera en Vera. Jover participó en el ataque en Barcelona.

Había sido una tentativa inútil e ingenua. Pero digan lo que digan, merece respeto. Hay gente que se ríe de nosotros y nos considera políticamente fracasados; esto afirman incluso algunos que se llaman anarquistas. En realidad nuestra empresa fue sólo un descalabro. Ya hemos sufrido muchos descalabros. Ésta no es ninguna razón para oscurecer la memoria de los caídos ni desprestigiar la conducta de los compañeros que esperan el juicio en Pamplona. Otros, como Ascaso, Durruti y Jover, proseguirán la lucha.

[V. DE ROL]

La policía hizo todo lo posible por aniquilar la actividad revolucionaria del grupo anarquista Los Solidarios. Con este propósito, acusó a sus miembros de haber asaltado la filial del Banco de España en Gijón. Es fácil demostrar que eso no es verdad, ya que el día del asalto Durruti se encontraba en Francia, y los hermanos Ascaso estaban presos: el uno en Zaragoza, acusado del atentado contra el arzobispo Soldevila, y el otro en Barcelona, donde la policía había asaltado la sede del sindicato de obreros madereros. Los compañeros rechazaron el ataque; como consecuencia fueron muertos dos policías y otro resultó herido.

Con el cuento del asalto al banco la policía pretendía justificar una demanda de extradición contra Durruti y contra Ascaso, el cual había logrado evadirse y también se le suponía en Francia. Por si esto fuera poco, las autoridades españolas enviaron además fotos y señas personales de los buscados a los demás países, especialmente a las repúblicas latinoamericanas de habla castellana. Desde entonces, bastaba que ocurriera en Chile o Argentina un robo o un asalto y la policía española enviaba de inmediato un acta con el propósito de imputar a Ascaso y Durruti. Y las autoridades policiales latinoamericanas no vacilaban en tachar de culpables a ambos, aunque no existía la más mínima prueba contra ellos. Así trabajaron de común acuerdo las policías de diversos países, hasta que al fin Durruti, Ascaso y Jover aparecieron ante la opinión pública como legendarios delincuentes cuya extradición era la necesidad más urgente del momento.

[V. DE ROL]

La aventura latinoamericana

Durruti, Ascaso y Jover hicieron todo lo que pudieron en París; pero viendo que no les quedaba mucho por hacer en Francia, se fueron a Latinoamérica.

Vamos a buscar tierras nuevas, dijeron, y así viajaron a Argentina, Cuba, Chile, y otros países. Pero allí no encontraron el ambiente adecuado. La clase obrera era débil y poco organiza-da y andaban como peces fuera del agua, y luego de largas co-rrerías sin rumbo se dijeron: aquí no hay nada que hacer, e hi-cieron como don Quijote, y regresaron a Francia.

[R<small>ICARDO</small> S<small>ANZ</small>[1]]

A fines de 1924 Durruti y Ascaso se embarcaron hacia Cuba, donde emprendieron una campaña pública a favor del movimiento revolucionario español. Así se estrenaron como oradores, y Durruti impresionó como tribuno popular. Pronto la policía los consideró peligrosos agitadores y tuvieron que abandonar el país. Desde entonces llevaron una vida muy agi-tada. Siempre estaban de viaje, y permanecieron un tiempo más o menos corto en México, Perú y en Santiago de Chile, hasta que llegaron a Buenos Aires, donde residieron por más largo tiempo. Pero aquí tampoco estaban a salvo. Se dirigieron a Montevideo, donde se embarcaron hacia Cherburgo. Pero cuando llegaron al océano el barco se vio obligado, por razo-nes técnicas, a cambiar varias veces de rumbo; más tarde, el vapor se hizo famoso con el nombre de *El buque fantasma*. Por último arribó a las islas Canarias.

[A<small>BEL</small> P<small>AZ</small>[2]]

Las autoridades policiales de toda Latinoamérica buscaban a Durruti, a quien consideraban como el más peligroso expo-nente de los grupos anarquistas españoles. Su fotografía fue expuesta en todas partes: en las estaciones de ferrocarril, en trenes y tranvías. A pesar de todo, Durruti logró atravesar con sus compañeros todo el continente, sin que la policía pudiera atraparlo.

[C<small>ÁNOVAS</small> C<small>ERVANTES</small>]

Puedo testimoniar que en Buenos Aires vi a Durruti en per-sona. En aquella época estaba de viaje por Latinoamérica. Allí asaltó varios bancos junto con sus compañeros, para recaudar dinero para el movimiento revolucionario.

[G<small>ASTON</small> L<small>EVAL</small>]

Una vez, en Buenos Aires, Ascaso y Durruti iban en tranvía, y de pronto notaron que estaban sentados bajo su propia orden de captura. El gobierno ofrecía una recompensa a quien los denunciara; tenían que abandonar el país lo antes posible.

Compraron billetes de primera para viajar en barco, una medida muy astuta. Subieron a bordo sin contratiempos. Pero se veía que eran trabajadores en primera clase, sobre todo Durruti, que era muy valiente y bueno, pero modales de señor distinguido no tenía ninguno. Por ejemplo, en la entrada del comedor había un botones que recogía el sombrero. Durruti pasó con la gorra puesta. «¡Señor, señor, la gorra!» Durruti no le prestó atención y se metió la gorra en el bolsillo. O a la hora del postre, pelar manzanas y naranjas con cuchillo era algo que no se avenía con él, tiraba directamente los cubiertos.

Entonces le dijo su amigo: «Cuidado, ya te están observando. Parece que ocurre algo. Hay que inventar alguna cosa. ¡Digamos que somos artistas!» «¿Qué? ¿Artistas? ¿Quieres que ande por allí como un bailarín?» «No, eso no, pero ¿qué hacemos entonces? ¡Ya sé! Digamos que somos deportistas, campeones de pelota.» Y así se presentaron en el barco, como pelotaris, una idea fantástica. Y los pasajeros confiaron en ellos. Al llegar al puerto de desembarco, los de tercera clase fueron controlados estrictamente, claro, pero en la primera tomaron el pasaporte, le pusieron un sello, «¡pase, señor!», y enseguida desembarcaron.

[Eugenio Valdenebro]

La biblioteca ideal

El gran sueño de Durruti y Ascaso era fundar editoriales anarquistas en todas las grandes ciudades del mundo. La casa matriz tendría su sede en París, el centro del mundo intelectual, y si era posible en la plaza de la Opéra o de la Concorde. Allí se publicarían las obras más importantes del pensamiento moderno en todas las lenguas del mundo. Con este propósito se fundó la Biblioteca Internacional Anarquista, que editó numerosos libros, folletos y revistas en varias lenguas. El gobierno francés persiguió esta actividad con todos los medios policiales a su alcance, al igual que el gobierno español y los demás gobiernos reaccionarios del mundo. No le gustó que el grupo Durruti-Ascaso atrajera también la atención en el plano cultural. Órdenes de detención y de destierro causaron finalmente la ruina de la editorial. Estos hijos de don Quijote tuvieron que enterrar por el momento su sueño favorito. Volvieron a echar mano a la pistola, como el Caballero de la Triste Figura había empuñado su lanza, para «desfacer entuertos, salvar a los menesterosos e instaurar el reino de la justicia en la tierra».

[CÁNOVAS CERVANTES]

Durruti colaboró con medio millón de francos para el mantenimiento de la Librairie International.

Después de la proclamación de la República, los anarquistas quisieron trasladar la sede de la editorial a Barcelona. Esta labor nos costó miles de pesetas. Pero en la aduana francesa de Port-Bou, los gendarmes franceses prendieron fuego a todo el material. Así se perdió el fruto de tantos gastos y sacrificios

[ALEJANDRO GILABERT]

El conocido anarquista y guerrillero ruso Nestor Machno trabajaba en París en una pequeña carpintería. Era un hombre de acción, como Durruti. Los campesinos ucranianos lo veneraban como a un dios. Derrotó a la guardia blanca de la contrarrevolución con un ejército de campesinos. Trotski, comisario de guerra del Ejército Rojo, trató de eliminarlo al observar que éste imprimía un carácter libertario a la Revolución Rusa. Machno tuvo que huir de Rusia.

Durruti le admiraba mucho y fue amigo suyo. Entre ambos existía una analogía de carácter y una idéntica comprensión del objetivo de la revolución.

[ALEJANDRO GILABERT]

El atentado contra el rey

Conocí a Ascaso y Durruti en la casa de una compañera parisiense llamada Berta. Un día pidieron ambos una maleta. Naturalmente, les ofrecí la mía. Ascaso la tomó con la mano y dijo riendo: «No es suficientemente fuerte.» Le contradije y afirmé que la maleta era buena, de excelente fibra vulcanizada. Parecía un vendedor ansioso de vender su mercancía. Pero todo fue en vano, Ascaso no la quería. Algo más tarde supe por qué. Necesitaban una maleta para transportar unos fusiles desmontados y otras armas.

En esos días (era en el año 1926), París se aprestaba a recibir la visita oficial del rey Alfonso XIII de España. Este hombre era culpable de más crímenes que toda su familia junta, los Borbones. Durruti y Ascaso se habían propuesto acompañar con un par de tiros los acordes de la Marsellesa, con los cuales la tercera República recibiría al asesino de Francisco Ferrer. Hacían sus preparativos con la serenidad más absoluta.

Así es la idiosincrasia española; se comportan como grandes señores, por no decir como un grande español, incluso cuando son proletarios. También nuestros dos compañeros poseían este talento e hicieron gran uso de él en los días previos a la visita oficial. Para eludir la red de agentes policiales frecuentaron los mismos sitios adonde concurría la alta sociedad de la capital francesa. Jugaban al tenis en un club, y hasta se habían comprado adrede un lujoso automóvil, para no despertar sospechas al lado de las carrozas de los estadistas reunidos con motivo de la ceremoniosa recepción. Todo había sido organizado minuciosamente.

En vísperas de la visita oficial, cenamos en casa de Berta. Me acuerdo que nos sirvió una sopa de sagú que no nos gustó ni a Ascaso ni a mí. Nos burlamos de su arte culinario. Al irse Durruti y Ascaso, ella se puso a llorar.

«Donde dos conspiran, mi hombre es el tercero», dijo presuntamente Maniscalao, el conocido agente provocador de los Borbones. Esta vez el tercer hombre iba sentado al volante del coche que conduciría a Ascaso y Durruti al lugar de la acción. Este tercero se vendió a la policía francesa. Los dos conspiradores fueron detenidos, y París pudo recibir a Alfonso XIII con los acordes de la Marsellesa sin perder el compás.

Sólo gracias a las decididas protestas de los compañeros de París, se negó la democracia francesa a entregar a los detenidos a la venganza de la hiena borbónica. No descansaron hasta que Durruti y Ascaso fueron excarcelados y deportados a la frontera belga.

Desde Bélgica, donde había encontrado trabajo en un taller mecánico, Francisco Ascaso me envió un último saludo.

Aunque debía de pensar mucho, nunca vi preocupado a Ascaso. Siempre parecía estar de buen humor, dispuesto a bromear; era un hombre de baja estatura, ligero y ágil; su rostro tenía rasgos árabes. Era de tez oscura. No llevaba barba y su cabello negro estaba siempre impecablemente peinado.

Durruti era más corpulento y reservado, un poco taciturno, a no ser que la situación exigiese el empleo de su rotunda energía. Usaba grandes anteojos, creo. Era un poco miope tal vez. Ambos amigos eran inseparables, el uno no podía prescindir del otro: el pensador no podía prescindir del hombre de acción, y viceversa.

Desde el punto de vista ideológico no eran individualistas. Creían en la necesidad de la organización, pero consideraban que cada individuo era necesario para poner a las masas en movimiento. De éstas nada esperaban, ni les pedían nada; por el contrario, tenían algo que ofrecerles y anunciarles.

[NINO NAPOLITANO]

Ascaso me contó también cómo habían preparado el atentado a Alfonso XIII en París. Querían eliminar al rey de España. Sabían perfectamente por dónde pasaría el cortejo y dónde debían atacar. Pero la persona que debía llevarlos en taxi los denunció. La policía los vigiló, y una mañana, cuando iban a comprar con toda calma el periódico, los detuvieron. Luego siguió el gran proceso contra Durruti, Ascaso y Jover, y los tres se sentaron en el banquillo de los acusados.

[EUGENIO VALDENEBRO]

El proceso

He defendido a varios anarquistas españoles. Con fortuna diversa, pero casi siempre con éxito. Entre ellos, los más tenaces e intrépidos fueron Ascaso, Durruti y Jover.

El 2 de julio de 1926 las autoridades francesas anunciaron que estaban sobre la pista de un complot, cuyo objetivo era el asesinato del rey de España. El rey iba a ser recibido con gran pompa el 14 de julio. En una habitación amueblada de la rue Legendre fueron detenidos tres hombres buscados también por las autoridades españolas: Ascaso, Durruti y Jover. En octubre comparecieron ante el tribunal, acusados de desacato a la autoridad, falsificación de pasaportes e infracción a la ley de extranjería, delitos éstos que parecían relativamente insignificantes. Durante el proceso, los acusados habían expresado argumentos audaces y reclamado para sí el derecho de hacer todo lo posible por derribar un gobierno odiado. Reconocieron que se proponían secuestrar al rey para provocar la revolución en España.

Los condenaron a penas de prisión y fueron transferidos al Tribunal de Justicia. La situación se volvía peligrosa. Había pendientes dos demandas de extradición: una del gobierno argentino, «bajo la sospecha de ser los autores del atraco al Banco de San Martín», y otra del gobierno español. Madrid afirmaba que Durruti había participado en el atraco al Banco de España en Gijón, y que Ascaso había intervenido en el atentado en que murió, en 1923, el cardenal arzobispo de Zaragoza.

El gobierno francés había rechazado la petición española, pero había delegado al Tribunal de Justicia la decisión referente a la solicitud argentina. Berthon, Guernut, Corcos y yo éramos los defensores. La policía apareció en la sala de audiencia con un extraordinario despliegue de fuerza. El Palacio de Justicia parecía aprestarse para un combate. Ascaso, Durruti y Jover no se dejaron impresionar por la movilización policial. Habrían servido de modelo a Goya, con las cabelleras negras y tupidas, los rostros quemados por el sol, las cejas hirsutas y las bocas duras. En la defensa de esos valientes «pistoleros», Berthon desplegó una vez más, con sus palabras insinuantes y sus gestos obsequiosos, todo el arte del eufemismo: «Señores del tribunal», dijo, «tengo el honor de representar ante ustedes a tres hombres situados en el polo extremo de la oposición liberal española.»

El tribunal se pronunció a favor de la extradición. Su sentencia, sin embargo, no era de aplicación obligatoria para el gobierno. Según la ley, el gabinete podía prescindir de la condena. No nos dimos pues por vencidos, comenzamos una campaña pública y al mismo tiempo nos dirigimos en privado a personas como Herriot, Painlevé y Leygues.

[HENRI TORRÈS]

Durruti estuvo detenido más de un año en la cárcel de la Conciergerie. Allí ocupó la misma celda que había ocupado María Antonieta hasta que fue decapitada. Después de su liberación, la policía lo condujo a la frontera belga y lo exhortó a cruzarla ilegalmente. De este modo el gobierno francés eludía el pedido de extradición de Primo de Rivera, que le resultaba gravoso en esos momentos.

[CÁNOVAS CERVANTES]

La campaña

Yo dirigía, en nombre del comité Sacco y Vanzetti, una larga y amplia campaña para salvar a esos dos anarquistas americanos de la silla eléctrica; y un día me dijeron mis compañeros: «¿Y Ascaso, Durruti y Jover? Deberías encargarte también de su defensa.»

Estos tres anarquistas españoles habían luchado políticamente en las filas de la CNT y habían huido a Argentina después de que Martínez Anido, el verdugo de Cataluña, y Primo de Rivera, el principal lacayo de Alfonso XIII, proscribieron esa organización. Después regresaron a París para «encontrar» en la verdadera acepción de la palabra a «su rey», que venía allí en visita oficial.

En Buenos Aires se había cometido un crimen: el cajero de un banco había sido asesinado y robado. Un taxista, presionado por la policía, dirigió las sospechas hacia Ascaso, Durruti y Jover. Además, la precipitada partida de los «tres mosqueteros», como los llamaban en España, había despertado un cierto recelo, aunque eran totalmente inocentes.

Argentina había solicitado su extradición a las autoridades francesas y éstas habían accedido, en principio, a este requerimiento. Pero Ascaso, Durruti y Jover debían cumplir previamente una condena de seis meses de prisión que les había impuesto un tribunal parisiense por tenencia ilícita de armas. Habían sido detenidos en un coche, donde acechaban la llegada del rey de España con el fusil en posición de tiro.

Tenía que ocuparme simultáneamente de dos casos diferentes y defender a cinco militantes. A veces daba la impresión de que descuidaba mi actividad en el comité de derecho al asilo político, que trabajaba a favor de los amigos españoles; entonces escuchaba los reproches de los emigrados españoles. En cambio, cuando prestaba menos atención al comité Sacco y Vanzetti, se inquietaban los italianos. Además, tenía que hacer frente a los representantes de la «línea pura», a quienes les parecía inadmisible que yo utilizara mis influencias para salvar a los cinco implicados. Uno de esos «puros» llegó a escribir un par de versos entre ridículos y desagradables que concluían así: «¡Qué importa la muerte! ¡Viva la muerte!» No se trataba por supuesto de la muerte de ese «poeta»; y no era el primero ni sería el último en hacer literatura a costa del pellejo de los demás.

También la dictadura española había pedido la extradición de Ascaso, Durruti y Jover (les echaba la culpa de varios atentados políticos), pero en vano. El gobierno francés quería salvar su fachada liberal. En realidad todo era una hipócrita comedia, una intriga concertada entre el gobierno español y el argentino. Los tres se salvarían de la pena del garrote vil español, pero en cambio los destinaban a prisión perpetua en las terribles islas de Tierra del Fuego.

Las circunstancias bajo las cuales emprendimos la defensa de los «tres mosqueteros» no eran precisamente favorables. En aquella época la policía disponía de ilimitados poderes para decidir la suerte de extranjeros «sospechosos» y decretar su expulsión. No había posibilidades de apelación para los implicados. Sólo el gobierno podía vetar las disposiciones de la policía. Pero el presidente era Poincaré y el ministro del Interior, Barthou. Eran seres cobardes y habría sido imprudente confiar en sus mejores sentimientos. Había que atemorizarles, agitar a la opinión pública. Desde el principio pensé en conquistar para nuestros fines a la influyente Liga de los Derechos Humanos, aunque la labor principal de esta organización de pusilánimes era rehabilitar a los muertos de la Primera Guerra Mundial o interceder en favor de algunos liberales que habían ido demasiado lejos. Pero ¿anarquistas? ¿Esos intrusos cuya sola mención causaba escalofríos a mucha gente?

Primero fui a ver a una *grande dame* conocida mía: Mme. Séverine. Me recibió con benevolencia. «¿En qué puedo ayudarle, Lecoin?» Le expliqué en pocas palabras de qué se trataba. Ella no exigió ninguna prueba de la inocencia de los compañeros.

«Bien, Lecoin, le daré una esquela para Mme. Mesnard-Dorian. Ella es todopoderosa en la Liga, y muy amable. Ya lo verá.»

Mme. Mesnard-Dorian habitaba en un lujoso hotel particular en la rue de la Faisanderie. Su salón era frecuentado por todas las personas distinguidas y famosas de la República. Ella telefoneó enseguida al presidente de la Liga, Victor Basch. Fui a verlo de inmediato. La recepción fue bastante rara. «Son culpables, sus amigos», exclamó Basch. «Estoy seguro, el representante de la Liga en Buenos Aires me ha informado.»

Le repliqué que él juzgaba con más desaprensión que el peor de los jueces, es decir, sin antecedentes, con una carpeta vacía. Entonces respondió inesperadamente: «¡Quisiera ver a los anarquistas al frente de un gobierno!»

«¡Ese anhelo evidencia su absoluto desconocimiento del pensamiento anarquista!», le contesté.

Esto le enfureció. Había olvidado que era profesor en la Sorbona y que hacía unos años había publicado un libro sobre el anarquismo.

Cuando me fui no se había calmado todavía. Estábamos convencidos de haber hecho un fiasco. Pero nos habíamos equivocado. Esa misma tarde me llamó Guernut, el secretario general de la Liga, y me pidió que le diera los antecedentes sobre el caso «Ascaso y Co.». Ese «y Co.» no me parecía muy halagüeño, pero de todos modos la Liga era una palanca que necesitábamos imperiosamente. La sola mención de que la Liga nos apoyaba nos abrió todas las puertas.

El ministro del Interior fue a visitar personalmente a Basch y a Guernut, para prevenirlos en contra nuestra. Sostuvo que la culpabilidad de los tres españoles era incuestionable y que la Liga sería utilizada impropiamente y contra sus propias convicciones.

Fui citado por Basch y Guernut. Todavía me parece escuchar sus voces: «¡Díganos la verdad, Lecoin! ¡Reconozca que sus amigos no son inocentes! ¡No comprometa a la Liga si no está absolutamente seguro!»

Entretanto, cinco o seis periódicos se habían puesto a favor nuestro. También los demás diarios insertaban noticias sobre nuestras actividades. El comité de defensa del derecho de asilo se había convertido en una potencia, y la extradición de Ascaso, Durruti y Jover en una cuestión de Estado que comprometía al gobierno. Mientras tanto los tres detenidos habían emprendido una huelga de hambre. Se los trasladó al hospital militar de Fresnes. Estaban muy agotados, pero Barthou tuvo que ceder y prometió un examen judicial. Me dirigí a Fresnes portador de esa noticia. El director de la cárcel y sus subordinados me recibieron formando fila; fue la única vez en mi vida que entré en marcha triunfal a una cárcel. Encontré a los tres contestatarios en la cama, cada uno en una habitación individual. Se alegraron mucho al verme.

Se los condujo ante el juez competente. Pero éste se escudó en sus artículos, se negó a abordar el asunto y se limitó al problema formal de si la demanda de extradición era procedente. A pesar de los alegatos de cuatro distinguidos abogados (Corcos, Guernut, Berthon y Torrès), el juez sostuvo que sí era procedente. Parecía que el ministro del Interior había ganado la partida. El subjefe de la policía de Buenos Aires ya había llegado a París para hacerse cargo de los detenidos, y se frotaba las manos con satisfacción.

La causa parecía perdida. Redoblé mis esfuerzos. Se reunieron seis mil personas en un acto en la sala de baile Bullier. Se decidió enviar una delegación a los ministros Painlevé y Herriot. Painlevé se mostró perplejo y farfulló: «¡Cómo no!... ¡Claro!» Merecía tanta confianza como un puente podrido. La actitud de Herriot fue mejor. Pidió que le trajeran en 48 horas los antecedentes disponibles del caso, y prometió presentar el asunto ante el gabinete. Consiguió que la decisión se postergara hasta otro examen ulterior. El subjefe de la policía de Buenos Aires emprendió enojado el regreso. La prensa argentina publicó con grandes titulares: «¡El gobierno francés anulado por una banda de gángsters!»

Si de la opinión pública hubiese dependido, Ascaso y Durruti habrían sido liberados de inmediato. Pero el gobierno estaba bajo la presión de la casa real española. Prefirió ceder otra vez y aprobó en última instancia la extradición.

Sólo una crisis gubernamental podía echar por tierra esta decisión, y sólo el parlamento podía desencadenar una crisis gubernamental. Tratamos de entrar en contacto con diputados influyentes, que estuviesen dispuestos a formular una moción perentoria ante la Asamblea Nacional.

Conseguí pase sin fecha para entrar en la Asamblea Nacional, y allí establecí mi centro de operaciones. Cinco diputados apoyaban ya la interpelación. Representaban doscientos votos. Me faltaban cincuenta más, que debía arrancar de la mayoría gubernamental. Eso exigía cuidadosas preparaciones. ¡Al fin y al cabo para esta clase de actividades no hay nadie mejor que un enemigo inveterado del parlamentarismo!

Mientras tanto, en toda Francia no se hablaba más que de Ascaso, Durruti y Jover. Argentina ya había enviado un buque de guerra para trasladar a los prisioneros. El acorazado se hallaba varado con una avería en medio del Atlántico. El plazo de la extradición había vencido. Pero los «tres mosqueteros» seguían detenidos en la Conciergerie. Invocamos las disposiciones legales y solicitamos su inmediata liberación. Se burlaron de nosotros, claro.

Llegó por fin el día de la interpelación. Algunos diputados querían que se hiciera justicia; otros querían aprovechar la ocasión para derribar al gobierno de Poincaré. Esto podía ocurrir fácilmente si el gobierno pedía un voto de confianza. En los pasillos cundían los rumores y las especulaciones. Pero Poincaré, que no era ningún novato, previó el resultado, y poco antes del descanso de mediodía me envió un mediador, su fiel mastín y confidente Malvy, el presidente de la comisión de Hacienda.

–A ver, Lecoin, ¿qué quiere usted? –preguntó–. ¿Tanto le interesa la caída del gobierno?

–No, en absoluto, sólo pedimos una cosa: la libertad de Ascaso, Durruti y Jover.

–Enseguida voy a ver al presidente. Vuelva a las dos, por favor. Le comunicaré su decisión.

La votación no se llevó a cabo. Barthou y Poincaré prefirieron capitular. Era julio de 1927.

Al día siguiente nos presentamos ante el portal de la Conciergerie, en el Quai des Orfèvres, rodeados por una jauría de periodistas y fotógrafos. La puerta se abrió. Allí estaban Ascaso, Durruti y Jover.

[Louis Lecoin]

El obstinado Lecoin, que se parecía un poco al mago Merlín y un poco a un predicador capuchino, superó con su hábil estrategia todos los obstáculos. En julio de 1927 se abrieron las puertas de la Conciergerie. Mi colaborador fue el primero en trasmitir la buena noticia a los prisioneros: «En menos de una hora estarán en libertad. ¿Qué se proponen hacer?» Después de un instante de silencio, Durruti contestó pensativo: «Seguiremos... en España.»

[Henri Torrès]

La compañera

Durruti y yo no nos casamos nunca, por supuesto. ¿Qué se figura usted? Los anarquistas no van al registro civil. Nos conocimos en París. Habrá sido en 1927. Él acababa de salir de la cárcel. Había habido una campaña inmensa en toda Francia, el gobierno había cedido, los «tres mosqueteros» (ése era el sobrenombre que les había puesto la prensa) fueron libertados. Durruti salió, esa misma tarde visitó a unos amigos, yo estaba allí, nos vimos, nos enamoramos a golpe de vista, y así seguimos.

[ÉMILIENNE MORIN]

Después que Bélgica y Luxemburgo se negaron a admitirlos, sus amigos trataron de encontrarles asilo en la Unión Soviética. Esto fracasó debido a las condiciones políticas que quería imponerles el gobierno ruso: eran inaceptables para los anarquistas. No les quedaba otra solución que regresar a París con nombres falsos. Algunos compañeros los ocultaron durante meses. Finalmente encontraron trabajo en Lyon. Después de medio año la policía los descubrió. Fueron citados ante el juez y condenados a seis meses de cárcel, por infracción a la orden de expulsión.

[JOSÉ PEIRATS[1]]

Nos volvimos a ver en Lyon. Era la segunda vez que lo procesaban. Habían descubierto que Buenaventura vivía allí sin documentos. Me acuerdo de que viajé con la amiga de Ascaso. Era la primera vez que veía una cárcel por dentro. Después volvimos a separarnos, ya que tras libertarlos los expulsaron enseguida hacia Bélgica. Por supuesto, también allí hubo problemas con la policía, no les dieron permiso de residencia. También estuvieron un tiempo en Alemania. Ya no me acuerdo de cuándo exactamente.

[ÉMILIENNE MORIN]

Extranjeros indeseables

En 1928 Durruti vino a Berlín con su amigo Ascaso, ilegalmente, claro. Se trató pues de encontrarles un albergue. Durruti vivió unas semanas en mi casa, en Berlín-Wilmersdorf, Augustastrabe 62, en el cuarto piso.

Pero para trabajar tenía que estar registrado en la policía, así que traté de obtener un permiso de residencia para él.

El gobierno prusiano era entonces una coalición de socialdemócratas y partidos centristas. Yo conocía casualmente al ministro de Justicia. Fui a verle y le pedí que legalizara la residencia de Durruti. Me explicó que eso no era posible, ya que los centristas sacarían a relucir seguramente la historia del atentado. Usted ya sabe, el supuesto atentado contra el arzobispo de Zaragoza.

Discutí mucho con Durruti durante las semanas de su estancia. Él conoció allí a Rudolf Rocker, Fritz Kater y Erich Mühsam. A veces la comunicación no era fácil, ya que Durruti no hablaba alemán. Las conversaciones giraron en torno a la revolución. Durruti insistió siempre que la revolución no debía acabar en la dictadura de un partido, y que la nueva sociedad debía organizarse desde abajo hacia arriba, y no decretarse desde arriba. De allí que los anarquistas no podían conformarse con los resultados de la Revolución Rusa.

[AUGUSTIN SOUCHY[1]]

Durruti me impresionó mucho. Era gigantesco, atlético, tenía una potente cabeza, era una especie de Dantón. Su voz era fuerte. Por cierto, también era bondadoso cuando quería, casi tierno.

Yo sabía mucho de él y sus amigos, de sus viajes por los países latinoamericanos, de sus golpes de mano. Pero hay que reconocer que, si bien Ascaso y Durruti eran (si usted lo prefiere) gángsters políticos, o precursores del terrorismo (hoy es común, los periódicos hablan todos los días de los terroristas), nunca se guardaron ni una peseta para ellos.

[FEDERICA MONTSENY[1]]

Vida tranquila en Bruselas

En 1930 obtuvieron por fin en Bruselas el permiso para residir en Bélgica. Vivieron dos años en Bruselas. Allí me hice amigo de Ascaso y Durruti.

Ascaso era un compañero muy simpático, irónico y discreto, suave y enérgico a la vez; me pareció un poco enfermizo. En cambio, Durruti daba la impresión de ser fuerte como un roble, atlético; era muy velludo y al sonreír parecía un animal carnicero. Pero su mirada revelaba bondad e inteligencia. Conocí primero a Ascaso. Trabajábamos en la misma fábrica, un taller de accesorios de automóvil. Desde el principio hablamos de problemas sociales. Todavía me parece escucharlo cuando decía con su voz suave: «Nadie tiene derecho a gobernar a otros.» Enseguida me fascinó.

Quien haya vivido en Bruselas entre los años 1930-1931, recordará cuántos compañeros extranjeros había allí, sobre todo españoles e italianos. Y no se acordarán sin cierta melancolía del refugio que allí encontraron: el nido heteróclito y familiar que era la librería al lado del Mont des Arts, que había establecido el valiente Hem Day. Ése era el punto de reunión de los «elementos subversivos».

En el primer piso había dos inquilinos: yo y la firma Barasco. Esta original empresa producía todo tipo de chucherías que se vendían directamente a vendedores ambulantes. La «fábrica» se componía de una habitación que servía a la vez de comedor, sala de estar, cocina y dormitorio, o mejor dicho sala de dormir, ya que el número de los huéspedes nocturnos era ilimitado. Había más de media docena de personas registradas bajo el nombre Barasco; Ascaso y Durruti entre ellos.

[LÉO CAMPION]

Dejé mi empleo de taquidactilógrafa y le seguí a Bruselas. Los fugitivos españoles vivían en la semilegalidad, por así decirlo, con pasaportes y nombres falsos. Claro que la policía estaba al tanto del asunto. Durruti no podía viajar a ninguna parte sin que la policía enviara sus antecedentes detrás de él. Pero en Bruselas nos dejaron en paz.

[ÉMILIENNE MORIN]

Acaso y Durruti se complementaban mutuamente. Durruti era el hombre de acción, impetuoso y entusiasta, capaz de ganar la confianza de la gente; Ascaso era el hombre de la serenidad, de la reflexión, de la tenacidad, la amabilidad y el cálculo. Era un estratega perfecto. Era él quien planeaba las acciones revolucionarias. Sus cálculos eran tan exactos, que a la hora señalada éstos se confirmaban en todos sus detalles. El fuerte de Durruti era la rapidez y la energía con que sabía actuar; ponía la violencia al servicio de un ánimo decidido y un discernimiento superior. El uno necesitaba del otro, y era difícil resistirles cuando estaban juntos.

[CÁNOVAS CERVANTES]

EL DILEMA ESPAÑOL (1931-1936)

La clase trabajadora española celebró la proclamación de la República como una victoria política. Como ocurría siempre después de un periodo de represión, la CNT se restableció de inmediato; su peculiar forma de organización le permitía invernar y resurgir de repente con renovadas fuerzas. Pero el régimen republicano no debía su existencia a un movimiento revolucionario, sino a un relevo incruento e indiferente. Comenzó a girar el tiovivo de los partidos liberales y burgueses, de las crisis gubernamentales y las reelecciones. El fiel de la balanza lo constituían los partidos «de centro» (es decir la pequeña burguesía, numérica y económicamente débil), que gobernaban por lo general con el consentimiento tácito aunque pasivo de la socialdemocracia. En otras palabras: la base social de la República era irrisoriamente débil; su fuerza política la extraía del hecho de que el consorcio de intereses de la derecha y el movimiento obrero se bloqueaban mutuamente. La capacidad de maniobra del nuevo gobierno era proporcionalmente limitada. No se podía pensar en reformas estructurales. El problema agrícola quedó sin resolver. La ley de la reforma agraria fue saboteada. Aparte de algunos comienzos de separación de la Iglesia y el Estado, sólo se registró un paso positivo durante el primer año de la República: la aprobación de un estatuto autónomo para Cataluña.

Los problemas de los obreros y los campesinos no fueron atendidos. El movimiento anarquista, su principal potencia organizada, boicoteaba al parlamento. Las masas defraudadas se echaron otra vez a la calle. Huelgas, sediciones campesinas, huelgas de hambre y guerrillas urbanas: el gobierno utilizó para hacer frente a la acción directa de la clase trabajadora los mismos medios que habían utilizado sus predecesores, es decir, la policía, la Guardia Civil, y, en caso de necesidad, el ejército. El estado de sitio se volvió habitual.

En el tercer año de la República se planteó de nuevo el dilema español. Como consecuencia de la abstención electoral anarquista, el poder gubernamental cayó fácilmente y por vías legales en manos de la reacción: una nueva coalición electoral de la derecha, la CEDA, ingresó en el parlamento. El gobierno de Gil Robles se puso a revocar enseguida las pocas conquistas de la República. Comenzó el bienio negro 1933-1935. El objetivo estratégico de la derecha era naturalmente el aniquilamiento del movimiento obrero. Pero Gil Robles no era un fascista. Mientras que Hitler con su contrarrevolución cambió la sociedad alemana hasta volverla irreconocible, mientras que los monopolios alemanes modernizaron sin miramientos la estructura económica del país, mientras que el Reich alemán se preparaba para la ofensiva con el fin de alcanzar el dominio mundial, la derecha española sólo se interesaba en restaurar un pasado que era anacrónico desde hacía tiempo. El único movimiento de que parecía capaz era el paso del cangrejo. Pero tampoco éste podía emprenderse sin violencia.

Los socialdemócratas españoles se encontraron en una situación de vida o muerte. Su vieja política colaboracionista había fracasado; persistir en ella habría sido rayano en el suicidio. La presión de las bases sobre la cumbre del partido reformista aumentó. En estas circunstancias el jefe de la socialdemocracia, Largo Caballero, resolvió cambiar de táctica. Rompió su coalición con los partidos republicanos de la burguesía liberal, y preparó a sus partidarios para la resistencia armada. De pronto aparecieron consignas leninistas en la UGT, el sindicato dirigido por los socialdemócratas. En octubre de 1934 estalló en Asturias, un baluarte de la UGT, una rebelión que eclipsó totalmente las operaciones armadas de los anarquistas. Esta «revolución de octubre» asturiana ha caído injustamente en el olvido. Desde los días de la Comuna de París no se había visto nada parecido en Europa occidental. «¡Uníos, hermanos proletarios!» Bajo este lema se levantaron provincias enteras en el norte de España. Se formaron de inmediato consejos de obreros; la dirección en Madrid perdió el control del movimiento; viejas rivalidades fueron barridas de la noche a la mañana; en Asturias se unieron socialdemócratas, anarquistas y comunistas en la lucha contra las tropas gubernamentales.

La tragedia de la revolución asturiana fue quedar aislada

desde el principio, limitada a una región periférica, incomunicada con el resto del país. En Madrid la rebelión fue sofocada en su origen. En Barcelona, los obreros de Asturias tuvieron un aliado muy débil: la Esquerra Catalana, dirigida por Lluís Companys, cuyo único objetivo era defender su estatuto de autonomía. Los anarquistas de Cataluña y Andalucía no se movieron. Demasiado los había calumniado y presionado Largo Caballero; demasiado había acosado la socialdemocracia a la CNT por medio de la policía. En última instancia la causa de la derrota de 1934 se debió a la profunda división del movimiento obrero. Como consecuencia del aislamiento político de la rebelión asturiana, el gobierno logró sofocarla militarmente, a pesar de la desesperada resistencia. Los focos revolucionarios fueron bombardeados, la legión extranjera y los regimientos moros bajo el mando del joven general Francisco Franco sometieron a los trabajadores asturianos. La represión fue espantosa. A fines de 1935 había más de treinta mil presos políticos en las cárceles españolas.

Después de este «éxito» la arrogancia de la reacción no tuvo límites. Sobreestimó tanto sus fuerzas, que convocó nuevas elecciones para febrero de 1936. Y la lucha electoral demostró cuán irreflexivo había sido este paso. La socialdemocracia había llegado a la conclusión, a través del desastre asturiano, de que no estaba hecha para la revolución. Volvió, llena de arrepentimiento, a su táctica parlamentaria e hizo una alianza electoral con los partidos republicanos de centro; también los comunistas, un grupo numéricamente insignificante, se unieron a esta coalición.

Así nació el Frente Popular, que logró una aplastante victoria en las elecciones de febrero de 1936. En última instancia este derrumbamiento político había sido causado por una fuerza que no se había manifestado en absoluto en el parlamento. La CNT, con sus afiliados, que se contaban por millones, decidió el resultado, pasando tácitamente por alto la consigna del boicot electoral.

Sin embargo, el nuevo gobierno se esforzó tan poco como en 1931 por realizar reformas decisivas. Se contentó con poner nuevamente en vigor las leyes que Gil Robles había revocado. Por lo demás todo quedó como antes. El Frente Popular no representaba al pueblo. Los republicanos no fueron capaces de resolver el dilema español.

El golpe que habría de derribar a la antigua sociedad vino de la derecha. Desde la fundación del Frente Popular, la derecha se había propuesto derribar violentamente al gobierno elegido.

Esto requería preparación ideológica y organizativa. La Alemania de Hitler y la Italia de Mussolini ofrecían ejemplos de cómo la reacción podía desligarse de sus sueños de restauración y pasar a la ofensiva; las potencias del Eje prometieron además ayuda material y propagandística. La Falange española inició su ascenso. El ejército preparó el golpe de Estado. La confrontación era previsible. El gobierno vaciló. Los generales dieron el golpe. El 17 de julio Franco se puso al frente de una sublevación militar en el Marruecos español. El 18 de julio la revuelta se extendió al continente. Tres días después una tercera parte del país estaba en poder de los generales: la archicatólica Navarra, una parte de Aragón, Galicia, León, Castilla la Vieja, Sevilla, Cádiz y Córdoba. Los golpistas no contaban con una resistencia seria. En sus cálculos no habían contado con el pueblo español.

LA REPÚBLICA

El retorno

Pocos días después de la proclamación de la segunda República, en abril de 1931, vinieron a mi casa Durruti, Ascaso y García Oliver.

Discutimos mucho, especialmente sobre el principal problema de entonces de los anarquistas. Algunos creían que había que darle una oportunidad a la República, y los otros decían (y ésta era el ala extremista del movimiento anarquista, a la que pertenecían Durruti, Ascaso y García Oliver) que no había que darle tiempo a la República para que se estableciera. Según ellos, esto pondría en peligro el desarrollo ulterior de la sociedad española e interrumpiría el proceso de cambio revolucionario de estructuras.

Nuestras opiniones eran distintas. Reconozco que entonces temía que una precipitación excesiva pudiera perjudicarnos. Después, ante la evolución política de la República, tuve que admitir que Durruti, Ascaso y García Oliver tenían razón. La República cayó en un temeroso reformismo; ni siquiera realizó la reforma agraria, que era el problema clave de España.

[FEDERICA MONTSENY[1]]

En 1931, cuando se proclamó la República en España, fue un verdadero torbellino, un delirio... Los emigrantes de Bruselas recogieron sus documentos; querían regresar lo antes posible. Durruti y Ascaso fueron los primeros en partir. Nosotras nos quedamos solas con las maletas y equipajes.

Yo pude viajar un mes más tarde. Mi primera impresión de Barcelona fue contradictoria. Me habían dicho que no llovía casi nunca en Barcelona. Había regalado mi impermeable a una amiga en Bruselas. Cuando llegamos a España llovía a cántaros. Estábamos en junio. El ambiente político era muy diferente del de París. En Francia había conocido al movimiento anarcosindicalista, pero allí era totalmente diferente. La mentalidad de los compañeros españoles... Me parecían, si me permite, me parecían un poco simples, un poco elementales.

Otra cosa que me desconcertó: las mujeres no desempeñaban ningún papel, en absoluto. En las manifestaciones y en las reuniones también había mujeres, por supuesto. Pero nunca iban acompañadas por sus esposos. Los hombres se reunían en el café. Se pasaban horas y horas sentados ante una taza de café. Eso sí, bebedores no eran. Hasta que un día le dije a Buenaventura: «¿Qué pasa con tus compañeros, son todos solteros?» Pero todo fue en vano. Ya comprende usted. La mujer en la casa, y basta.

[ÉMILIENNE MORIN]

Cuando vine por vez primera a España, después de la proclamación de la República, conocí a Durruti en el café La Tranquilidad. Era un punto de reunión de los anarquistas, y por lo tanto era también un punto de reunión de la policía, que venía allí constantemente y detenía a gente con bastante frecuencia. Pero los anarquistas no se inquietaban. Yo había escuchado muchas leyendas sobre Durruti. Era totalmente diferente a lo que yo esperaba de acuerdo a esas historias. Me encontré con un hombre muy tranquilo y amistoso; la inmensa energía que solía manifestar era apenas visible.

[ARTHUR LEHNING]

Ascaso era el más reservado de los «tres mosqueteros». Pero así como García Oliver era la fuerza elástica y Durruti representaba el brazo fuerte y la fuerza de voluntad, Ascaso era la mente impávida y penetrante. Su rostro era suave e inteligente y alrededor de su boca había una expresión de melancolía y burla; su mirada era penetrante e irónica. Era más bien pequeño, delgado, mesurado en sus movimientos; revelaba una cierta gracia indolente detrás de la cual se ocultaba una energía sobrehumana. Comparado con Durruti, de exterior plebeyo, franco y ruidoso, Ascaso tenía un no sé qué casi aristocrático. Cuando se los veía juntos, a Buenaventura, que golpeaba la mesa con sus enormes puños y gritaba a voz en cuello, y a Francisco a su lado, indiferente y malicioso, con su eterna sonrisa en los labios, se ponía de relieve la fuerza del uno y el ingenio del otro. Se complementaban mutuamente.

[Federica Montseny[1]]

El primero de mayo

Después de la proclamación de la República española, viajé a Barcelona para visitar a mis amigos Ascaso, Durruti y Jover. Llegué la víspera del primero de mayo. Los comunistas habían planeado una manifestación y habían inundado de carteles las paredes de la ciudad. En cambio, de la CNT-FAI, nada, ¡ni siquiera un volante! ¿Iban a desaprovechar la ocasión de hacer propaganda en un día así? Durruti me tranquilizó: «No, al contrario, organizaremos una manifestación por las calles céntricas de la ciudad. Contamos con cien mil participantes.» «¿Y propaganda?», pregunté. «No veo ninguna invitación al acto.»

«Hemos anunciado la manifestación en nuestro periódico *Solidaridad Obrera.*»

En efecto, los anarquistas reunieron al día siguiente a 100.000 manifestantes, y los comunistas a lo sumo seis o siete mil.

A pesar de todo, estaba convencido de que su confianza en sí mismos rayaba en la imprudencia. Tenía la impresión de que subestimaban la peligrosidad de los comunistas. Los «tres mosqueteros» y sus compañeros españoles se burlaron de mí. Dijeron que veía fantasmas. Unos años más tarde su descuido les habría de costar caro.

[Louis Lecoin]

Todos los domingos la FAI organizaba un acto en los amplios palacios del parque de Montjuïc. Los oradores eran casi

siempre los mismos: Cano Ruiz, Francisco Ascaso, Arturo Parera, García Oliver y Durruti. A los primeros actos asistieron
sólo algunos centenares de oyentes. Cuando el público conoció
la calidad de los oradores, sobre todo de García Oliver y Durruti, los palacios de Montjuïc resultaron pequeños. Cada domingo se reunían miles y miles de trabajadores.

Durruti no era un orador extraordinario. Sus discursos daban la impresión de incoherencia; no conocía el arte de la retó-
rica. Sin embargo, la gente venía sobre todo para escucharle a
él. Su voz fuerte y clara sugestionaba a las masas. Hablaba con
mucha sencillez, sin adornos. Lo que atraía a las masas era su
vehemente y desbordante sentimiento.

Un día, los compañeros de Gerona invitaron a Durruti a un
acto. Después de hablar lo detuvieron allí mismo, todavía bajo
la acusación de haber preparado en París un atentado contra
Alfonso XIII. Evidentemente, las autoridades judiciales de Gerona no se habían enterado de que la monarquía había caído y
que se había decretado una amnistía general. La población de
Gerona se levantó. Se intentó asaltar varias veces la cárcel para
liberar a Durruti. Los obreros decretaron la huelga general por
tiempo indeterminado; las autoridades decretaron el estado de
excepción. Después de tres días de huelga, Durruti fue libertado.

También en Barcelona se produjo una revuelta el primero
de mayo de 1931. Se celebró una asamblea en el Palacio de Bellas Artes, en la que participaron numerosos presos políticos
que habían sido libertados a raíz de la amnistía. Se aprobaron
resoluciones que se acordó entregar al presidente de Cataluña,
Francesc Macià. Se organizó una gigantesca manifestación, a
cuyo frente marcharon García Oliver, Durruti, Ascaso, Santiago Bilbao y otros dirigentes de la CNT-FAI: el primer desfile de
las fuerzas proletarias desde la proclamación de la República.
La marcha recorrió las calles céntricas de la ciudad. Al llegar al
palacio de la Generalitat de Cataluña, la policía abrió fuego.
Los obreros y la policía intercambiaron centenares de dispa-
ros. La situación alcanzó tal gravedad que intervino el ejército.
Una sección de soldados apareció en la plaza de la República.
Durruti arengó a los soldados. Cuando los guardias civiles y la
seguridad intentaron atacar nuevamente a los manifestantes,
los soldados apuntaron sus armas sobre la policía. Así se evitó
una masacre.

Este episodio caracteriza la errónea política de la República en 1931. En la burocracia estatal permanecían los mismos

elementos que habían servido anteriormente a la monarquía. El mando de las fuerzas armadas estaba en poder de los reaccionarios. La República carecía de una política social que beneficiara a la clase trabajadora. El régimen había cambiado sus formas, pero todo seguía como antes, igual que en tiempos de Alfonso XIII. La insatisfacción popular crecía diariamente.

[Alejandro Gilabert]

La deplorable República

Durante la República hubo una larga serie de enconadas disputas, expresión de la lucha de clases revolucionaria. En 1932 hicieron huelga los mineros de Fígols en las montañas catalanas. La huelga adquirió formas de sedición.

En enero de 1933 se levantaron de nuevo los obreros, principalmente en Cataluña, aunque también en Andalucía. Quiero destacar sobre todo la tragedia de Casas Viejas. En diciembre del mismo año estalló una rebelión en Aragón y en una parte de Castilla, y en 1934 se produjo la revolución asturiana, el primer movimiento revolucionario que unificó a anarquistas, socialistas y comunistas, y a las dos organizaciones sindicales más grandes de España bajo el lema: «Uníos, hermanos proletarios.»

La izquierda obtuvo por fin la mayoría en las elecciones de febrero de 1936. A este triunfo contribuyó el problema de la amnistía para los numerosos presos políticos. La CNT siempre se opuso al parlamentarismo, pero esta vez su consigna fue: que cada uno vote o no, según le parezca. Y casi nadie boicoteó las elecciones. También Durruti estuvo de acuerdo.

Durruti participó activamente en todas esas rebeliones y luchas en la época de la República. Él opinaba que había que activar constantemente el proceso. Se lanzó a la acción apenas regresó a España.

Como consecuencia, en 1932 fue deportado a Villa Cisneros, en África. Más tarde volvieron a detenerle. Apenas salía de nuevo en libertad, gracias a una amnistía o por una maniobra estratégica del gobierno, enseguida volvían a detenerlo, porque él nunca dio tregua, bajo ninguna circunstancia.

[Federica Montseny[1]]

Durruti siempre decía a los obreros que los republicanos y los socialistas habían traicionado la revolución, y que era necesario volver a iniciarla desde el principio. Fue a la cuenca minera de Fígols con Pérez Combina y Arturo Parera. Dijo a los mineros que la burocracia burguesa había fracasado y que había llegado el momento de la revolución. La burguesía debía ser expropiada y el Estado abolido; sólo así podía completarse la emancipación de la clase obrera. Aconsejó a los obreros que se prepararan para la lucha final y les enseñó a fabricar bombas con fuertes botes de hojalata y dinamita.

La agitación se extendió por toda España. Los campesinos peleaban diariamente contra la Guardia Civil, que defendía a los grandes terratenientes. Surgían huelgas por doquier. El gobierno se encontró ante la disyuntiva de apoyar a los trabajadores o defender a la burguesía. Optó por la burguesía, por supuesto.

El 19 de enero de 1932 los mineros de Fígols se levantaron en armas contra los capitalistas. El movimiento se extendió a los valles del Cardoner y Alto Llobregat. Fígols, Berga, Suria, Cardona, Gironella y Sallent fueron las teas revolucionarias. Por primera vez en la historia se implantó en estos pueblos el comunismo libertario.

Después de ocho días el ejército sofocó el movimiento. La represión de la rebelión fue relativamente moderada, ya que las tropas gubernamentales estaban al mando del capitán Humberto Gil Cabrera, un oficial bondadoso, que después fue ascendido a teniente coronel y simpatizó con la CNT. Él evitó que se emprendiera una sangrienta represalia contra los obreros de la cuenca minera.

[ALEJANDRO GILABERT]

El 18 de enero de 1932 los mineros de la cuenca de Fígols, en el valle del Alto Llobregat, se rebelaron abiertamente, declararon abolida la propiedad privada y el dinero y proclamaron el comunismo libertario. El gobierno central calificó a los insurrectos de «bandidos con carnet de socio» (de la CNT), y el presidente Manuel Azaña ordenó al capitán general de la región: «Le doy quince minutos, a contar desde la llegada de las tropas, para sofocar la rebelión.» En realidad, los soldados necesitaron cinco días.

[JOSÉ PEIRATS[1-2]]

81

Cinco días de anarquía... no duraron más que la vida de
una flor.

[FEDERICA MONTSENY]

El destierro

Entretanto se había declarado la huelga general en Barcelona. Se produjeron las habituales disputas y tiroteos. Centenares de prisioneros de la cuenca minera fueron trasladados a
barcos anclados en el puerto de la ciudad, que habían sido
transformados en cárceles flotantes. La ola represiva abarcó
toda Cataluña, la costa de Levante y Andalucía. Los prisioneros
más importantes fueron conducidos a bordo del transatlántico
Buenos Aires, que partió el 10 de febrero con 104 deportados a
bordo, entre ellos Durruti y Ascaso, rumbo al África Occidental
(Río de Oro) y las Islas Canarias (Fuerteventura).

Francisco Ascaso escribió al separarse de sus compañeros:

«¡Pobre burguesía, que necesita recurrir a tales procedimientos para prolongar su miserable existencia! Esto no nos
sorprende. Está en su naturaleza el torturar, deportar y asesi-
nar. Nadie muere sin defenderse con un último golpe, ni siquiera los animales. Es triste que estas últimas convulsiones
causen víctimas, sobre todo cuando son nuestros hermanos los
que caen. Pero esto responde a una ley que no podemos dero-
gar. La agonía de esta clase no durará mucho, y cuando pensamos en ella, ni siquiera el casco de acero de este barco puede
sofocar nuestra alegría. Nuestros sufrimientos son el principio
del fin de nuestros enemigos. Algo se desmorona y muere. ¡Su
muerte es nuestra vida, nuestra liberación! Los saludamos, y
esta despedida no es para siempre. Pronto estaremos de nuevo
entre vosotros. Francisco Ascaso.»

[JOSÉ PEIRATS[2]]

Los compañeros fueron deportados a África en un banane-
ro que iba rumbo a Bata, en el golfo de Guinea. Los metieron
en la bodega, por supuesto. Eran ciento sesenta, y sólo había
una escotilla. La gente quería salir, quería ir a cubierta. Ascaso
dijo: «Estoy harto», y subió la escalera. El guardia sacó la pistola y gritó: «¡Atrás!» Pero ya sabéis como era Ascaso, no era
un hombre que se dejara detener tan fácilmente. Él siguió ade-

lante. El guardia apuntó, y Ascaso le dijo: «¡Venga, dispara, cobarde, porque si no me matas ahora, cuando te encuentre en la calle te mato como a un perro!» El sargento se sintió inseguro. Se puso a temblar. No sabía lo que le podía pasar si mataba a Ascaso, y le dejó pasar. Después no hubo modo de pararlos. Todos subieron a cubierta. El capitán se vio obligado a llamar al destructor que acompañaba al barco. Los marineros abordaron el vapor con los fusiles cargados, para sofocar el motín. Porque se había convertido en un verdadero motín.

Durruti se adelantó, se abrió la camisa, pesaba unos noventa kilos por lo menos, y les gritó a los marineros: «Ahora os animáis, porque nos veis desarmados, pero ya veréis lo que os pasa en España si nos matáis.» Entonces los oficiales resolvieron parlamentar. Se decidió que no habría motín, y que los presos podían andar por cubierta cuando quisieran. Así llegaron a Bata.

[MANUEL BUIZÁN]

Cuando el *Buenos Aires,* un barco bueno para chatarra, que casi se había hundido durante la travesía, arribó a Río de Oro, el gobernador de Villa Cisneros se negó a admitir a Durruti. Nadie comprendió la causa de su comportamiento. Durruti y algunos de sus compañeros fueron separados de los demás deportados y conducidos a Fuerteventura, en las Islas Canarias. Luego se comprobó que el gobernador de Villa Cisneros, un hombre llamado Regueral, era el hijo del ex gobernador de Bilbao. Este funcionario había reprimido al movimiento anarquista con máxima crueldad, y después de su renuncia fue ejecutado a tiros de pistola en las calles de León, la noche de un día de fiesta. Su hijo declaró que estaba convencido de que Durruti y sus compañeros habían matado a su padre, y por eso se negó a admitirlo en su colonia.

[RICARDO SANZ[3]]

La agitación

La CNT contestó a las deportaciones con una nueva huelga general. En Tarrasa los anarquistas tomaron por asalto el ayuntamiento e izaron la bandera rojinegra. Asediaron el cuartel, hasta que se aproximaron refuerzos procedentes de Sabadell. Después de una lucha encarnizada, los anarquistas se rindieron. En el proceso que siguió se impusieron condenas a trabajos forzados de cuatro a veinte años.

Sin embargo, las protestas por las deportaciones continuaron. El 29 de mayo alcanzaron su apogeo con manifestaciones de masas, choques armados y actos de sabotaje. Las cárceles rebosaban de presos. En Barcelona los detenidos se amotinaron e incendiaron la penitenciaría. El alcaide del presidio, que sofocó el motín, fue muerto a tiros en plena calle pocos días después.

[JOSÉ PEIRATS[1]]

A fines de noviembre de 1932 volvieron de África los deportados. El gobierno republicano-socialdemócrata prosiguió la persecución de la CNT. La FAI organizó una asamblea en el Palacio de Bellas Artes en el parque de Montjuïc, en Barcelona. Allí habló por primera vez Durruti desde su regreso del destierro. Se calcula que asistieron 100.000 personas. Durruti declaró sin reservas su fe en la revolución. La policía había emplazado gran número de ametralladoras alrededor del palacio.

La burguesía catalana tembló; la prensa a su servicio exhortó al gobierno a actuar con energía contra los anarquistas. Los sindicatos de la CNT fueron ilegalizados y su periódico *Solidaridad Obrera* clausurado. Centenares de activistas políticos fueron detenidos. Cada vez cundió más entre los anarquistas la idea de enfrentarse violentamente a la represión. Los ferroviarios anunciaron la huelga. Un conflicto de tal naturaleza podía trastornar la economía y la política del país; por ese motivo, el gobierno amenazó con militarizar a los ferroviarios. García Oliver proyectó un plan subversivo; se pensó en utilizar la huelga ferroviaria para desencadenar la revolución en toda España. Ascaso, Durruti, Aurelio Fernández, Ricardo Sanz, Dionisio Eroles, Jover y otros aprobaron el plan. Un hecho fortuito precipitó los acontecimientos. Dos anarquistas, llamados Hilario Esteban y Meler, que más tarde habrían de desempeñar un importante papel en la Guerra Civil en el frente de Aragón, habían instalado un taller de explosivos en el barrio del Clot, en Barcelona. Al producirse por descuido una explosión, la policía descubrió el depósito de explosivos. Era preciso iniciar inmediatamente la revuelta, para evitar que la policía se apoderara de todos los arsenales de los anarquistas. Los comandos y los cuadros de defensa de la FAI atacaron el 8 de enero de 1933 los cuarteles de Barcelona.

Se produjeron choques armados en todas las regiones. También en esta ocasión logró el gobierno sofocar la rebelión.

[Alejandro Gilabert]

Después del fracaso de la rebelión de enero, Durruti y Ascaso fueron encarcelados de nuevo; pasaron seis meses en la cárcel del Puerto de Santa María. Apenas salió en libertad, Durruti volvió a la actividad con su acostumbrada tenacidad.

[Diego Abad de Santillán]

Después de la proclamación de la República, la CNT y la FAI sufrieron un alud de calumnias y ofensas. Recordamos todavía los titulares de la primera página del órgano comunista *La Batalla:* «FAI-ismo = fascismo», y las declaraciones de Fabra Rivas, un conspicuo socialdemócrata que era el principal consejero de Largo Caballero: «Los anarquistas como Ascaso y Durruti son locos imbéciles. Hay que apartarse de tales dementes. Con ellos no se puede discutir. Lo mejor sería fusilar sobre el terreno a estos residuos del pasado.»

[Luz de Alba]

Recuerdo que un día las autoridades confiscaron en nuestra imprenta las rotativas de nuestro diario *Solidaridad Obrera.* Fue durante la República, ya no recuerdo por qué razón. Por denuncias o instigaciones. El periódico fue clausurado y las máquinas se subastaron judicialmente. Se presentaron muchos comerciantes a licitar. Pero no los dejamos solos. También nosotros nos presentamos en la sala de subastas, una veintena por lo menos, entre ellos Durruti y Ascaso. Durruti se levantó y ofreció veinte pesetas por la rotativa. Era nada, prácticamente. Los comerciantes se levantaron de un salto y gritaron: «¡Mil pesetas!», pero no bien hizo su oferta el primero, sintió algo frío, de hierro, en las costillas, y enseguida retiró su oferta, claro. Entonces le tocó el turno a Ascaso. Gritó: «¡Cuatro duros!» Eran veinte pesetas otra vez. El que quería sobrepujarlo sentía el revólver al lado y prefería callarse la boca. Por último no le quedó al subastador otra alternativa: tomó el martillito y nos adjudicó la máquina por veinte pesetas, un pedazo de pan.

Entre ayer y hoy no hay comparación posible. Lo que hacemos en París, en la imprenta de la CNT en el exilio, es una bagatela. Nos falta de todo, nuestras máquinas podrían venderse como chatarra. Necesitamos un nuevo equipo. Claro que hoy trabajamos en la legalidad, y trabajar en la legalidad significa tener que trabajar con hierro viejo. Si tuviésemos a un Durruti, a un Ascaso, no sería difícil conseguir una nueva imprenta. Sí, ¡ésa sería nuestra solución!

[JUAN FERRER]

Sobre el trabajo en las fábricas

Se llamaba «República de los trabajadores», y ¿qué hicieron con Durruti? Lo deportaron a Bata, acusado de vagancia. A Ascaso y Durruti y a otros centenares que siempre se ganaron la vida en la fábrica. Ellos no eran funcionarios, no se sentaban en la oficina, pagados por el sindicato. Durruti era todo lo contrario de un jerarca, nunca tomó ni una peseta de la CNT o de la FAI.

[MANUEL HERNÁNDEZ]

Un día los obreros de la cervecería Damm de Barcelona declararon la huelga porque su salario era muy bajo. Los empresarios no cedieron y despidieron incluso a algunos trabajadores. Entonces la CNT respondió con un boicot contra la cervecería. Algunos dueños de bares no quisieron participar en el boicot. Siguieron despachando cerveza Damm. Entonces los fueron a visitar Durruti y algunos compañeros, aparecían en la puerta y destrozaban los escaparates, los vasos y el bar. Pronto en todos los bares de Barcelona apareció un cartel que decía: «Aquí no se despacha cerveza Damm.» Después de unas semanas la cervecería pagó la totalidad de los salarios, volvió a ocupar a los despedidos y negoció un nuevo convenio con la CNT.

[RAMÓN GARCÍA LÓPEZ]

Durruti creía que la liberación de los trabajadores se lograría mediante su unificación económica, y en la acción econó-

mica directa. Desde 1933 hizo hincapié sobre todo en la creación de comités de fábrica; en su actividad constructiva estaría
la garantía de la revolución social. En un gran acto antiparla-
mentario en el otoño de 1933, dijo: «La fábrica es la universidad del obrero.»

[HEINZ RÜDIGER]

Él estaba de acuerdo con que en nuestro movimiento se in-
corporaran también representantes de la clase media, estu-
diantes y escritores, pero a condición de que renunciaran a sus
privilegios y se unieran al pueblo. Un día, mientras hablaba
con él en el patio de la cárcel, criticó la exagerada estimación
con que se consideraba habitualmente a los técnicos y especialistas. Los obreros metalúrgicos serían capaces de poner en
funcionamiento cualquier fábrica, del mismo modo que los albañiles podrían planear y construir una casa. Lo mismo, según
él, era válido para los demás sectores.

[LIBERTO CALLEJAS]

La vida cotidiana

En España la vida cotidiana fue dura y difícil para mí. No
podía ejercer mi profesión, porque casi no hablaba castellano.
Trabajé entonces como fregona, hasta que encontré un puesto
por intermedio del sindicato como acomodadora en un cine.
Aquello era un lujo entonces. Y luego las mudanzas. Nos mu-
dábamos constantemente, sólo en Barcelona cinco o seis veces.
Para colmo, Buenaventura estaba con frecuencia en la cárcel;
no podía pagar el alquiler y tenía que trasladarme a casa de
amigos. En fin, todas las penurias de las mujeres cuyos compañeros son revolucionarios profesionales.

En 1931 nació mi hija Colette, en Barcelona, y esto hizo mi
vida más difícil aún. Como Durruti estaba en la cárcel, los
compañeros hicieron una colecta; cada uno contribuyó con
unas pesetas, y así pudimos pagar el alquiler.

[ÉMILIENNE MORIN]

A principios de 1936 Durruti vivía justo al lado de mi casa,
en un pequeño piso en el barrio de Sans. Los empresarios lo

habían puesto en la lista negra. No encontraba trabajo en ninguna parte. Su compañera Émilienne trabajaba como acomodadora en un cine para mantener a la familia.

Una tarde fuimos a visitarle y lo encontramos en la cocina. Llevaba un delantal, fregaba los platos y preparaba la cena para su hijita Colette y su mujer. El amigo con quien había ido trató de bromear: «Pero oye, Durruti, ésos son trabajos femeninos.» Durruti le contestó rudamente: «Toma este ejemplo: cuando mi mujer va a trabajar yo limpio la casa, hago las camas y preparo la comida. Además baño a la niña y la visto. Si crees que un anarquista tiene que estar metido en un bar o un café mientras su mujer trabaja, quiere decir que no has comprendido nada.»

[Manuel Pérez]

Sí, los anarquistas siempre hablaban mucho del amor libre. Pero eran españoles al fin y al cabo, y da risa cuando los españoles hablan de cosas así, porque va contra su temperamento. Repetían lo que habían leído en los libros. Los españoles nunca estuvieron a favor de la liberación de la mujer. Yo los conozco bien a fondo, por dentro y por fuera, y le aseguro que los prejuicios que les molestaban se los quitaron enseguida de encima, pero los que les convenían los conservaron cuidadosamente. ¡La mujer en casa! Esa filosofía sí les gustaba. Una vez un viejo compañero me dijo: «Sí, son muy bonitas sus teorías, pero la anarquía es una cosa y la familia es otra, así es y así será siempre.»

Con Durruti tuve suerte. Él no era tan atrasado como los demás. ¡Claro que él sabía también con quién estaba tratando!

[Émilienne Morin]

A mí me gustaba. Le aseguro que hombres como él ya no existen. No podía soportar la injusticia. Orgulloso no era, siempre vivió con sencillez, eso sí, era muy fuerte, créame, era fuerte como el demonio.

[Josefa Ibáñez]

Conocí a Durruti en la imprenta de *Solidaridad Obrera*. Allí íbamos a recoger en 1934 nuestros folletos de propaganda, pequeños folletos en alemán que enviábamos ilegalmente a Alemania. Tenían la misma presentación de los impresos de propaganda para bombones. Yo no estaba acostumbrada al sol de Barcelona, y llevaba siempre un sombrero. Para los anarquistas el sombrero de mujer era un símbolo de la burguesía. Por esa razón Ascaso me miraba con cierta desconfianza. Le di la mano. Él le dio la vuelta y movió la cabeza. Yo no tenía callos.

«¿Cómo?», dije.«¿Usted es Ascaso?» Parecía tan pequeño e insignificante. Por eso se ofendió. No debí haberle preguntado con ese tono. Más vale no reírse de los españoles. Menos aún si se es mujer. Yo tenía veintiún años, pero aparentaba diecisiete. Ascaso me pareció bastante altivo. Además, era de esos anarquistas que no querían saber nada de extranjeros raros como nosotros. Los demás me aceptaron enseguida. También me perdonaron el sombrero. Los hombres de la CNT eran proletarios, pero se comportaban con gran dignidad y aplomo. Un amigo mío, ferroviario, daba la impresión de ser un aristócrata; y no era el único.

Durruti no era así. Era sorprendentemente modesto. Sin embargo, todos le hacían caso cuando era esencial. Lo conocí una tarde en un cine, donde su mujer trabajaba como cajera y acomodadora. Émilienne siempre hablaba más que los otros; sólo se callaba en presencia de Durruti. Yo tenía que hacer unas compras en las Ramblas, y él me acompañó. «Me asustan las bombas y los tiroteos», dije. En Barcelona había casi todas las semanas una huelga, un asalto o una operación policial. En las Ramblas había un guardia de asalto detrás de cada árbol, con la bayoneta calada incluso; se veían tropas regulares con frecuencia. Los moros, con sus alfanjes, parecían especialmente temibles. Pero en conjunto había algo de opereta en el aire. Las damas se paseaban delante de los escaparates. De pronto se oía un silbato. De los tejados comenzaban a caer granadas de mano. Las persianas se cerraban con estruendo, las damas agitaban pequeños pañuelos blancos y se tiraban al suelo, en las tiendas o en la acera. Después de un rato volvía la calma, los pitos daban el cese de alarma, la gente se levantaba y se sacudía el polvo de la ropa, como si nada hubiera pasado.

Durruti pasaba delante de los policías sin inmutarse.

«Yo tengo tanto miedo como tú», dijo. «El miedo y el valor vienen juntos. A veces no sé dónde termina uno y comienza el otro.» Los niños de la calle lo conocían. Conmigo fue siempre muy amable. Además me tomaba en serio. Los anarquistas nunca trataron con descuido a las mujeres. No eran aficionados a las faldas, al contrario. A veces me parecían calvinistas. Siempre pensaban en la revolución.

Durruti no sabía lo que era el orgullo. Tomaba en serio a todos los que conocía. La gente de Barcelona se sentía reflejada en él. Por eso lo enterraron como a un rey.

[MADELEINE LEHNING]

El boicot electoral

La CNT dirigió una campaña extraordinaria en las elecciones parlamentarias de noviembre de 1933: proclamó la abstención con una energía y acritud nunca vistas. Los periódicos y los volantes de los anarquistas difundieron la llamada al boicot electoral hasta los pueblos más apartados. La consigna: «No votar» fue bien recibida entre los obreros y campesinos; ya estaban cansados de los partidos gubernamentales «de izquierda», de la política de los liberales de izquierda, de los socialdemócratas y de la constante represión. La campaña llegó a su apogeo el 5 de noviembre con un acto en la plaza de toros de Barcelona al que asistieron entre 75.000 y 100.000 obreros. Los más populares oradores de la CNT se refirieron al tema: «Frente a las urnas, la revolución social.»

«Trabajadores», gritó Buenaventura Durruti, «la última vez habéis votado por la República. ¿La hubierais votado si hubieseis sabido que esa República iba a encarcelar a 9.000 obreros?»

«¡No!», gritó la multitud.

Después habló Valeriano Orobón Fernández, un joven anarquista. «La revolución de los republicanos ha fracasado», dijo; «es inminente una contrarrevolución fascista. ¿Qué pasó en Alemania? Los socialistas y los comunistas sabían perfectamente lo que Hitler se proponía, y sin embargo votaron y firmaron así su sentencia de muerte. ¿Y en Austria, orgullo de los socialdemócratas? Allí el partido socialdemócrata contaba con el 45 % de los votos. Esperaban lograr un seis por ciento más aún; creían que eso los conduciría al poder. Pero se olvidaron de un hecho muy sencillo: que aun si todo salía bien, al día siguiente del triunfo electoral tendrían que salir a la calle con las armas en la mano para defender su victoria, porque la reacción no se dejaría quitar el poder tan fácilmente.»

[JOSÉ PEIRATS[2]/STEPHEN JOHN BRADEMAS]

Porcentaje de abstenciones en la elección parlamentaria del 19 de noviembre de 1933:

Provincia de Barcelona 40 %
Provincia de Zaragoza más del 40 %
Provincia de Huesca más del 40 %
Provincia de Tarragona más del 40 %
Provincia de Sevilla más del 45 %
Provincia de Cádiz más del 45 %
Provincia de Málaga más del 45 %
España en total: 32,5 %.

[CÉSAR LORENZO]

En las elecciones de 1933 los anarquistas españoles organizaron el mayor boicot electoral de toda la historia del movimiento obrero. La abstención fue eficaz, si consideramos que la mayoría de los obreros no votaron. El resultado fue, sin embargo, que la derecha y los partidos conservadores ganaron las elecciones. El gobierno de Gil Robles no era fascista en el verdadero sentido de la palabra, pero era extremadamente reaccionario.

[ARTHUR LEHNING]

La rebelión de Zaragoza

Poco después de las elecciones, la CNT celebró una conferencia secreta en Madrid. Estuve presente en esa reunión, y recuerdo aún cómo se desarrolló la discusión. La organización de la CNT es federalista, cada provincia tiene un comité regional; con frecuencia estos comités representaban una línea propia, no siempre había unanimidad. Los representantes de Aragón dijeron: «No hemos participado en las elecciones y en el fondo es culpa nuestra que tengamos un gobierno de derecha. No podemos aceptar así sin más el resultado, tenemos que actuar. ¡Ahora es el momento para la insurrección armada!»

Los representantes de Barcelona dijeron: «No puede ser, no tenemos armas, no estamos preparados, hemos sufrido muchas derrotas en estos últimos años.»

Pero los aragoneses no se dejaron disuadir. En el norte de la provincia la abstención había alcanzado casi el 99 %; los anarquistas se sentían fuertes allí. Zaragoza estuvo varios días en poder de la CNT, en los pueblos del norte se proclamó el comunismo libertario. En las demás regiones la CNT hizo todo lo posible por apoyar la rebelión, aunque no la había aprobado antes. El gobierno declaró el estado de sitio. Después de unas semanas todo terminó. Durruti, Mera y los demás fueron detenidos, y les entablaron un proceso por alta traición.

[ARTHUR LEHNING]

Durruti dijo en un grandioso acto celebrado en la Plaza Monumental de Barcelona que la única respuesta al triunfo electoral de la reacción era la revolución armada. La CNT adoptó este lema. Sólo García Oliver se opuso, no repuesto aún de la derrota de enero de 1933. Consideró aventurera esa política. Por primera vez en su larga vida de amistad, Durruti discrepó de García Oliver. Durruti se fue a Zaragoza para coordinar la rebelión. El movimiento estalló el mismo día en que se reunieron en Madrid las Cortes con su nueva mayoría contrarrevolucionaria. Era el 8 de diciembre de 1933.

[ALEJANDRO GILABERT]

Por la mañana temprano se produjo en Barcelona una sensacional fuga en masa de prisioneros políticos. Éstos habían excavado un túnel que desembocaba en las alcantarillas de la ciudad.

El comité revolucionario de la CNT tenía su sede en Zaragoza; allí residía también el comité nacional de los anarquistas. Por la tarde varias explosiones estremecieron la ciudad. La autoridad nacional respondió de inmediato y detuvo a casi cien revolucionarios, entre ellos Durruti, Isaac Puente y Cipriano Mera, que eran miembros del comité. Las luchas callejeras duraron toda la noche y el día siguiente, por lo menos. Los obreros levantaron barricadas. Un monasterio fue incendiado. El tren expreso procedente de Barcelona llegó a la estación central envuelto en llamas; había sido incendiado con bombas. El ejército movilizó importantes fuerzas, incluidos tanques.

En Alcalá de Gurrea, Alcampel, Albalate de Cinca y otros pueblos de la provincia de Huesca, se proclamó el comunismo libertario, al igual que en ciertas partes de la provincia de Teruel. En Valderrobles, por ejemplo, los campesinos abolieron el dinero y quemaron las actas de la alcaldía, del juzgado municipal y la oficina del catastro.

La rebelión fue sofocada en poco tiempo. La proclamación de la huelga de la CNT sólo se acató en algunas zonas del país. Los combates se limitaron a los territorios de Aragón y Rioja. Las regiones más decisivas, Cataluña y Andalucía, no se habían repuesto aún de la derrota de enero; un importante sector del movimiento calificó de aventurera y desacertada la rebelión.

[JOSÉ PEIRATS[1]/STEPHEN JOHN BRADEMAS]

Nuevas prisiones

Me acuerdo de las horas amargas y alegres que pasamos con él en la cárcel de Zaragoza. Aún allí mantuvo su buen humor. Siempre conservó una cierta ingenuidad, ciertos rasgos infantiles. Él nos enseñó a luchar.

Me parece verlo aún, cuando habló en la célebre reunión en la sede del sindicato metalúrgico de Zaragoza, donde se decidió la insurrección del 8 de diciembre. Él llevaba gafas entonces, su mirada nos electrizó. Lo único que nos sostenía en esa lucha desigual eran nuestras esperanzas. Nos echamos a la calle. Durruti estaba a mi lado. Muchos cayeron en esa ocasión, otros pelean ahora contra el fascismo.

Lo vi de nuevo en la calle Convertido, después tuvimos que separarnos. Cuando terminó la lucha lo volví a encontrar, en la cárcel.

[MANUEL SALAS]

Durruti iba a ser condenado a seis meses de cárcel como responsable principal de la rebelión. Mientras estaba en prisión preventiva en Zaragoza, desaparecieron por la noche del Palacio de Justicia las actas del sumario levantado contra él.

[DIEGO ABAD DE SANTILLÁN]

Estuve hasta 1935 en España, como secretario de la internacional sindicalista, la AIT. Volví a ver a Durruti poco antes de mi partida. Estaba de nuevo en la cárcel, esta vez en Barcelona, y fui a visitarlo allí. Supe que quería hablar conmigo, y le dije a su mujer: «Sí, quiere verme, pero para mí es imposible visitarle en la cárcel, vivo casi en la ilegalidad aquí, represento a una organización internacional, yo mismo podría ser detenido en cualquier momento, es muy peligroso. Tengo que pensar en mis funciones, no puedo cometer semejante imprudencia.»

Ella me respondió: «No habrá dificultades, vienes conmigo, no hace falta que hables, te presentamos como primo mío, y firmas con el nombre que se te ocurra. Es muy simple.»

Bueno, me dije, esta gente conoce España mejor que yo. Así que me aventuré, y fuimos juntos a la prisión; Durruti detrás de una reja, nosotros detrás de otra reja, y entre las dos rejas marchaba un guardia, de un lado a otro. Enseguida Durruti comenzó a gritar en francés; habló a voz en cuello de cuestiones políticas, de lo que debía hacer en la organización, etcétera, etcétera.

Yo pensé: «¿Cómo es posible vociferar aquí, en la cárcel, en francés, y para colmo con un extranjero?... Ahora me van a detener», pensé. Pero cosas así pasan en España. El caso es que volví a salir de la prisión sin inconvenientes.

[ARTHUR LEHNING]

Una vez estaban detenidos en la jefatura de policía de Barcelona Ascaso y Durruti. Y como todo el mundo hablaba de ellos, los policías trajeron a sus amigas, que querían ver a los presos. Y Durruti en su celda se enmarañó los cabellos con las manos hasta erizarlos por completo, y cuando llegaron las chicas gritó como un orangután: «¡Uh!, ¡uh!, ¡uh!» Las damas casi se caen del susto, y el vigilante le preguntó: «¿Por qué haces eso?» Y dice Durruti: «Pues qué se creen, que somos una especie de monos, lo único que falta es que nos tiren cacahuetes. Cuando quieran divertirse que vayan a un circo.»

[EUGENIO VALDENEBRO]

El Frente Popular

Después de la revolución de octubre asturiana de 1934, Durruti fue encarcelado nuevamente: esta vez pasó varios meses en la cárcel de Valencia. La derrota de los marxistas en Asturias le hizo reflexionar sobre el rumbo del movimiento obrero español.

Todos convenían en que la democracia burguesa había fracasado. Era necesaria una alianza obrera revolucionaria. García Oliver lanzó una consigna: «Los marxistas a la UGT, los anarquistas a la CNT y ambas organizaciones unidas en la acción contra el capitalismo.» En el último congreso de la CNT en Zaragoza se acordó establecer un pacto revolucionario con el sindicato socialdemócrata UGT. La única condición de la CNT fue que los obreros socialdemócratas renunciaran públicamente a colaborar con los partidos burgueses. Así se abriría el camino de la revolución proletaria.

Sin embargo, antes del congreso se había planteado otro problema: en febrero de 1936 se volvería a votar. En las cárceles españolas había entonces más de 30.000 presos, la mayoría anarquistas. Los partidos de izquierda prometieron liberarlos si ganaban las elecciones. La derecha amenazaba con redoblar la represión. Si la CNT invitaba a sus partidarios al boicot electoral, como antes, ponía en peligro la libertad de 30.000 detenidos; si aconsejaba votar, reconocía el sufragio universal y el parlamentarismo, que los anarquistas siempre habían combatido. Durruti halló una solución para este dilema. La lucha electoral adquirió tal acritud que ningún sector parecía dispuesto a aceptar una derrota. La izquierda anunció que si la derecha ganaba las elecciones responderían con medidas revolucionarias; la derecha dijo que una victoria de la izquierda conduciría a la guerra civil. En los actos celebrados Durruti expresó la siguiente conclusión: «Estamos ante la revolución o la guerra civil. El obrero que vote y después se quede tranquilamente en su casa, será un contrarrevolucionario. Y el obrero que no vote y se quede también en su casa, será otro contrarrevolucionario.»

La CNT evitó recomendar el boicot electoral. La mayoría de los obreros acudieron a votar. Ganaron los partidos de izquierda. La derecha llevó a la práctica sus advertencias y prepararon la guerra civil. El resultado de las elecciones se debe mucho a Durruti.

[ALEJANDRO GILABERT]

95

«La CNT debe mantener su vitalidad y su fuerza en la sociedad; sólo ella puede garantizar que nadie, sea de derechas o de izquierdas, se erija en dictador del país.»

[BUENAVENTURA DURRUTI[1]]

Al producirse el triunfo electoral del Frente Popular el 16 de febrero de 1936, Durruti estaba en la cárcel del Puerto de Santa María. Allí estaban también encarcelados Companys, que después sería presidente de Cataluña, y varios miembros de los consejos de la Generalitat. Fueron liberados inmediatamente después de las elecciones, al declararse la amnistía.

[*Crónica*]

La declaración de la lucha

En Barcelona, después de las elecciones, la CNT tuvo que ocuparse primero de dos huelgas que ya llevaban dos meses de duración: la huelga de los transportes públicos y la de los obreros textiles (ramo del agua). El 28 de febrero el nuevo gobierno promulgó un decreto por el cual todos los obreros que habían sido despedidos desde enero de 1934 en adelante, por razones políticas o participación en huelgas, debían ser reincorporados a sus puestos. Sin embargo, muchos empresarios se negaron a aplicar este edicto gubernamental. Los anarquistas exigieron la intervención del gobierno. El 4 de marzo, un día después de la asunción del mando del presidente Companys, Durruti dijo en el Gran Teatro de Barcelona:

«No hemos venido aquí para conmemorar el día en que unos nuevos señores han subido al poder. Estamos aquí para decirles a esos señores de los partidos de izquierda que su victoria electoral nos la deben a nosotros. La CNT y los anarquistas se han echado a la calle el día de las elecciones. Así se ha impedido un golpe de Estado por parte de los representantes de los ministerios y las autoridades, que en ningún caso querían respetar la voluntad del pueblo.

»Y en cuanto a los actuales conflictos laborales en los tranvías y en la industria textil, son los señores del gobierno los que tienen la culpa. Ya mucho antes de las elecciones hemos adivinado sus intenciones, sabíamos muy bien que pretendían apartar a la CNT del camino de la revolución. Nos hemos callado antes de las elecciones, para que no digan que éramos culpables si los presos políticos no eran liberados. El pueblo no ha votado por los políticos, sino por los detenidos. Pero con respecto a las huelgas, les decimos a esos señores aquí en Barcelona, y allá en Madrid: "Dejadnos en paz de una vez, nosotros mismos resolveremos los conflictos con las industrias textiles y la sociedad tranviaria. ¡El gobierno no debe inmiscuirse!"

»Los hombres de la Generalitat deben su libertad a la generosidad del pueblo. Pero si no dejan en paz a la CNT ¡pronto volverán al lugar de donde han salido! ¡Exigimos que el gobierno nos deje mano libre en nuestra lucha contra la ofensiva de los capitalistas! ¡Es lo mínimo que exigimos! Frente a los paros forzosos y la evasión de capitales al exterior, le decimos a la burguesía: "¡Por nosotros podéis cerrar todas vuestras fábricas! ¡Nosotros las ocuparemos, las tomaremos por asalto, porque las fábricas nos pertenecen a nosotros!"»

En el mismo acto habló también Francisco Ascaso. Dijo:

«¡Se dice que hemos triunfado, que hemos triunfado! Pero ¿qué ha ocurrido en realidad? Los partidos de izquierda han ganado las elecciones, pero la economía sigue como siempre en manos de la burguesía reaccionaria. Si le dejásemos mano libre a esta burguesía, nuestra victoria electoral sería inútil, porque entonces hasta los partidos de izquierda llevarían una política derechista.

»¿Acaso no hemos llegado ya a ese extremo? Los capitalistas españoles se han aliado con sus cómplices extranjeros y dirigen una guerra económica contra nosotros ante la cual el gobierno, sean partidos de izquierda o no, no puede en ningún caso permanecer neutral. ¿Qué pretende el gobierno? ¿Que nosotros paguemos las consecuencias? El capital se evade al extranjero. Las fábricas se están cerrando. Pero el gobierno no quiere expropiar a los empresarios, porque eso no estaba previsto en su programa. ¿Y nosotros? Tal vez seamos un poco ingenuos, pero no somos tontos. Hasta ahora nos hemos mantenido quietos y pacíficos en las fábricas. Pero esto no seguirá así. Nos reuniremos en los patios de las fábricas y elegiremos comités de producción entre los que trabajan en las fábricas. Y si se cierran las fábricas, expropiaremos a los dueños y tomaremos a nuestro cargo las fábricas. Organizaremos la producción mejor y con más seguridad que los capitalistas. De todos modos ellos sólo son una carga para las empresas.

»La victoria política no es más que engaño e ilusión si no va acompañada por una victoria económica y una victoria en las fábricas.»

[*Solidaridad Obrera*/John Stephen Brademas]

LA VICTORIA

El preludio

En casa hablaba poco de sus actividades. Había muchas cosas que todos, menos yo, sabían. Por ejemplo, el entrenamiento militar antes de julio de 1936, la instrucción para el manejo de las armas. Le aseguro que ellos preveían desde hacía tiempo el golpe de Estado de Franco, y se preparaban para ello. Tenían un campo de tiro en las afueras. Sólo yo no sabía nada. Para mí era un gran misterio, pero los vecinos estaban al corriente. La mujer es siempre la última en enterarse. Siempre el mismo silencio, el mismo misterio. ¡Sí, también puede parecer romántico si uno lo prefiere!

[Émilienne Morin]

El 16 de julio, a petición de la Generalitat y por resolución de un pleno de la CNT-FAI de Cataluña convocado con urgencia, se constituyó un comité de enlace, en el cual Santillán, García Oliver y Ascaso representaban a la FAI y Durruti y Asens a la CNT. La primera cuestión que se planteó en las conversaciones entre los anarquistas y el gobierno de Companys fue el armamento. Se entabló una lucha tenaz. Cada vez que los anarquistas reclamaban (y en realidad no exigían lo que realmente necesitaban, o sea 20.000, sino sólo 10.000 fusiles), el gobierno les respondía que no tenía armas en existencia. Los políticos temían al fascismo, pero al pueblo en armas lo temían más aún.

Ya desde el 2 de julio la CNT-FAI había distribuido, como medida de precaución, grupos disimulados de centinelas para vigilar los cuarteles de Barcelona. En lugar de pertrechar a los sindicatos para la eventualidad de un golpe de Estado, el gobierno en cambio intentó desarmar a esos pequeños grupos.

Las comisarías de la ciudad llamaban constantemente al ministro de Gobernación para dar parte de la detención de militantes anarquistas a quienes la policía pretendía quitarles las pistolas; la rutina represiva había calado tan hondo que hasta se quería procesar a los detenidos ¡por tenencia ilícita de armas!

[D<small>IEGO</small> A<small>BAD DE</small> S<small>ANTILLÁN</small>[2]/A<small>BEL</small> P<small>AZ</small>[1]]

Tres días antes del 19 de julio, el 14 o el 15, asaltamos un barco cargado de armas en el puerto de Barcelona. El gobierno de Cataluña, la Generalitat, quería las armas para sí; pero Durruti y los otros las llevaron al sindicato del transporte. Al día siguiente se presentó allí la Guardia de Asalto. Allanamiento de domicilio. Pero Durruti ya estaba en la calle. «¡Una camioneta, rápido!» Se consiguió entonces una camioneta para el reparto de leche y allí se despacharon las armas. El gobierno encontró cuatro o seis escopetas viejas. El resto lo teníamos nosotros, la CNT.

[E<small>UGENIO</small> V<small>ALDENEBRO</small>]

Hace días que Federico Escofet, comisario general de Orden Público de Cataluña, desarrolla una actividad febril. Tiene pruebas concluyentes de que se prepara una sublevación militar en toda España y que también la guarnición de Barcelona está implicada en esos planes. En los cajones de su escritorio están amontonados informes fidedignos de sus informantes y de oficiales de tendencia republicana, listas con los nombres de los golpistas, manifiestos, consignas, planes operativos y órdenes para el día señalado. Se esperaba la sublevación para el 16 de julio; hoy, 18 de julio, Escofet está seguro de que es inminente.

Desde hace días está en contacto permanente con el consejero de Gobernación, José María España, y con el comandante Vicente Guarner, su colaborador más inmediato, toma las medidas necesarias para hacer frente a tiempo al golpe de Estado. Pero éste no es el único problema que tiene que resolver el comisario. El comisario de Orden Público debe contar también con los anarquistas de la FAI y los sindicalistas de la CNT, que desde hace años están en conflicto con el gobierno autónomo de Cataluña (también además, con el gobierno central de Madrid, el Partido Socialista y con todo el mundo). A pesar de todo, los anarquistas se han mostrado dispuestos, desde hace unos días, a participar en un comité de coordinación que Companys, el presidente de Cataluña, ha convocado dada la gravedad de la situación. En este comité participan también todos los partidos y organizaciones antifascistas. Lo primero que han exigido los anarquistas son armas, pero tanto Escofet como el presidente y el consejero de Gobernación, saben muy bien lo peligroso que sería entregar armas a los hombres de la CNT, gente arrojada en la lucha callejera. Si se produce el golpe militar y se enfrentan en lucha armada el ejército y la policía, uno como enemigo y el otro como defensor de la República, se debilitarán ambos, y la ciudad quedará a merced de los anarcosindicalistas. Esto sería tan peligroso para la estabilidad política y social de Cataluña como el propio golpe militar.

Suena el teléfono.

–Sí, aquí Escofet. ¿José María? Buenos días. ¿Cómo? Ah, sí. La CNT. Protestan, por supuesto. Lo sabía desde el principio. También se quejarán ante el presidente, pero no podía obrar de otra manera. Les dejé las pistolas, pero si por mí fuera, también les habría quitado las armas de fuego. De todos modos, los fusiles están en nuestro poder. Guarner los ha incautado.

Se trata de un peligroso incidente que ha ocurrido la noche anterior. Los militantes anarquistas del sindicato del transporte han asaltado algunos barcos anclados en el puerto, y han robado un número considerable de fusiles y pistolas.

–Eso es todo lo que sé. Guarner me ha informado. Él mismo, al frente de una compañía de asalto, penetró en la sede del sindicato, después de apostar guardias en las azoteas de los alrededores. ¡Claro que estaban armados! Por suerte todo no pasó de un intercambio de palabras y a nadie se le escapó un tiro. Sí, aparecieron Durruti y García Oliver en persona, para calmar los ánimos.

Guarner se inclina sobre Escofet, que cubre el teléfono con la mano por un instante.

–Dígale que la gente del sindicato estaba tan furiosa que amenazaron con las armas a Durruti. ¡Su propia gente!

–Guarner me dice lo mismo, que encañonaron a Durruti, su propia gente. ¿Se imagina usted? Informe al presidente. ¿Cómo? Sí, así lo haremos. Bien, se lo diré a Guarner.

Escofet cuelga; tiene treinta y ocho años de edad, su cabello es negro, ondulado y brillante, sus ademanes son enérgicos y su voz muy arrebatada.

–No me fío de los de la FAI. Andan como locos detrás de las armas.

–¿Ha dicho algo más?

–Sí, parece que el golpe es para mañana por la mañana temprano. Tiene informes fidedignos.

–¿Sabe qué pienso? Me gustaría que empezaran de una vez, así sabremos a qué atenernos.

[Luis Romero]

El comité de defensa

A menos que uno se fijara atentamente, el 18 de julio parecía un sábado cualquiera. Sin embargo, a pesar de que hacía mucho calor, había pocos ociosos y las playas estaban vacías. Llamaba la atención ver tantas amas de casa que iban de compras; en las panaderías se había terminado el pan por la tarde.

En la sede del comité regional de la CNT reina un vaivén febril. Están reunidos los enlaces de todos los sectores de la ciudad y sus alrededores. La comisión de enlace con la Generalitat trabaja sin interrupción. En un rincón del local Durruti habla con mineros de Fígols, que quieren informarse de la situación. Durruti se apoya en una silla. Acaba de ser operado de una hernia y aún no está totalmente restablecido. No se descarta que tenga una complicación, porque sigue sintiendo dolores. Unos pasos más allá, Marianet telefonea a Madrid. A Ascaso lo buscan por doquier, «que venga enseguida al café Pay-Pay, hay prisa...». Los activistas del sindicato metalúrgico retienen a Ascaso: «¿Qué hacer?» Le proponen acciones. Francisco les responde: «Aún no ha llegado el momento. Hay que conservar la calma.»

[Abel Paz[1]]

Una ametralladora Hotchkiss, dos fusiles ametralladores checos y numerosos rifles Winchester con munición abundante están preparados en una habitación de la calle Pujadas número 276, casi en la esquina con Espronceda, en el barrio de Pueblo Nuevo. Allí, en el piso donde vive Gregorio Jover, está reunido el comité de defensa anarquista.

Juan García Oliver, Buenaventura Durruti y Francisco Ascaso han llegado con dos horas de retraso. Esta última reunión, una especie de vela de armas, había sido convocada para las doce de la noche. El teniente de las fuerzas aéreas, Servando Meana, ha puesto un coche a la disposición de los tres, para que les recoja desde la Consejería de Gobernación. Han viajado a gran velocidad, con las armas al alcance de la mano; sabían que su retraso intranquilizaría a sus compañeros. Ante el edificio de la Consejería de Gobernación se había formado una especie de manifestación; los militantes de la CNT exigían armas. García Oliver, Durruti y Ascaso han tenido que asomarse al balcón para tranquilizar a la multitud que está en la plaza de Palacio. García Oliver les ha recomendado que rodeen los cuarteles de San Andrés y esperen el momento oportuno. Si todo sale como se ha planeado, mañana la CNT-FAI tendrá en sus manos 25.000 fusiles, ametralladoras y quizás algunos cañones. Meana y otros oficiales (sus enlaces en la aviación) han hablado con el teniente coronel Díaz Sandino, jefe de la base aérea del Prat de Llobregat. Tan pronto como las tropas se subleven y abandonen los cuarteles, los aparatos de la fuerza aérea despegarán para atacarlas. Al bombardear el cuartel de San Andrés se tendrá cuidado de no alcanzar los almacenes de armamentos, para que no estallen los depósitos de municiones. Los miembros de los comités de barriada de Santa Coloma, San Andrés, San Adrián del Besós, Clot y Pueblo Nuevo atacarán el cuartel y harán volar las puertas con dinamita si es necesario. Díaz Sandino está de acuerdo con este plan. En el arsenal de San Andrés hay varios millones de cartuchos de fusil.

Entretanto Gregorio Jover distribuye a los compañeros pan y butifarra y les sirve vino. Se han tomado las medidas necesarias. Los grupos de acción y los comités de barriada han sido alertados. Cada uno sabe lo que tiene que hacer cuando llegue el momento de actuar. En las fábricas y a bordo de los barcos anclados en el puerto, los fogoneros hacen guardia; sus sirenas darán la señal de ataque. Los miembros del comité sólo esperan a que los militares salgan de sus cuarteles. Según las últimas informaciones, los golpistas iniciarán las hostilidades al amanecer.

García Oliver está sentado en una silla, nervioso y abrumado por varios días de actividad febril. Debería aprovechar las pocas horas que restan para descansar, antes de afrontar nuevos y mayores esfuerzos. Pero no logra dormirse.

Los reunidos han trabajado durante semanas y meses para llegar a esta noche. Ya antes de las elecciones de febrero estaban convencidos de que la Guerra Civil era inminente. Muchos militantes de la CNT tendieron a revisar su actitud tradicional con respecto a las elecciones (es decir, el boicot), y votar excepcionalmente por los partidos de la izquierda burguesa y los socialistas. La dirección no lo aconsejó ni lo desaconsejó, dejó que cada uno decidiera por su cuenta. Al fin y al cabo sería igual si ganaba las elecciones la derecha o la izquierda. Si el fascismo hubiese llegado legalmente al poder a través de la abstención de los obreros anarquistas, ésa habría sido la señal para la insurrección armada. En cambio, según preveía la CNT, una victoria electoral de la izquierda habría inducido a los fascistas a tratar de subir al poder mediante el habitual golpe de Estado militar. En todo caso habría que enfrentarse a ellos con las armas en la mano. Los acontecimientos han confirmado la corrección de este cálculo; el análisis de los anarquistas era más realista que el de los políticos profesionales de los partidos.

La CNT era una organización federalista compuesta de confederaciones regionales que operaban casi independientemente, por lo cual no podía planear un contragolpe a escala nacional; tenía que limitarse a Cataluña, es decir, sobre todo a Barcelona. Madrid es la capital política de España. Pero Barcelona es la capital industrial y proletaria del país. La gran proporción de obreros de que consta su población y su tradición revolucionaria otorgan a la ciudad un prestigio excepcional y una primacía política; si las masas obreras triunfan aquí, su movimiento se extenderá también a las demás ciudades del país.

En consecuencia, los anarquistas comenzaron a organizar comités de defensa en cada barriada. Estos comités estaban coordinados de tal modo que era posible mantener una comunicación permanente con los delegados. Cada delegado conoce las consignas para la hora señalada. También las Juventudes Libertarias y la organización de Mujeres Libres están incluidas en este plan operativo. La federación de sindicatos y el comité regional acordaron que esta vez no se proclamara la huelga general, para no poner sobre aviso al enemigo.

El plano de la ciudad que está sobre la mesa señala la posición de los cuarteles, los acantonamientos de tropas y su número. Informes confidenciales de los cuarteles completan en el último momento los antecedentes del enemigo. El comité ha estudiado también la red de alcantarillas y conoce las vías de acceso subterráneas y los empalmes. Más importante aún es la instalación eléctrica; se han tomado las medidas necesarias para privar de energía eléctrica a cualquier sector cuando así se requiera. Los grupos armados tienen orden de permitir a las tropas que salgan de sus cuarteles sin hostigarlas. Este aparente éxito inicial les hará creer que no habrá resistencia. Probablemente los soldados llevarán consigo a lo sumo cincuenta cartuchos cada uno. Una vez que las tropas se hayan alejado de sus cuarteles, se abrirá fuego contra ellas. Cuando se les agote la munición y se encuentren aislados, aparecerán los primeros signos de desmoralización. Entonces habrá llegado el momento de la agitación. Es importante que se revuelvan contra sus oficiales, o que deserten por lo menos. En cuanto a la Guardia de Asalto, se supone que se pondrá de parte del gobierno constitucional y contra los golpistas; por lo tanto, los grupos de defensa colaborarán con ella. La actitud de la Guardia Civil es incierta; debe vigilársela y sólo se abrirá fuego contra ella si ataca a los obreros. En este caso se la combatirá tan implacablemente como al ejército.

Todo ha sido pensado, discutido, estudiado y resuelto. Los miembros del comité de defensa anarquista están en silencio. Consumen grandes cantidades de café para mantenerse despiertos. Templan su impaciencia. Cada uno vuelve a repasar mentalmente todos los detalles. Se conocen y han luchado juntos desde hace años. Son como hermanos, o tal vez más que hermanos. Es posible que esta noche sea la última vez que se vean. Francisco Ascaso fuma nerviosamente. Está pálido, como siempre, y como siempre emana una sonrisa escéptica de sus labios fríos y delgados. También Durruti parece sonreír, pero a pesar de sus cejas tupidas y oscuras, del entrecejo fruncido y las arrugas de la frente, su expresión tiene algo de infantil. Sus ojos grises y vivaces repasan una y otra vez los armamentos. Ricardo Sanz, alto, rubio y fuerte, está sentado inmóvil. Su actitud es casi indiferente. Gregorio Jover, a quien por sus pómulos llaman *El Chino*, parece más chino que nunca; juega con las cartucheras que lleva en la cintura. Aurelio Fernández trata de descifrar la gravedad de la situación en el rostro de Jover, como si éste fuera un termómetro; sus ojos son un poco saltones y su compostura erguida; es el único que se preocupa por vestir bien. Todos ellos son veteranos combatientes callejeros, guerrilleros urbanos familiarizados con la pistola. El comité tiene también dos miembros más jóvenes, Antonio Ortiz y

Valencia. Aquél desea conversar y trata vanamente de hacer hablar a sus silenciosos compañeros; el cabello se le arremolina en bucles. *Valencia* se siente orgulloso de haber sido admitido en esta velada. Fuma mucho y enciende un cigarrillo tras otro. Han trasladado su cuartel general aquí, porque la mayoría de ellos viven en este barrio. Desde el piso de Jover se ve, casi enfrente, el estadio de fútbol del Júpiter. Las calles de alrededor están vigiladas por gente escogida. Dos camiones esperan en la calle Pujadas, al lado del campo de fútbol. García Oliver habita a sólo cincuenta metros, en el número 72 de la calle Espronceda. Ascaso en la calle San Juan de Malta, justo en las inmediaciones del local de La Farigola, donde se han reunido días atrás el pleno de los comités de defensa de barriada y el comité de defensa de Barcelona. Durruti vive en el Clot, a menos de un kilómetro de distancia.

Un viejo reloj de pared, comprado en el mercadillo de viejo (los Encantes), hace tictac con una torturante lentitud. Una ametralladora Hotchkiss, dos fusiles ametralladoras checos y numerosos fusiles Winchester...

[LUIS ROMERO]

Entre las once y medianoche algunos grupos abandonaron el comité regional para resolver el problema del transporte. Es absolutamente imprescindible conseguir coches para que los comandos de ataque puedan movilizarse. Una hora más tarde ya pasan por las Ramblas coches requisados con las siglas de la CNT-FAI escritas en grandes letras con tiza. Los obreros que van por el paseo saludan a los coches y gritan a los chóferes: «¡Viva la FAI!» La misma noche son asaltadas las armerías de Barcelona. Los grupos anarquistas vacían los escaparates y armarios y se apoderan de revólveres y escopetas.

[DIEGO ABAD DE SANTILLÁN[2]/ABEL PAZ[1]]

A las dos de la madrugada Durruti y García Oliver se presentan en la jefatura de policía y exigen categóricamente al comisario Escofet que desarme a la mitad de la Guardia de Asalto y ponga los fusiles a disposición de los trabajadores. Escofet se niega, y afirma que sus hombres cumplirán con su deber hasta el último momento, y que no puede desprenderse de ninguna arma.

A las 4.30 suena el teléfono en la jefatura de policía. «Ha

llegado el momento, las tropas de Pedralbes y Montesa abandonan sus cuarteles.» Ascaso y Durruti toman sus armas y salen de la jefatura. Santillán y García Oliver agarran del uniforme al oficial de guardia: «¿Dónde están las pistolas? ¡Apúrese!»

[ABEL PAZ[1]]

A las cinco de la madrugada se produce un tumulto frente al palacio gubernamental. Los guardias están nerviosos. Una multitud procedente de la Barceloneta se apretuja en el portal. La situación es crítica. Durruti, que acaba de llegar, sabe lo que significa la manifestación. Sale al balcón. Los obreros portuarios lo reconocen y piden que los guardias dejen pasar al palacio a una delegación que quiere hablar con la comisión de enlace. En ese momento ocurre algo extraordinario. Se desvanece la mortal tensión entre los manifestantes y los guardias palaciegos, compuestos por policías de la Guardia de Asalto. La disciplina militar se resquebraja. Obreros y guardias confraternizan. Un guardia se desajusta el cinturón y da su pistola a un obrero. Pronto se reparten también los fusiles entre la muchedumbre. Un acontecimiento asombroso se produce ante los ojos de los oficiales: los policías se convierten en seres humanos.

[ABEL PAZ[1]/DIEGO ABAD DE SANTILLÁN[2]]

Las sirenas

Los primeros rayos del día iluminan las fachadas deslucidas de las calles Pujadas, Espronceda y Llull. Numerosos hombres armados ocupan los alrededores del campo de fútbol del Júpiter. Casi todos llevan ropas de obrero azules. Veinte militantes seleccionados acompañarán al comité de defensa anarquista; todos ellos familiarizados con la lucha callejera. Las armas han sido cargadas en los dos camiones. Ricardo Sanz y Antonio Ortiz instalan una ametralladora en el techo del primer camión. «¡Compañeros! El comité de defensa de Sanz acaba de llamar por teléfono. ¡Las tropas salen de los cuarteles!» El enlace está sin aliento. En los balcones del vecindario se ven madrugadores. Caras expectantes, solidarias, pero también atemorizadas. Los militantes de la barriada se reúnen cerca del campo de fútbol. Los que tienen una pistola la exhiben. El resto las pide. Se distribuyen las reservas.

–¿Qué hacemos? ¿Esperamos las sirenas? –pregunta Durruti. Los chóferes ponen en marcha los motores. A lo lejos se escucha un prolongado ulular: la primera sirena de las fábricas. La gente calla. El silbido crece y se aproxima, cada vez se incorporan más sirenas. La gente se lanza a los balcones. Los miembros del comité y su escolta suben a los camiones.

–¡Viva la FAI!

–¡Viva la CNT!

–¡En marcha!

Los camiones arrancan, los ocupantes levantan las armas. La bandera roja y negra, izada en un listón de madera, se despliega al viento. Pasan en primera por las Ramblas de Pueblo Nuevo. Se incorporan más y más camiones. Los dirigentes muestran las ametralladoras a la multitud, que impresionan a los espectadores como símbolos de decisión. Durruti, Ascaso, García Oliver, Jover y Sanz son aclamados desde los tejados y los balcones. Las sirenas siguen sonando, sus voces provienen de las barriadas pobres del cinturón industrial de Barcelona, es una voz proletaria que arrastra a la movilización a los obreros.

Los militantes anarquistas han pasado la noche en los locales sindicales, en los comités y en las trastiendas. Ahora afluyen en masa hacia el centro de la ciudad. Los grupos de Sans, Hostafrancs y Collblanc, los «murcianos» de la Torrassa, los cenetistas de Casa Antúnez se dirigen hacia la plaza España y el Paralelo: su objetivo es el cuartel de ingenieros de Lepanto. Los obreros textiles de La España Industrial, los metalúrgicos de Escorza y Siemens, los huelguistas de Lámparas Z, albañiles, curtidores, obreros del matadero, basureros, peones, entre ellos algunos cantantes de los coros de Clavé, subproletarios de las barracas de Montjuïc y también algunos matones de Pueblo Seco: todos acuden. También los campesinos de la antigua villa de Gracia, de tradición revolucionaria y anarquista, obreros de las hilanderías y de los depósitos de tranvías, y también dependientes de comercio. No sólo hay anarquistas, sino también socialistas, catalanistas, comunistas y gente del POUM, y todos avanzan hacia el Cinco de Oros, hacia la Diagonal, hacia los límites de sus barrios, y levantan barricadas, vigilan las calles de acceso y las encrucijadas. El lumpenproletariado de Monte Carmelo desciende a la ciudad y se une a los habitantes de las calles a medio urbanizar, que terminan a lo lejos en el campo abierto, a los viejos compañeros de Poblet y Guinardó que han escuchado la palabra de Federico Urales, el gran maestro de los anarquistas, y conocen a su hija, Federica Montseny, desde que era niña. Los obreros de Fabra y Coats y Rottier, los mecánicos de la Hispano-Suiza y los operarios de La Maquinista se unen con los peones y los desocupados y avanzan hacia el cuartel y el arsenal de San Andrés, donde están almacenadas armas suficientes para asegurarles el dominio de la ciudad entera. No hay que omitir a los de Fundición Girona, los de las fábricas de papel, los obreros del gas y químicos del Clot, San Martín de Provensals, la Llacuna y Pueblo Nuevo, que se unen con la gente de la Barceloneta, los pescadores, los estibadores, los metalúrgicos de Nuevo Vulcano, los ferroviarios del ferrocarril del Norte y los gitanos del Somorrostro. Todos han escuchado las sirenas.

Los dos camiones llegan a la calle Pedro IV. Allí también hay entusiasmo en las aceras. En las casas, sin embargo, vive gente pudiente, comerciantes y artesanos «de categoría». Ven desfilar llenos de temor la caravana. Nadie se atreve a dar señales de desaprobación; incluso el silencio podría ser demasiado peligroso. Por eso gritan: «¡Viva la CNT! ¡Muera el fascismo! ¡Abajo el clero!»

La batalla decisiva se librará en el centro, en el casco antiguo de la ciudad. Allí también cuentan con apoyo los anarquistas, porque incluso en los barrios burgueses habitan muchos compañeros y los porteros, los limpiabotas, los camareros y los barrenderos son partidarios suyos.

[LUIS ROMERO]

La lucha callejera

Juan García Oliver, Francisco Ascaso, Antonio Ortiz, Jover y *Valencia* dirigen las operaciones contra los rebeldes que ocupan la confluencia del Paralelo con la Ronda de San Pablo. Al lado de un número creciente de obreros más o menos armados luchan un suboficial y dos hombres del cuartel de Atarazanas que se han insubordinado contra sus oficiales y han traído su ametralladora consigo. Desde la terraza de la casa situada en la esquina de la calle de San Pablo han conseguido rechazar a los soldados que se atrincheraban en la puerta de San Pablo. Al mismo tiempo, Jover y Ortiz han irrumpido con cincuenta hombres por la puerta trasera del café Pay-Pay, y desde allí han abierto fuego. Los soldados, cercados, se han replegado ahora hasta el Paralelo. Están parapetados detrás del puesto de frutas que hay frente al cabaret Moulin Rouge y en la terraza del café La Tranquilidad. Desde allí dominan con sus ametralladoras toda la avenida del Paralelo; el grupo que dirige Francisco Ascaso ha sufrido graves pérdidas al tratar de cruzar el Paralelo por la calle Conde del Asalto.

García Oliver, Ascaso y Durruti se han reunido por la mañana temprano en las Ramblas. Se había acordado que Durruti y su grupo asaltarían el Hotel Falcón, desde cuyas ventanas operaban carabineros enemigos; después, una vez despejada la situación en la plaza del Teatro, Durruti avanzaría hasta el restaurante Casa Juan para emplazar allí las ametralladoras contra los fascistas que se habían atrincherado en el cuartel de Atarazanas y la Puerta de la Paz. Dominando la parte media de las Ramblas controlarán las calles transversales del casco antiguo. El establecimiento de tropas en la encrucijada Paralelo-San Pablo, una posición de gran importancia estratégica, es una amenaza imprevista para el plan de García Oliver. Por eso ha movilizado todas las fuerzas disponibles para desalojar los nidos de ametralladoras de los fascistas. El comando ha atravesado momentos difíciles al avanzar a lo largo de la calle San Pablo; ha tenido que pasar ante el cuartel de carabineros. García Oliver ordenó proteger los alrededores para no caer en una trampa, y parlamentó con un oficial y algunas tropas. Los exhortó a definir su posición. Contestaron que los carabineros eran fieles al gobierno; que no les incumbían funciones policiales y que su misión era la lucha contra el contrabando y la seguridad aduanera. La guarnición del cuartel dio su palabra de honor de que no atacarían por la espalda al grupo de combate de García Oliver. Después se demoraron otra vez en la cárcel de mujeres, en la calle Amalia. Se la registró, porque no se descartaba que allí también se hubiesen establecido los fascistas. No era así. Sin embargo, la cárcel fue desalojada, ya que en caso de un repliegue podría servir como resguardo. Las presas salieron llorando de sus celdas. No se sabe si de alegría o de miedo, algunas histéricamente emocionadas.

Por la calle Abad Zafont, Ascaso se aproxima con sus hombres al grupo de García Oliver. Ascaso viste un traje marrón gastado y alpargatas ligeras y empuña una pistola amartillada.

109

–Se repliegan hacia el Moulin Rouge. ¡Ya están listos!

–¡Eh! ¡Vosotros! Ocupad la terraza del bar Chicago, y disparadles desde arriba. Pero no al azar, hay que afinar la puntería. Cuando escuchemos vuestra ametralladora nos lanzamos por el Paralelo y los acribillamos.

Mientras el grupo de choque se dirige por la calle de las Flores hacia el bar Chicago, los demás esperan. Hacen una pausa y fuman un cigarrillo. Los soldados continúan disparando, pero ya están a la defensiva y no tienen blancos precisos. A pesar de la intensidad del tiroteo, algunos curiosos rondan por las calles. Se mantienen cerca de los portales, listos para refugiarse en ellos.

Por fin se escucha en un tejado una descarga. Responde por todas partes el fuego de las ametralladoras, alternado por las débiles detonaciones de las pistolas.

–¡Viva la FAI! ¡Adelante!

Los dirigentes anarquistas se lanzan al ataque y cruzan el Paralelo. Una mujer envuelta en un albornoz rosa, la cara pálida y macilenta sin maquillar, levanta los brazos y grita:

–¡Vivan los anarquistas!

[LUIS ROMERO]

Otros grupos armados se dirigen hacia la plaza de Cataluña desde las calles transversales y por las bocas del metro y atacan a los soldados. También la Guardia Civil dispara contra los golpistas. Se emplaza un cañón. Pero en el Hotel Colón los rebeldes tienen todavía algunas ametralladoras que disparan ciegamente contra la multitud que avanza impetuosa. El combate dura más de media hora, la plaza está cubierta de cadáveres. Por último, al apoderarse la Guardia Civil de la planta baja, aparecen los primeros pañuelos blancos por las ventanas del Colón. Sólo en el edificio de la Telefónica resisten más los fascistas. Los anarquistas, con Durruti al frente, asaltan el inmueble avanzando desde las Ramblas. Hacia la mitad de la calle, la acera está cubierta de muertos, entre ellos Obregón, el secretario de la federación de Barcelona. Los atacantes llegan finalmente a la Puerta del Ángel. Durruti entra primero en el vestíbulo de la Telefónica, que luego será conquistada piso por piso. La plaza de Cataluña, el centro de Barcelona, está en manos de los trabajadores.

[ABEL PAZ[1]/DIEGO ABAD DE SANTILLÁN[2]]

En las Ramblas habían emplazado un cañón de 75 que disparaba cada vez más cerca contra los muros de la fortaleza de Atarazanas abriendo allí grandes brechas. Entretanto acudían centenares de obreros ante el cuartel. El pueblo de Barcelona disparaba contra él; mujeres y niños acarreaban las municiones y traían alimentos y abastecimientos para los hombres de las barricadas.

[RICARDO SANZ[1]]

La muerte de Ascaso

Los anarquistas llevan la iniciativa en la lucha final contra el cuartel de Atarazanas y el edificio de la comandancia de la región militar situados ambos al final de las Ramblas. Ya han avanzado hasta la Rambla de Santa Mónica. Al otro lado del cuartel, en la Puerta de la Paz, algunas unidades policiales y elementos antifascistas de diversas organizaciones, vestidos de paisano, luchan al lado de los combatientes callejeros de la CNT. Dirigidos por Francisco Ascaso, que empuña siempre su Astra de 9 mm, los miembros del comité de defensa anarquista avanzan cautelosamente hacia el sur, protegidos por los robustos árboles del paseo de las Ramblas; Durruti, Ortiz, *Valencia*, García Oliver y los militantes de los sindicatos anarquistas: Correa, del sindicato de la construcción, Yoldi y Barón de los metalúrgicos; García Ruiz, de los tranviarios; también están Domingo y Joaquín, hermanos de Ascaso. Allí está además el camión con la ametralladora sobre la cabina, que ocupan Ricardo Sanz, Aurelio Fernández y Donoso. No están solos: cientos de obreros se han puesto en movimiento.

A medida que los atacantes se aproximan al cuartel, cada paso adelante se hace más difícil y peligroso. Los militares sublevados están bien parapetados. Los tirotean desde el balcón del Sindicato del Transporte y desde el Centro de Dependientes; durante la noche se han improvisado avanzadillas con muebles, colchones y enormes bobinas de papel que proceden de la imprenta de *Solidaridad Obrera*.

Los primeros anarquistas abandonan su abrigo detrás de los árboles y cruzan las Ramblas; los atacantes se detienen en la calle de Santa Madrona, situada al alcance del fuego del cuartel y de la comandancia de la región militar. La única protección la ofrecen los puestos del mercadillo de libros viejos.

111

Durruti y su gente sólo ven una posibilidad de avance. La parte más antigua del cuartel está rodeada por un muro que ya ha sido destruido por el fuego de artillería y granadas de mano. Partes del muro se mantienen en pie y pueden servir de protección. Pero, entretanto, Ascaso ha divisado, en una ventana que da a la calle de Santa Madrona, a un tirador con una ametralladora, que domina todo el sector y hace fuego sobre los compañeros que avanzan por las Ramblas.

[Luis Romero]

Para llegar a esa posición hay que abandonar el abrigo y recorrer un trecho que está bajo el fuego de la comandancia de la región militar. Mientras los compañeros deliberan aún sobre la maniobra táctica, una bala roza en el pecho a Durruti. Sus amigos lo envían a un puesto improvisado de socorro; Lola Iturbe, una luchadora de primera hora, lo venda provisionalmente. Entretanto, un comando compuesto por Ascaso, García Oliver, Justo Bueno, Ortiz, Vivancos, Lucio Gómez y Barón inician una carrera con la muerte y zigzaguean desde la barricada hasta los puestos de libros. Estos puestos son las mejores posiciones de partida para empezar un ataque por la calle de Santa Madrona. Allí están bajo una lluvia de balas: ofrecen un buen blanco, tanto desde las torrecillas del cuartel como desde el puesto de la comandancia de la región militar.

[Abel Paz[1]]

Francisco Ascaso llega a los puestos de libros seguido por Correa y algunos otros militantes. Durruti y sus compañeros lo llaman, pero él se desentiende de sus preguntas y les hace señas de que no se preocupen por él, para no llamar la atención. Hay que silenciar ese nido de ametralladora en la ventana. Ascaso estudia la situación táctica. Casi justo frente a la ventana hay un camión estacionado; entre el último puesto de libros y el camión no hay protección. Ascaso está convencido de que, si consigue llegar al camión, podrá liquidar al tirador de la ametralladora con un solo tiro de pistola, a corta distancia. Agachado, se lanza a correr. Varios impactos en el muro de la casa, detrás de él, demuestran que el tirador le ha descubierto.

[Luis Romero]

Durruti, que ha observado la operación desde la barricada, le dice a Pablo Ruiz: «Me habéis engañado, la herida podía esperar.» Y ordena concentrar el fuego contra la torrecilla del cuartel en la cual Ascaso ha puesto sus miras. Pero el tirador enemigo ya ha descubierto la celada.

[ABEL PAZ[1]]

Antes de llegar al camión, se arrodilla, apunta y dispara. Cuando se dispone a levantarse y seguir corriendo hacia el camión, una bala le da en medio de la frente. Cae.

Los compañeros le han visto levantar los brazos y caer al suelo. Yace bocabajo, ya no se mueve.

[LUIS ROMERO]

García Oliver es el primero en comprender lo que ha ocurrido y trata de saltar sobre el parapeto que lo protege, pero lo detiene un movimiento instintivo de Barón. Pasan aún unos minutos hasta que el tirador enemigo es silenciado. Entonces Ricardo Sanz y Ortiz pueden poner en lugar seguro el cadáver de Ascaso.

[ABEL PAZ[1]]

He presenciado de cerca las jornadas de julio en Barcelona. Yo no me eché a la calle ni hice fuego, porque no me lo permitieron. Pero he visto caer a Ascaso, desde el sindicato metalúrgico, en las Ramblas. He visto su cadáver cuando lo recogieron; estaba totalmente acribillado de balas, ¡como un colador!

Nadie pudo explicarse su acción. Se adelantó solo, el cuartel estaba aún en poder de las tropas de Franco. Salió solo a enfrentarse a una muerte segura. No sé cómo se le ocurrió. Parecía un suicidio.

[ÉMILIENNE MORIN]

El último encuentro del grupo Nosotros se llevó a cabo el 20 de julio frente al cuartel de Atarazanas. El crepitar de las ametralladoras y los silbidos de las bombas de la FAI, ruidos familiares para nosotros, nos habían convocado. Durruti dirigía el ataque en primera línea, Ascaso y García Oliver manejaban una recalentada ametralladora, Sanz había traído un cesto con bombas arrojadizas, que lanzaba contra el cuartel sitiado; también estaban presentes Aurelio Fernández, Antonio Ortiz y Gregorio Jover. Francisco Ascaso cayó en este combate.

Su muerte fue el fin del grupo. Nunca nos volvimos a reunir, ni siquiera en el entierro de Ascaso. Y quizás ése fue el error más grande que cometió el grupo; se dispersó, se disolvió, el viento se lo llevó.

[Ricardo Sanz[2]]

La anarquía

–¡Viva la FAI! ¡Viva la anarquía! ¡Viva la CNT! ¡Compañeros! ¡Hemos derrotado a los fascistas! ¡Los combatientes obreros de Barcelona han vencido al ejército!

–¡Viva la República!

–¡Sí, que viva también la República!

La lucha en Barcelona ha terminado. El edificio de la comandancia de la región militar se ha rendido; poco después ha capitulado también el sitiado cuartel de Atarazanas. Sudorosos, riendo y roncos, se abrazan los combatientes callejeros. Levantan las armas, levantan los puños, vitorean a sus dirigentes.

Harapientos, extenuados, los rostros ennegrecidos, en mangas de camisa, los ojos espantados y las manos en alto, rodeados de caras amenazadoras e insultados por una multitud enfurecida, son conducidos los prisioneros, nadie sabe adónde, ni siquiera sus guardianes. García Ruiz, un tranviario, se dirige a García Oliver.

–¿Qué hacemos con éstos?

En esta ciudad no dan órdenes ni policías, ni oficiales de la Guardia de Asalto, ni políticos. Los que visten orgullosos uniformes, los señores que ordenan a gritos y usan imperdibles y charreteras, los hombres que ciñen la espada y el sombrero de copa negra, están arruinados, han sido vencidos. Quienes han demostrado su fuerza, quienes han ganado, son los que antes no tenían nada que decir, los perseguidos y encarcelados, los que tenían que ocultarse en los sótanos.

–¡Llévalos al Sindicato del Transporte y que queden detenidos! Ya decidiremos qué hacer con ellos.

Durruti, contraídas las cejas, empuña el arma aún caliente. Sus ojos se llenan de lágrimas. Jover guarda silencio. No saben

114

qué decir. La alegría de la victoria retrocede ante el recuerdo de Ascaso, el compañero de tantos años de lucha.

–¡Pobre Paco!

Pero no tienen tiempo para los sentimientos, para el dolor y la melancolía. Es la hora de actuar.

–¡Vamos ya! –dice García Oliver.

[Luis Romero]

El 20 de julio Durruti fue herido dos veces, en la frente y en el pecho. Se le vio llorar de dolor y de rabia ante el cadáver de Ascaso.

Al terminar el combate, Durruti, a quien la prensa burguesa calificaba de terrorista y asesino, se dirigió al palacio episcopal y salvó la vida al arzobispo de Barcelona, cuya cabeza pedía la multitud enfurecida. Lo sacó del edificio sin ser advertido, cubriéndolo con un guardapolvo. Las riquezas acumuladas en el palacio, cuyo valor ascendía a muchos millones de pesetas, Durruti las entregó íntegramente a la Generalitat.

[Alejandro Gilabert]

El arzobispo de Barcelona pudo escapar después del 20 de julio gracias a la protección formal de los anarquistas. Quizá pagaban con ello una deuda de gratitud: el prelado había aceptado firmar una petición de indulto a favor de Durruti y Pérez Farrás, cuando éstos habían sido condenados a muerte después de los acontecimientos de octubre de 1934.

[Marguerite Jouve]

Todas las iglesias de Barcelona fueron quemadas, con excepción de la catedral, cuyos tesoros artísticos, de incalculable valor, había logrado salvar la Generalitat. Los muros de las iglesias siguen en pie, pero sus cámaras interiores han sido destruidas por completo. Algunas iglesias humean todavía. En la esquina Ramblas-Paseo de Colón se ven las ruinas de la línea naviera italiana Cosuchlich. Se dice que allí se habían atrincherado carabineros italianos; los obreros habrían asaltado e incendiado la casa. Aparte de las iglesias y este edificio, no se han producido otros incendios intencionados.

[Franz Borkenau]

Al asegurarse la victoria, comenzó la cacería humana en Barcelona y la provincia: la caza al cura, a los monjes y monjas, a los aristócratas, los ricos, a todos a quienes se quería ajustar cuentas. Los conventos e iglesias fueron incendiados, y las mansiones de los ricos saqueadas.

La responsabilidad por esta ola de terror no recae sólo sobre los anarquistas. Muchas de estas acciones se han producido espontáneamente como consecuencia del largo y sofocado odio del pueblo contra las clases acomodadas y la Iglesia. Además, se habían abierto las puertas de las prisiones. Bandidos, ladrones y asesinos se organizaron en bandas y dieron rienda suelta a sus impulsos.

Nunca será posible hacer un balance exacto de estos primeros días de la revolución. Sólo en Cataluña fueron asesinados, torturados y cruelmente masacrados setecientos sacerdotes, curas y monjas. Hubo escenas horribles. Se calcula en 25.000 el número de muertos en Cataluña, y en 10.000 el de prisioneros.

[Jean Raynaud]

Un comerciante extranjero, la mayoría de cuyos amigos españoles eran empresarios, me dice: «Como extranjero, uno está aquí seguro, hasta cierto punto. ¡Pero los españoles!» Con ello se refiere, por supuesto, a los españoles que él conoce, la mayoría de los cuales pertenecen a asociaciones empresariales de Cataluña. «En los primeros días han matado a miles y miles de ellos. Inmediatamente después de la derrota de los militares, los trabajadores comenzaron a *ajustar cuentas con sus enemigos personales.*» Esta expresión la había escuchado antes, e insistí en aclarar exactamente los hechos. Se demostró así que esos ajustes no habían sido quizá de índole tan personal. En realidad, parece que ha ocurrido lo siguiente: a los sacerdotes los han matado, no porque fueran odiados como individuos (eso podría calificarse de «ajuste de cuentas con enemigos personales»), sino porque eran sacerdotes; y a los empresarios, especialmente en las industrias textiles de la zona de influencia de Barcelona, los han matado sus obreros, a menos que hubiesen huido a tiempo. Los directores de las grandes empresas (como la Sociedad Tranviaria de Barcelona) conocidos como enemigos del movimiento obrero, han sido liquidados por comandos especiales organizados por el sindicato respectivo. Los principales políticos de la derecha han sido liquidados por comandos especiales anarquistas.

Es lógico que mi interlocutor, que en esas masacres ha perdido amigos y quizá también íntimos amigos, se sienta horrorizado. «¡Un cuadro de horror!», exclama. «¡Hombres fusilados sin acusación ni juicio previo, sólo por su identidad, su posición social o sus opiniones políticas y religiosas! ¡Asesinados por sus enemigos personales! ¡Esos anarquistas! ¡La gente del POUM! ¡Esos gángsters! Hay que reconocer que los socialistas y los comunistas se comportan mejor. El gobierno de la Generalitat y su partido Esquerra están horrorizados.»

[FRANZ BORKENAU]

La policía está influida cada vez más por el anarquismo. Sus cuarteles se vacían, los policías se echan a la calle. También los Mozos de Escuadra, la policía provincial del gobierno catalán, está desmoralizada.

En una casa próxima a la residencia del presidente de Cataluña, tres o cuatro sujetos se dedican a arrojar muebles por el balcón. El incidente es trivial; en toda revuelta se atacan las viviendas del enemigo. Si no se lo encuentra, la gente se resarce en sus bienes. Pero lo que en realidad intranquiliza al presidente Companys es sobre todo la circunstancia de que a poca distancia del palacio gubernamental se ataque públicamente la propiedad privada ante la indiferencia de la Guardia de Asalto. ¿No se corría el riesgo de perder los frutos de la victoria si se rompía la disciplina de los servidores del orden público? Companys se comunica telefónicamente con Escofet, y le pregunta hasta qué punto le obedecen las unidades a su mando: la Guardia de Asalto, la Guardia Civil y los Mozos de Escuadra.

Escofet contesta: «No respondo de nadie. Las tropas se me van de la mano, se pasan a la FAI.»

[MANUEL BENAVIDES]

LA DUALIDAD DE LOS PODERES

El problema del poder

De repente todo el poder había pasado a manos de la CNT y la FAI en toda Cataluña. Los anarquistas no tenían más que tomarlo. Su organización debía decidir. Sus dirigentes veían sólo dos posibilidades: o una dictadura de los anarquistas o la cooperación con un gobierno existente, aunque impotente. Era un momento decisivo. Si los anarcosindicalistas hubiesen destruido el aparato estatal de la Generalitat, quizás habrían podido defender su revolución con mayor efectividad en los meses siguientes. Sin embargo, no hay ninguna razón para suponer que la destrucción del aparato estatal en Cataluña hubiese alterado el resultado de la guerra. La circunstancia de que los anarquistas no tomaran el poder fue sólo uno entre muchos factores que contribuyeron a desviar de su curso el cometa de la revolución.

[STEPHEN JOHN BRADEMAS]

Juan Comorera, socialdemócrata y futuro secretario general del Partido Socialista Unificado de Cataluña (PSUC), en el cual se habían integrado los partidos comunistas y socialdemócratas, trató esa noche de hacerle comprender la situación al presidente.

«La FAI y el POUM son dueños de la calle y hacen en ella lo que les da la gana. Ha empezado una larga guerra que habremos de perder si no procuramos que esas organizaciones se descompongan en pocas semanas, a lo sumo en algunos meses... Por eso debemos unificar nuestras fuerzas y organizar el sindicato socialista de la UGT para oponerlo a la CNT. Usted, señor presidente, no debería hacer uso de la fuerza en ningún caso en estos momentos. Debe tratar de asegurar el orden revolucionario y apoyar la formación de tropas que dependan de la Generalitat. Tenemos que ponernos a la tarea de construir un ejército. Los anarquistas y los trotskistas chillarán mucho cuando se enteren. Hagámonos los sordos. Tan pronto como dispongamos de unas fuerzas armadas y recuperemos un movimiento obrero-campesino sólido, dirigiremos la guerra en el frente y defenderemos la economía en la retaguardia, en lugar de hacer la revolución, que por ahora no es nuestro objetivo.»

[MANUEL BENAVIDES]

La casa Cambó, sede del Fomento Nacional del Trabajo (es decir la unión de empresarios de Cataluña), un compacto edificio que parece un banco de primera categoría, está situada en el número 32 de la Vía Layetana. Muy próxima está la sede del poderoso Sindicato de la Construcción, afiliado a la CNT, en una vieja y sombría casa de la calle Mercaderes. En el curso de la lucha los obreros de este sindicato decidieron en una reunión asaltar y ocupar la casa Cambó. Al principio ocurrió por razones puramente militares, porque desde el último piso del edificio un tirador con una ametralladora podía dominar una importante arteria. Pero poco después de la ocupación acudieron cada vez más grupos a la casa, y se convirtió automáticamente en una especie de estado mayor de la revolución. También el comité regional de la CNT se trasladó a esta casa durante la lucha. Después de la victoria de la revolución, el edificio cambió de nombre: toda Barcelona lo llamaba la casa de la CNT-FAI.

Donde antes estaban las oficinas directivas de los grandes financieros e industriales, ahora despachaban permanentemente los consejos, los comités y los órganos coordinadores de los sindicatos de Barcelona. El cambio que se había operado ya se podía reconocer en la puerta de entrada: el semicírculo que formaba el gran portal estaba obstruido por una barricada de sacos de arena y defendido por dos ametralladoras. En los amplios balcones de la fachada había enormes carteles. En esa casa, el pleno de la CNT de Cataluña inauguró el 20 de julio las deliberaciones sobre la línea política que se seguiría frente al gobierno.

[ABEL PAZ[1]]

La conversación con el presidente

La casa del Sindicato de la Construcción, donde acaba de celebrarse la reunión del comité regional de la CNT, está situada muy cerca del palacio de la Generalitat de Cataluña. Sin embargo, los miembros del comité de defensa han decidido recorrer en coche esa distancia. Una pequeña caravana de coches con hombres armados los acompañan. Con sus fusiles, pistolas, pistolas ametralladoras y granadas de mano hacen un alarde de fuerza, y al mismo tiempo se previenen contra una improbable pero posible emboscada. Durruti se considera a sí mismo un hombre de acción principalmente, aunque ha intervenido como orador en innumerables reuniones. No confía en su elocuencia, sino más bien en la pistola que lleva al cinto y en el fusil que tiene entre las rodillas. A su lado, en el lugar del difunto Ascaso, está sentado su hermano Joaquín. En estos tres últimos días, los miembros del comité se han jugado el todo por el todo. Su victoria ha superado todas las previsiones. La ciudad está en su poder. La CNT-FAI es dueña de Barcelona y de toda Cataluña. Ha sonado la hora del anarquismo. ¿Cómo procederá el gobierno? Durruti y su gente exigirán lo que les corresponde: vía libre para la revolución proletaria. No aspiran a constituir un gobierno, pero en la mesa de negociaciones defenderán arma en mano el poder que han conquistado. Nadie les arrebatará la victoria. La Guardia Civil ha intervenido a favor del gobierno sólo a última hora; las tropas están desconcertadas. La policía acuartelada ha perdido su eficacia como instrumento de represión. La Guardia de Asalto está a favor del pueblo en su mayoría. El ejército ha sido aniquilado; los oficiales antifascistas no pueden organizar un ejército nuevo y contundente con las pocas unidades que han permanecido leales. La policía provincial es débil, alcanza apenas para la defensa del palacio gubernamental. Los nacionalistas catalanes y los partidos pequeñoburgueses, que podrían oponerse, no preocupan en lo más mínimo a los anarquistas. El proletariado de Barcelona está muy bien armado ahora; centinelas y barricadas aseguran las posiciones claves; los locales sindicales y los centros obreros han sido fortificados. Los políticos burgueses están aislados.

Mientras el comité regional delibera en la sede del Sindicato de la Construcción con Marianet, Santillán, Agustín Souchy y otros militantes, suena el teléfono. Marianet Vázquez atiende la llamada. «Sí, aquí el secretario del comité regional.» Su rostro expresa sorpresa. Todos le escuchan mientras dice con tono burlón: «Comprendo. Bueno, lo discutiremos ahora mismo.» Luego cuelga, se da la vuelta e informa a los demás: «El presidente Companys ruega que el comité regional envíe una delegación. Quiere negociar.» Antes de que se hayan repuesto del aturdimiento, el secretario prosigue con toda normalidad:

–Compañeros, se abre la sesión del comité regional con la participación de los miembros presentes del comité de defensa.

Fue una reunión larga y agitada. Algunos querían rechazar la invitación; a otros les parecía que era el momento oportuno para destituir al presidente y proclamar el comunismo libertario en toda Cataluña; otros temían que se tratara de una emboscada. Los oradores hablan con voz enronquecida, despiertos aún a fuerza de café y tabaco. García Oliver ha planteado el dilema: colaboración con los partidos o dictadura de los anarquistas. Por último se acepta la proposición de indagar la actitud de Companys, sin dejarse intimidar ni comprometer. Sin duda era importante que los grupos de combate descansaran, aunque fuera por breve tiempo, para adquirir nuevas fuerzas; había que tener en cuenta a los compañeros de Zaragoza, sorprendidos por el golpe de los fascistas y enzarzados ahora en un duro combate.

La caravana sube por la calle Jaime I en dirección al palacio, y llega a la plaza de la República. En el balcón de la Generalitat flamea una gran bandera catalana. Ante la puerta del palacio hay un destacamento de la guardia provincial. En las calles transversales están apostados guardias de asalto, y también se ven civiles con brazaletes catalanistas. Los representantes de la CNT-FAI, formidablemente armados, descienden de los vehículos. El oficial de guardia se aproxima al grupo que está en la entrada: Durruti, García Oliver, Joaquín Ascaso, Ricardo Sanz, Aurelio Fernández, Gregorio Jover, Antonio Ortiz y *Valencia*.

–Somos los delegados de la CNT-FAI. Companys quiere hablar con nosotros. Traemos nuestra escolta.

[LUIS ROMERO]

Fuimos armados hasta los dientes, con fusiles, pistolas y ametralladoras. No llevábamos camisas, y nuestros rostros estaban negros de pólvora.

–Somos los representantes de la CNT y la FAI –dijimos al presidente del consejo–, y éstos son nuestros guardaespaldas. Companys quiere hablar con nosotros.

El presidente nos recibió de pie. Era evidente que estaba emocionado. Nos dio un apretón de manos; estuvo a punto de abrazarnos. La presentación duró poco. Nos sentamos. Cada uno de nosotros tenía un fusil entre las rodillas. Companys nos dirigió el siguiente corto discurso:

–Ante todo he de deciros una cosa: la CNT y la FAI nunca han sido tratadas como corresponde a su importancia. Siempre habéis sido perseguidos duramente, y yo, que una vez estuve a vuestro lado, tuve que combatiros y perseguiros, muy a pesar mío, obligado por las necesidades de la política. Hoy sois los dueños de la ciudad y de toda Cataluña, porque sois los únicos que habéis vencido a los fascistas. Espero que no lo toméis a mal, sin embargo, si os recuerdo que hombres de mi partido, de mi guardia y mis autoridades, sean muchos o pocos, no os han rehusado su apoyo en estos últimos días...

Reflexionó un instante y prosiguió:

–Pero la simple verdad es que aún anteayer erais perseguidos, y hoy habéis vencido a los militaristas y a los fascistas. Sé quiénes sois y lo que sois y por eso debo hablaros con toda franqueza. Habéis vencido. Todo está en vuestras manos. Si no me necesitáis más o no me queréis más como presidente de Cataluña, decídmelo ahora. En ese caso seguiré luchando como un soldado más contra los fascistas. Pero si en cambio creéis que yo, en este puesto, que no hubiese dejado con vida de haber triunfado los fascistas, podría ser útil para la lucha que continúa en toda España y quién sabe cómo ni cuándo terminará, entonces podéis contar conmigo, con la gente de mi partido, con mi nombre y mi prestigio. Podéis confiar en mi lealtad como en la de un hombre y un político que está convencido de que en este día perece todo un pasado de ignominia, un hombre que desea sinceramente que Cataluña marche al frente de los países más adelantados socialmente.

[Juan García Oliver[1]]

Companys había reunido en otra habitación a los representantes de los partidos políticos de Cataluña. Éstos aguardaban el resultado de las conversaciones con los anarquistas. Los delegados de la CNT-FAI fueron invitados a entrar, y a propuesta del presidente se constituyó un comité conjunto, que más tarde pasó a la historia como Comité Central de Milicias Antifascistas. Su cometido sería restablecer el orden en Cataluña y organizar las operaciones armadas contra los militares rebeldes en Zaragoza.

[José Peirats[2]]

El compromiso

En un solo día, el 19 de julio, se rompieron todas las estructuras políticas de Cataluña y España. El gobierno llevó en adelante una vida de apariencia. La situación política concreta del país exigía la formación de un nuevo organismo de poder. Así surgió el Comité de Milicias Antifascistas de Barcelona.

Supongo que la iniciativa para la constitución de este consejo de soldados provino de los anarquistas. Ellos no querían participar en el gobierno, porque ello no concordaba con sus ideas. Dejaron pues que el gobierno siguiera funcionando. Pero de hecho, en lo sucesivo fueron las milicias y su comité los que tuvieron en sus manos el poder gubernamental.

En el Comité de Milicias estaban representados también otros grupos antifascistas. Yo participé en las sesiones como representante de la Esquerra, un partido liberal de izquierda. Íbamos vestidos como típicos intelectuales burgueses, con corbata, chaqueta y pluma estilográfica, y de repente nos vimos frente a un grupo de anarquistas que entraron por la puerta, sin afeitar, con sus uniformes de combate, revólveres, metralletas y correas donde llevaban sus bombas de dinamita. Su jefe era un hombre que por su apariencia, su oratoria y su fuerza vital daba la impresión de un gigante: Buenaventura Durruti.

[JAUME MIRAVITLLES[1]]

Yo escribí una vez un artículo en el que afirmaba que entre los fascistas y la gente de la FAI no había gran diferencia. Durruti, guerrero furibundo, se acordaba demasiado bien de ese artículo. Se acercó a mí, puso sus grandes manos sobre mis hombros y dijo: «¿Usted es Miravitlles, no? ¡Tenga mucho cuidado! ¡No juegue con fuego! Le podría costar caro.»

Así inició sus actividades el Comité Central de Milicias Antifascistas, en un ambiente de tensión y amenazas.

[JAUME MIRAVITLLES[2]]

El 21 de julio se reunió una asamblea regional de comités comarcales anarquistas para examinar la nueva situación. Se decidió unánimemente postergar la cuestión del «comunismo libertario» hasta que se venciera a los fascistas. La asamblea ratificó la decisión de que la CNT-FAI cooperara con las otras organizaciones sindicales y los partidos políticos en el Comité Central de Milicias. Sólo la comarca de Bajo Llobregat votó contra la colaboración.

El Comité Central, que en realidad estaba bajo la hegemonía de los anarcosindicalistas, inició sin demora sus actividades, instalado en el edificio que antes ocupaba el Club Náutico de Barcelona.

[JOHN STEPHEN BRADEMAS]

Por primera vez la CNT-FAI tuvo que plantearse inevitablemente el problema del poder. «Somos los dueños de Cataluña. ¿Tomamos el poder prescindiendo de los republicanos, socialistas y comunistas, o colaboramos con la Generalitat?» La plana mayor del movimiento anarquista deliberó sobre el problema. Le dedicarían aún varios meses, sin encontrarle solución.

Mariano Vázquez, García Oliver, Durruti y Aurelio Fernández opinaban que una dictadura anarquista no era viable considerando la verdadera correlación de fuerzas. Si tomamos el poder, el gobierno central de Madrid y los gobiernos extranjeros se opondrán a nosotros. Por lo tanto debemos elegir la cooperación y no podemos admitir que se forme un gobierno sin nuestra participación.

Federica Montseny, Esgleas, Escorza y Santillán los rebatieron: el problema del poder ya estaría resuelto, puesto que estaba prácticamente en manos de la CNT-FAI, que dirigía las milicias en Aragón y el orden público y la economía en la retaguardia. ¿Para qué pactar con el gobierno entonces?

Escorza, la figura más extraordinaria de la FAI, decía con una sonrisa maquiavélica:

–Tenéis la gallina en el gallinero y discutís sobre la propiedad de los huevos. Esta cuestión ya ha sido resuelta hace tiempo. Debemos preocuparnos más bien de los zorros, y contra ellos están las escopetas. Debemos utilizar el gobierno de la Generalitat para colectivizar el campo y sindicalizar la industria. Los obreros de las ciudades se harán socios de la CNT automáticamente, y los obreros rurales socios de la colectividad. Así desalojamos a las antiguas organizaciones políticas y partidos. El sindicalismo se convertirá en la base de una nueva sociedad.

Santillán, ambicioso sin escrúpulos, fue al principio un encarnizado adversario de la cooperación con el gobierno; cuando lo nombraron consejero se convirtió en un acérrimo defensor de la cooperación. Federica Montseny, apoyada por Esgleas y Escorza, se opuso elocuentemente a colaborar con el gobierno.

En los dos meses que duraron estas discusiones se agotó el impulso de la revolución.

[Manuel Benavides]

Los dirigentes responsables de la CNT de entonces se sentían tan seguros de su poder, y su confianza en sí mismos era tan grande, que exageraron su generosidad. Permitieron que la revolución, que la CNT había dirigido y realizado, y que sólo ellos podían continuar, fuera gobernada por nuevas instituciones en las cuales ellos estaban en minoría.

Justificaban su actitud de este modo: «Esta vez no queremos que se diga que el pez grande se come al chico.»

En la realidad política esta ingenua frase se convirtió en un arma que los políticos utilizaron para neutralizar a los hombres de la CNT y liquidar la revolución española.

[CÁNOVAS CERVANTES]

En el palacio gubernamental seguía funcionando como siempre el gabinete, una especie de gobierno fantasma que contemplaba impotente la situación revolucionaria. Con una excepción, sin embargo. El presidente de Cataluña, Lluís Companys, era un hombre de gran valor personal. Companys había sido antes el abogado defensor de los anarquistas en los procesos, y tenía amigos dentro de la CNT. Cuando vino por primera vez a una sesión del Comité de Milicias nos levantamos todos. Pero los anarquistas permanecieron sentados. Con frecuencia se producían vehementes disputas entre la gente de la CNT-FAI y Companys, quien les reprochaba que con sus acciones violentas ponían en peligro la victoria de la revolución. Hasta que un día Durruti se cansó y les dijo a los representantes del gobierno: «Saludos de mi parte al presidente, y mejor que no vuelva a aparecer más por aquí. Podría pasarlo mal si insiste en darnos esas lecciones.»

[JAUME MIRAVITLLES[1]]

Después de la primera sesión del Comité de Milicias, Durruti y García Oliver le dijeron a Comorera, representante del Partido Socialista Unificado (PSUC): «Sabemos lo que hicieron los bolcheviques con los anarquistas rusos. Os aseguramos que nosotros nunca permitiremos que los comunistas nos traten del mismo modo.»

[MANUEL BENAVIDES]

125

El Comité de Milicias se ocupaba de todo: establecimiento del orden revolucionario en la retaguardia, organización de fuerzas para el frente, formación de oficiales, fundación de una escuela de transmisiones y señales, avituallamiento y vestuario, reorganización económica, acción legislativa y judicial, transformación de las industrias de paz en industrias de guerra, propaganda, relaciones con el gobierno central de Madrid, vinculaciones con Marruecos, problemas agrícolas, sanidad, vigilancia de fronteras y costas, finanzas, pago de sueldos a las milicias y rentas para parientes y viudas. El Comité, compuesto por pocos miembros, trabajaba veinte horas diarias. Cumplía tareas para cuya realización un gobierno normal habría necesitado una costosa burocracia; era simultáneamente Ministerio de Guerra, del Interior y de Relaciones Exteriores. Era la expresión más legítima de la voluntad del pueblo.

[DIEGO ABAD DE SANTILLÁN[3]]

El juicio de Trotski

Los anarquistas revelaron su fatal incomprensión de las leyes de la revolución y sus problemas al tratar de limitarse a sus propios sindicatos, encadenados aún por la rutina de tiempos más pacíficos. Ignoraban lo que ocurría más allá de los sindicatos, en las masas, en los partidos políticos y en el aparato gubernamental. Si hubiesen sido verdaderos revolucionarios habrían propuesto ante todo la formación de soviets y consejos en los que estuviesen representados los obreros de la ciudad y el campo, incluso los más pobres, que nunca habían pertenecido a un sindicato. Por supuesto, los obreros revolucionarios habrían ocupado una posición dominante en esos soviets. El proletariado se habría hecho consciente de su fuerza invencible. El aparato del Estado burgués habría quedado suspendido en el aire. Un solo golpe lo habría pulverizado.

En cambio, los anarquistas se refugiaban en sus sindicatos para escapar a las exigencias de la «política». Demostraron ser la quinta rueda en el carro de la democracia burguesa. Pronto perdieron también esa posición, porque nadie necesita una quinta rueda.

Basta esta autojustificación: «No tomamos el poder, no porque no hubiésemos podido, sino porque estamos contra

126

todo tipo de dictaduras.» Un argumento como éste es prueba suficiente para demostrar que el anarquismo es una doctrina contrarrevolucionaria. Quien renuncia a la conquista del poder se lo da a quienes siempre lo han tenido, es decir, a los explotadores. La esencia de una revolución consiste y siempre ha consistido en instalar a una nueva clase en el poder y permitirle así realizar su programa. Es imposible instigar a las masas a la insurrección sin prepararlas para la conquista del poder. Después de la conquista del poder nadie habría podido impedir a los anarquistas que hicieran lo que consideraban necesario; pero sus propios dirigentes ya no creían que su programa fuera realizable.

[LEÓN TROTSKI]

Un hombre que no calentaba el asiento

Durruti se dio cuenta enseguida que el Comité Central era un órgano burocrático. Se discutía, se negociaba, se decidía, se levantaban actas, había trabajo burocrático. Pero Durruti no era capaz de permanecer mucho tiempo sentado. Fuera se combatía. No lo soportó mucho tiempo. Organizó pues una división propia, la columna Durruti, y marchó con ella al frente de Aragón. Yo estaba presente cuando ellos salieron desfilando por las calles de Barcelona. Fue algo realmente impresionante: un barullo de uniformes, voluntarios de todas partes del mundo, ropas multicolores y heterogéneas. Casi tenían algo de *hippies*, pero eran *hippies* con granadas de mano y ametralladoras, e iban decididos a luchar hasta la muerte.

[JAUME MIRAVITLLES[1]]

LA CAMPAÑA MILITAR

La primera columna

La primera tarea del Comité de Milicias consistió en poner en pie de guerra tropas armadas para combatir en el frente de Aragón. Cuatro días después de ser sofocada la rebelión de los militares en Barcelona, se reunieron tres mil voluntarios en el Paseo de Gracia y en la Diagonal. Marcharon hacia Aragón bajo la dirección de Durruti y Pérez Farrás (un oficial de los Mozos de Escuadra adicto al gobierno). La legendaria columna de Durruti fue creciendo en el camino. La prensa anarquista siguió de cerca el avance de su héroe con grandes titulares.

Es difícil calcular exactamente el número de milicias movilizadas. Los anarquistas mismos se contradicen sobre el particular. Rudolf Rocker habla de 20.000 milicias obreras, de las cuales 13.000 pertenecían a la CNT-FAI, 2.000 al sindicato socialista UGT y 3.000 a los partidos del Frente Popular; la columna de Durruti, con sus 8.000 hombres, no figuraba siquiera.

Abad de Santillán indica que pocos días después de la partida de Durruti se habían presentado un total de 150.000 voluntarios en Barcelona, los cuales se habrían incorporado a las columnas de los diferentes partidos y organizaciones sindicales.

[JOHN STEPHEN BRADEMAS]

En los periódicos de aquellos días se decía: «El Comité de Milicias Antifascistas ha decidido enviar a Zaragoza brigadas obreras armadas para atacar a los militares rebeldes. El Comité planeaba enviar 6.000 voluntarios, pero el entusiasmo fue tan grande que en la plaza de Cataluña se presentaron no menos de 10.000 voluntarios dispuestos a marchar sobre Zaragoza.»

En cambio, Abad de Santillán declara: «A pesar del entusiasmo general, la columna Durruti-Pérez Farrás no alcanzó, ni siquiera aproximadamente, el número previsto. No se comprendió desde el principio la gravedad de la situación. En lugar de consagrar todas las fuerzas disponibles para la guerra (hombres, armas, trabajo y preparación), se creía en general que la primera columna que marchaba hacia Zaragoza no encontraría ningún obstáculo a su paso y sería antes bien demasiado fuerte que demasiado débil. Al partir comprendía 3.000 milicianos.»

[JOSÉ PEIRATS[2]]

Mucho antes de la hora señalada para la partida, concurrieron a la avenida 14 de Abril (la Diagonal) de Barcelona, unos 2.000 hombres, entre ellos artilleros, que traían cañones de diversos calibres; otros llevaban armas automáticas; los telefonistas traían toda clase de material de telecomunicaciones; pero la mayoría eran obreros, armados únicamente con fusiles. La columna se puso en marcha el 24 de julio por la tarde.

[RICARDO SANZ[4]]

Cuando partieron hacia Aragón, yo también quise ir, y me subí a un camión. Coches con altavoces recorrían Barcelona exhortando a la población a contribuir con alimentos, porque las milicias habían partido sin un pedazo de pan. Fue extraordinario, la gente acudía por todas partes, suspendía su almuerzo y nos traían todo lo que tenían: caldos, carne, verduras, latas de sardinas. En un abrir y cerrar de ojos se llenaron los camiones y seguimos tras las milicias. De lo contrario se habrían muerto de hambre. Quiero decir, hasta los más valientes tienen que comer, ¿no? Así llegué a Aragón, con el «camión de las sardinas», como lo llamaban las milicias. Durruti no sabía nada de esto, pero alguien le habría avisado, porque se bajó de su coche y echó una mirada al camión. Me miró y luego siguió conduciendo; no dijo ni una palabra.

[ÉMILIENNE MORIN]

La marcha hacia Zaragoza

La conquista de Zaragoza obsesionaba a Durruti. La caída de la capital de Aragón en poder de los fascistas representaba un terrible golpe para la CNT, para la revolución y para el éxito de la Guerra Civil. Zaragoza había sido el centro de gravedad del anarquismo aragonés; ya la rebelión de los anarquistas en diciembre de 1933 había demostrado las potencialidades que poseía esta ciudad. Además, Zaragoza era para los anarquistas la vía de comunicación natural entre sus bases en Cataluña y sus posiciones estratégicas en el País Vasco, en Vizcaya y Asturias.

Dos meses y medio antes de la revolución se había celebrado el Congreso Nacional de la CNT en Zaragoza. Había sido una manifestación de fuerza sin precedentes en la historia del movimiento obrero español. Decenas de miles de obreros, mujeres y hombres de toda España habían acudido al acto de clausura celebrado en la plaza de toros. Habían venido en tre-

129

nes especiales repletos, cubiertos de carteles, donde flameaba la bandera rojinegra de los anarquistas. Durante aquellos días Zaragoza había estado totalmente en manos de la CNT y la FAI, y el enemigo había sacado sus conclusiones al ver esta manifestación.

En los planes estratégicos de los fascistas se había asignado un papel muy especial a Zaragoza. La contrarrevolución había concentrado allí todas sus fuerzas: una nutrida guarnición del ejército regular, y los cuadros de los requetés de Navarra, un fanático grupo de voluntarios cuyos antepasados ya habían luchado a favor de la reacción en las guerras civiles del siglo pasado. Además, había sido de una importancia decisiva para la ciudad el papel desempeñado por el gobernador civil, un típico pusilánime de la segunda República, y el general en jefe de la guarnición, el viejo Cabanellas, un anciano taimado que siempre blasonó de republicano y masón, hasta que se pasó a Franco. En recompensa, fue nombrado presidente de la Junta de Burgos.

La columna Durruti avanzaba a marchas forzadas hacia Zaragoza, con la esperanza de salvar del aniquilamiento a los anarquistas de la ciudad. Se creía que aún proseguía allí una lucha a muerte; en realidad los fascistas habían sofocado toda resistencia. Cuando Durruti llegó a la explanada de Zaragoza, la ciudad era un cementerio armado con ametralladoras y cañones.

[JOSÉ PEIRATS[1]]

Después de atravesar Lérida, Durruti llegó con sus hombres a Bujaraloz, un lugar situado a sólo cuarenta kilómetros de Zaragoza. Allí estableció su puesto de mando, en la casa de un peón caminero, a campo abierto, a la vista del enemigo. El terreno ocupado, que por el flanco izquierdo llegaba hasta el Ebro, fue rápida y completamente limpiado de enemigos rezagados. Los puestos avanzados de Durruti estaban a unos veinte kilómetros de Zaragoza, a la vista de la ciudad.

Es lamentable que Durruti no fuera apoyado por las fuerzas revolucionarias de Zaragoza. Sin embargo, los sitiados estaban mal armados, y se limitaron en consecuencia a esperar el levantamiento del sitio. Los golpistas controlaban completamente la ciudad, y pudieron organizar con toda calma la defensa.

Si Durruti hubiese tomado Zaragoza, la guerra habría concluido pronto a favor de los republicanos. La guarnición de allí era muy importante; disponía de considerables reservas de hombres y material. Su caída habría abierto a Durruti el camino de acceso a Logroño y Vitoria, hasta Bilbao, en la costa atlántica. Ni siquiera Teruel habría resistido veinticuatro horas después de la caída de Zaragoza.

Fue sin duda por culpa de la negligencia y el sabotaje en el frente de Aragón por lo que perdimos la guerra. Desde el principio les fue imposible dirigir una ofensiva, tanto a Durruti como a los jefes de las otras columnas de Aragón. No disponían de reservas, y escaseaban las armas y municiones.

Durruti tenía algunos espías que se infiltraron en Zaragoza a través de las líneas enemigas. Éstos informaron que la ciudad estaba casi por completo desguarnecida y se la podía conquistar con un número relativamente reducido de fuerzas. El estado mayor central fue informado repetidas veces sobre este estado de cosas, a pesar de lo cual se negó a emprender el ataque, a dar las instrucciones necesarias y a preparar los medios para una ofensiva. Los capitanes del frente de Aragón nunca comprendieron la conducta del estado mayor.

[RICARDO SANZ[3]]

Diario de un cura de aldea

Al estallar la Guerra Civil, yo era vicario de Aguinaliu, en la provincia de Huesca. Desde que se proclamó la República, me di cuenta de que mucha gente no quería a la Iglesia. Nos llamaban cuervos. Después del famoso discurso de Companys, que escuché por la radio, tuve la impresión de que pronto se desataría una persecución contra los sacerdotes. Y aunque la gente del pueblo era amistosa, llegó el día en que tuve que huir. Fue el 27 de julio. Vi pararse en el mercado un coche lleno de jóvenes armados. De inmediato subí a mi moto y desaparecí en las montañas.

Fue una buena idea, porque los milicianos llegaron a los pueblos y detuvieron a los curas párrocos. Muchos de ellos fueron fusilados sin juicio previo o arrojados al río. La culpa era de los comités locales; ellos entregaban la lista negra a las milicias y éstas ejecutaban a la gente según esa lista.

131

Una vez pasé por un control caminero ante el pueblo de Barbastro y allí me detuvieron. Me jugué el todo por el todo, y dije que era chófer del Ejército Popular. Fue cuestión de ponerse a gritar más fuerte que ellos. Así conseguí incluso un pase de conductor. Después puse pies en polvorosa lo antes posible. Ahora no sólo era un cura fugitivo, sino también un desertor...

Antes de llegar a Candasnos pasé por toda clase de aventuras. Candasnos es mi lugar de nacimiento. Me deslicé a casa de mi familia. Por suerte, el presidente del comité del pueblo era una buena persona. Pero no era todopoderoso, y no pudo imponerse a las tropas armadas. Alguien me había denunciado, así que fui detenido. Mi amigo pudo impedir que fuera fusilado en el acto, y consiguió que se me procesara. Timoteo, que así se llamaba, me sacó al balcón del ayuntamiento, ante el cual se había congregado todo el pueblo, y preguntó a la gente qué se debía hacer conmigo. Hubo un gran clamor. Los habitantes del pueblo, muchos de los cuales pertenecían a organizaciones de izquierda, dijeron que no se me matara. Así fue el juicio.

Pero todavía no tenía ninguna seguridad, porque los forasteros del pueblo, que estaban armados, no se resignaron a que yo anduviera en libertad. Entonces Timoteo decidió hablar con Durruti en Bujaraloz. La sección estaba a su mando.

Durruti le dijo:

–Oye, si quieres ponerlo a salvo, no hay más solución que traerlo a mi columna.

Era a mediados de agosto. Viajamos a Bujaraloz y me presentaron a Durruti. Él me preguntó:

–¿Qué prefieres? ¿Irte a casa o quedarte en la columna?

–¿Puedo elegir?

–Claro. Pero te seré sincero: si te marchas, tarde o temprano te matará alguno de esos grupos de incontrolados. No siempre tendrás tanta suerte. Si te quedas estarás seguro por lo menos, eso te lo garantizo.

Por supuesto, decidí incorporarme a la columna. Durruti me dijo que necesitaba un escribiente. Enseguida me llevó a la oficina, donde ya estaba sentada una chica pelirroja. «Ella te ayudará. Pero no le levantes las faldas, ¿eh?», dijo. Desde entonces tuve a mi cargo la lista de las tropas de la columna y registré a los nuevos voluntarios que se presentaban. Claro, pronto me reconocieron algunos, pero nadie se atrevió a decirme nada porque enseguida se había corrido la voz de que yo estaba bajo la protección de Durruti.

[JESÚS ARNAL PENA[1]]

Una guerra sin generales

Cuando volví a encontrar a Durruti, en 1936, él se había convertido en un hombre influyente. No era un gran dirigente político, porque le faltaba el necesario horizonte intelectual. Era un buen agitador, cuando se presentaba en público, pero no era un orador de envergadura. Tenía un buen sentido común y la capacidad de apreciar el verdadero valor de los demás. Era también relativamente modesto. Su poder se basaba en la fascinación que ejercía sobre la fuerza imaginativa de las masas, sobre todo en España. La fantasía meridional crea sus propios mitos, como usted sabe. Sus capacidades militares eran limitadas, no era un general. No tenía una concepción correcta de la estrategia. Como jefe militar demostró valor y prudencia, además de un asombroso sentido de la proporción. No era de esos que ordenaban fusilar a ciegas a fascistas o supuestos fascistas. Porque sabía muy bien que en tales circunstancias confusas se difunden las peores calumnias. Me acuerdo, por ejemplo, que salvó de la ejecución a un compañero extranjero que había protestado contra ciertos abusos. Tampoco aceptaba a todos los que se presentaban como voluntarios. Yo estaba presente cuando le dijo a anarquistas probados: «Cualquier bruto sabe pelear, tú te vuelves a tu pueblo, a tu fábrica. Hay pocos organizadores capaces, deben ir a donde más se los necesita; aquí en el frente podemos pasar sin ti.»

[GASTON LEVAL]

Él no era un general, ninguno de nosotros lo era. Teníamos una idea bastante exacta sobre la guerrilla urbana, en Barcelona y otras partes, en la calle, en medio de una población que conocíamos, donde sabíamos, allí hay un escondite, allá en la esquina el repartidor de periódicos es un compañero, enfrente está la comisaría de policía, los depósitos de armas, los almacenes del puerto, conocíamos bien el terreno. Pero en el campo, a tantos metros de altura, las trincheras, los mapas militares, de esto no sabíamos mucho, no era nuestro fuerte, y, además,

133

¿para qué? Antes del golpe de los militares no necesitábamos nada de esto. No, no fuimos grandes estrategas, Durruti tampoco.

[RICARDO SANZ]

Mi acompañante, que no es precisamente un amigo de los anarquistas, visitó la columna Durruti y regresó completamente asqueado. Es indiscutible que la columna Durruti avanzó más que las otras columnas hacia Zaragoza, exponiendo la vida de sus hombres y la propia, confiado en las ilimitadas reservas que el proletariado de Barcelona ponía a su disposición. Por último, el estado mayor al mando del coronel Villalba le ordenó poner fin a ese derroche de vidas humanas, y después de muchas idas y venidas logró refrenarlo.

Hasta aquí el informe de mi amigo, simpatizante de los socialistas. No puedo evitar tener ciertas dudas con respecto a sus conclusiones. Según yo mismo pude observar en el frente, las demás columnas no demostraban ningún deseo extraordinario de arriesgar el pellejo; no habían sufrido pérdidas, prácticamente. Así nunca lograrían los catalanes conquistar Zaragoza. Es posible que Durruti haya caído en el extremo opuesto; en ese caso habría sido necesario encontrar un término medio entre el sacrificio desatinado y la vacilante irresolución. Con respecto a la situación del frente de Aragón en su conjunto, el fanático avance de la columna Durruti sería en todo caso un factor favorable, si se lo sabía utilizar correctamente desde el punto de vista militar.

Después de ver el frente, no dejo de asombrarme ante la falta de sentido de la realidad que evidencian los cálculos de los grupos políticos. Todos cuentan con la caída inminente de Zaragoza. En realidad eso es imposible. Por eso considero injusto que la gente del POUM acuse subrepticiamente al gobierno de sabotear con intenciones traicioneras las operaciones militares. En realidad sería lógico que el gobierno pensara con horror en lo que harían los anarquistas después de la famosa conquista de Zaragoza. Sin embargo, es evidente que ello no ocurrirá. Y esto no se debe a la traición del gobierno, sino puramente al desorden y la incapacidad que existe en todos los planos. Para superar la manifiesta debilidad de las milicias, se requieren heroicos esfuerzos por parte de un núcleo extraordinario de oficiales y políticos.

[FRANZ BORKENAU]

Los habitantes de los distintos pueblos y pequeñas ciudades que hemos atravesado, vigilan con mucho afecto las tierras que poseen, pero no han enviado ni un hombre al frente. Las milicias son reclutadas en Barcelona en su mayoría.

En Cervera, la vieja y ruinosa ciudad de provincia, hubo antes un seminario. Le pregunté qué había sido de él a uno de los guardias del lugar, un joven de buen aspecto, que no tendría más de dieciséis años, y me respondió con una sonrisa entusiasta: «¡Ah!, pues hemos acabado con ellos, ¡ya lo creo!» Han sido quemadas todas las iglesias sin excepción; sólo quedan los muros. Los incendios se han realizado por indicación de la CNT o de las columnas de milicias que han pasado por allí. En la región ha habido pocos combates auténticos entre los partidarios de Franco y los de la Generalitat.

Hay pocos signos visibles del combate a medida que nos aproximamos al frente. La carretera está en perfecto estado. Hay menos tráfico que en tiempo de paz. Algunos camiones con provisiones, muy pocos con municiones, pasan a nuestro lado en dirección al frente, otros vuelven vacíos. No hemos visto ni una ambulancia.

Como todas las carreteras importantes para la sección sur del frente de Zaragoza convergen en Lérida, pensé que habría mucho movimiento en la ciudad. Pero tampoco allí había actividad. Habría unos treinta o cuarenta camiones y coches estacionados en la plaza, y se veían milicianos por las calles de la ciudad. En total serían, a lo sumo, unos centenares. En el despacho del gobernador de la provincia hay una aglomeración de gente. Los soldados hablan emocionados y entusiasmados de Buenaventura Durruti, el jefe anarquista, y de su columna; él y sus hombres son los héroes populares de la guerra en Cataluña, en detrimento de las demás columnas catalanas. Durruti tiene la fama de ser el ángel vengador de los pobres. Se sabe que su columna fusila a los fascistas, los curas y los ricos de los pueblos con menos miramientos que ninguna otra columna. Los milicianos de Cataluña celebran su avance hacia Zaragoza, que sigue adelante sin reparar en sus propias víctimas y pérdidas. Algunos de los guardias del palacio gubernamental han peleado al lado de Durruti. Con una sonrisa ingenua, exenta de sadismo, más bien con la íntima satisfacción de un niño que cuenta una travesura, me muestran sus balas dum-dum, confeccionadas con proyectiles normales. Uno de ellos me explica: «¡Para los presos!», y con ello quiere decir que a cada prisionero le espera una bala de ésas. Así es la Guerra Civil en España. Supongo que en el sector de Franco será igual. En ambos sectores los corresponsales extranjeros neutrales deben silenciar muchas cosas, de lo contrario correrían graves riesgos.

[Franz Borkenau]

–Vosotros en Rusia tenéis un Estado como cualquier otro, pero nosotros queremos la libertad –me dijo un centinela vestido con una camisa rojinegra al controlar mi pase–. Vamos a implantar el comunismo libertario.

«¡El comunismo libertario!» Todavía oigo sonar esas palabras en mis oídos. ¡Cuántas veces las he escuchado!, como desafío o como juramento.

A veces, para explicar el inconcebible comportamiento de los anarquistas, se indicó que sus columnas estaban llenas de bandidos. Es indudable que en las filas anarquistas se infiltraron ladrones y delincuentes comunes; el partido que está en el poder no sólo atrae a los mejores elementos, sino también a la chusma. En aquella época, cualquiera podía hacerse pasar por anarquista. En septiembre de 1936, mientras estaba en Valencia, llegó allí, procedente del frente de Teruel, una centuria de la «columna de hierro» anarquista. Los anarquistas dijeron que su comandante había caído en el combate y no sabían qué hacer. En Valencia encontraron ocupación. Quemaron los archivos judiciales y trataron de invadir la cárcel para liberar a los criminales; posiblemente había algunos de sus compinches allí.

A pesar de todo, los criminales no eran un factor importante. En el otoño de 1936 la CNT agrupaba en sus filas a las tres cuartas partes de los obreros de Cataluña. Los dirigentes de la CNT y la FAI eran trabajadores, hombres sinceros en su mayoría. Lo malo es que aunque fustigaban el dogmatismo, ellos mismos era los típicos dogmáticos. Trataban de constreñir la vida a sus teorías.

Los más inteligentes comprendían las discrepancias que existían entre las bonitas palabras de los folletos y la cruda realidad. De repente, bajo una lluvia de bombas y de balas, tenían que cambiar lo que ayer había sido una verdad inalterable para ellos.

[Ilya Ehrenburg]

Durante los primeros días de la revolución fueron quemadas todas las iglesias de Lérida. El día en que la columna Durruti pasó por la ciudad en dirección al frente de Aragón, los milicianos prendieron fuego a la catedral, después de tratar de cobardes a sus compañeros de Lérida, que no se atrevían a destruir el templo. La catedral ardió durante dos días.

[ANÓNIMO[1]]

«El cura rojo», «el secretario de Durruti», esos rumores me persiguen hoy todavía, aunque no son ciertos. Yo nunca estuve a favor del anarquismo, y Durruti nunca tuvo un secretario. Yo era sólo un escribiente en el despacho de la columna. Pero tengo que reconocer que Durruti era un hombre justo, y si alguien dice que fue un asesino y un ladrón, es un calumniador, y yo defenderé a mi amigo contra tales mentiras.

Por ejemplo, se dice que él y su columna incendiaron la catedral de Lérida. Pero ¿cuándo ardió la catedral? Fue el 25 de agosto, y la columna Durruti pasó por Lérida en marcha hacia el frente el 24 de julio, y le aseguro que no se iban a volver, un mes más tarde, para quemar una iglesia. Lo que ocurrió en realidad fue que una centuria de ultrarradicales, en su camino desde Barcelona hacia el frente, pasaron por Lérida, y no se les ocurrió nada mejor que quemar la casa de Dios. Cuando llegaron al cuartel general, ya nos habían llegado las noticias de su hazaña. Durruti, que era muy sagaz cuando quería, los hizo formar y exclamó: «Los valientes que han actuado en Lérida, que den un paso al frente.» Desde luego los culpables fueron castigados con el máximo rigor.

[JESÚS ARNAL PENA[1]]

Tres periodistas

A fines de agosto y principios de septiembre fui con Carmen y Makasseev al puesto de mando de Durruti. En aquel tiempo tenía la esperanza de conquistar Zaragoza. El puesto de mando se encontraba a orillas del Ebro. Yo les había dicho a mis acompañantes que Durruti era un conocido mío; esperaban por lo tanto una cordial recepción. Pero Durruti sacó un revólver del bolsillo y dijo que yo había calumniado a los anarquistas en mi ensayo sobre la rebelión asturiana, y agregó que

137

me mataría en el acto. Durruti no solía hablar por hablar. «Haz lo que quieras», le contesté, «pero creo que interpretas de un modo muy especial las reglas de la hospitalidad.» Durruti era anarquista, y además colérico, pero era español también. Mi respuesta lo dejó perplejo: «Está bien. Aquí eres mi huésped. Pero me lo pagarás por tu ensayo. ¡Aquí no, en Barcelona!»

Como no podía matarme por respeto a las reglas de la hospitalidad, empezó a increparme duramente. Gritó que la Unión Soviética no era una comuna libre, sino un Estado como todos los otros, un Estado lleno de burócratas, y que no era casual que a él lo hubiesen proscrito en Moscú.

Carmen y Makasseev sintieron que algo andaba mal, la súbita aparición del revólver no necesitaba traducción. Una hora más tarde les dije: «Todo marcha bien. Nos invita a cenar.»

Había varios milicianos sentados a la mesa, algunos vestidos con camisas rojinegras, otros con uniformes de entrenamiento, todos armados con potentes revólveres. Estaban allí sentados y comían, bebían vino y reían. Ninguno se fijó en nosotros ni en Durruti. Uno de los hombres nos alcanzó la comida y la jarra de vino. Al lado del plato de Durruti colocó una botella de agua mineral. Yo dije en broma: «Tú siempre hablas de igualdad absoluta. Pero aquí todos toman vino, sólo tú tomas agua mineral.» No preví el efecto que le causarían mis palabras a Durruti. Se levantó de golpe y gritó: «Llévense la botella. ¡Tráiganme agua de la fuente!» Estuvo largo tiempo tratando de justificarse: «Yo no se la pedí. Saben que el vino no me sienta bien y han descubierto un cajón de agua mineral por allí. Tienes razón, es inadmisible.» Seguimos comiendo en silencio, y él agregó de repente: «Es difícil cambiar todo de una vez. Los principios y la vida no coinciden perfectamente.»

Por la noche visitamos las posiciones. El aire estaba lleno de un ruido atroz, una caravana de camiones pasaba a nuestro lado. «¿Por qué no me preguntas qué significan estos camiones?», dijo Durruti. Le contesté que no me proponía enterarme disimuladamente de sus secretos militares. Se rió. «¿Secretos? ¡Todo el mundo sabe que mañana cruzamos el Ebro! ¡Así es!» Unos minutos más tarde prosiguió: «¿Quieres saber por qué he decidido cruzar el río?» «Tú sabrás», dije. «¡Al fin y al cabo eres el comandante de la columna!» Durruti volvió a reírse: «Esto no tiene nada que ver con la estrategia. Ayer vino corriendo hacia nosotros un muchacho de unos diez años, procedente del sector ocupado por los fascistas. Y nos preguntó: "¿Qué os pasa a vosotros? En mi pueblo la gente está asombrada porque no atacáis. La gente dice: ¡Ahora también Durruti se ha cagado en los calzones!" ¿Entiendes? Cuando un niño habla así, dice lo que piensa el pueblo. Eso significa que tenemos que atacar. La estrategia funciona sola...» Yo miré su alegre rostro y pensé: «¡También tú eres un niño!»

Más tarde visité varias veces a Durruti. Su columna sumaba diez mil hombres. Durruti seguía creyendo en sus ideas, como siempre, pero no era un dogmático, y casi todos los días tenía que hacer alguna concesión a la realidad. Él fue el primer anarquista que comprendió que sin disciplina no se podía dirigir una guerra. «La guerra es una porquería», dijo lleno de amargura. «No sólo derriba casas, sino también los principios más elevados.» Aunque eso no lo reconocía delante de sus hombres.

Un día varios milicianos abandonaron sus puestos de vigilancia. Se los encontró en el pueblo más cercano bebiendo vino tranquilamente. Durruti se enfureció. «¿No comprendéis que arrastráis por el suelo el honor de la columna? Devolved los pases de la CNT.» Los culpables sacaron del bolsillo su carnet sindical, con toda calma. Eso aumentó aún más su rabia: «¡Vosotros no sois anarquistas, sois una basura! Quedáis expulsados de la columna, y os mando de vuelta a casa.» Eso era, posiblemente, lo que querían los muchachos. En lugar de protestar, sólo replicaron: «De acuerdo.» «¿Sabéis a quién pertenece la ropa que lleváis? ¡Sacaos inmediatamente los pantalones! ¡Pertenecen al pueblo!» Los milicianos se quitaron con calma los pantalones. Durruti ordenó que los condujeran en paños menores hasta Barcelona, «¡para que todos vean que no son anarquistas, sino vulgares basuras!»

[ILYA EHRENBURG[1]]

Los anarcosindicalistas disponen en todas partes de oficiales del ejército y de la policía que han permanecido leales a la República. Sin embargo, en una columna que aplica el principio de la «indisciplina organizada» no hay sitio para oficiales, y en consecuencia el grado de los asesores es ignorado. Se los considera meros mecánicos encargados de hacer funcionar la maquinaria militar. Cuando se desarrollan combates ordinarios, estos hombres dan las indicaciones necesarias, y si tienen tiempo, tratan de distribuir correctamente la potencia de fuego, instalar alambradas o tomar otras medidas que sus compañeros de armas desconocen. Cuando las tropas de Franco atacan, los anarquistas no tienen en general más que valor y entusiasmo para hacerles frente. Pero al fin y al cabo la reconquista de un pueblo sin importancia no presenta ventajas estratégicas para los fascistas, y por esa razón los habitantes de Santa María podrán seguir discutiendo en paz sobre el comunismo libertario, y alimentando a las milicias.

Desde luego, cuando se amenaza una posición de verdadera importancia militar, como el tramo Zaragoza-Huesca, se desarrollan duros combates y hay terribles pérdidas de vidas humanas. Es humillante para un corresponsal inglés comprobar cómo el sector republicano, desarmado por el tratado de no intervención, tiene que defenderse con las manos vacías contra la artillería, las ametralladoras, las bombas y los aviones con que contribuye el fascismo internacional.

[JOHN LANGDON-DAVIES]

Bujaraloz, 14 de agosto de 1936
–¿Cómo está la situación aquí? –le pregunté.
Durruti tomó un mapa en sus manos y me mostró la disposición de las unidades.
–Nos detiene la estación ferroviaria de Pina. El pueblo de Pina está en nuestro poder, pero la estación la tienen los otros. Mañana o pasado mañana cruzamos el Ebro, avanzamos hasta la estación y la despejamos. Así tendremos libre el ala derecha y ocuparemos Quinto y Fuentes de Ebro, hasta llegar a los muros de Zaragoza. Belchite se rendirá, situada de repente en nuestra retaguardia. Y usted –señala con la cabeza a Trueba–, ¿todavía está en Huesca?
–Estaríamos dispuestos a dejar Huesca para más adelante y apoyar su ataque por el ala derecha –dijo Trueba con modestia–. Eso sí, siempre y cuando prepare la operación con seriedad.
Durruti se calló. Luego respondió de mala gana:
–¡Si quiere ayudar, ayude, si no, no lo haga! El ataque a Zaragoza es una operación mía, tanto desde el punto de vista militar como político y político-militar. Yo soy responsable de

140

eso. ¿Cree que repartiríamos Zaragoza con usted si nos diera mil hombres? En Zaragoza reinará el comunismo libertario, o si no el fascismo. Quédese con toda España, pero ¡déjeme Zaragoza!

Pronto se calmó y siguió hablando con nosotros sin hostilidad. Reconoció que no habíamos ido a verle con malas intenciones, pero que él respondería a la rudeza con más rudeza aún. (Nadie se atrevió a discutir con él, a pesar de la igualdad.) Pidió con mucho interés informes detallados sobre la situación internacional, la posibilidad de obtener ayuda para España, y sobre asuntos estratégicos y tácticos. Me preguntó cómo habíamos actuado políticamente durante la guerra civil rusa. Después nos dijo que la columna estaba bien armada y tenía mucha munición. Sólo había dificultades con la dirección. El «técnico» cumpliría sólo una función de consejero, la decisión la tomaría él mismo. Según él, daba casi veinte discursos diarios, y eso le agotaba. Con la instrucción iba muy despacio, porque a los soldados no les gustaba el adiestramiento, aunque eran totalmente inexpertos y sólo habían luchado en las calles de Barcelona. Las deserciones eran bastante frecuentes. La unidad tenía mil doscientos hombres entonces.

De pronto nos preguntó si habíamos almorzado, y nos invitó a esperar a que trajeran las marmitas. No aceptamos, no queríamos quitarle una ración a los soldados. Durruti le dio un vale de víveres a Marina.

Al despedirme le dije con toda franqueza:

–Hasta la vista, Durruti. Vendré a verle a Zaragoza. Si no cae aquí o en Barcelona luchando contra los comunistas, puede ser que se haga bolchevique en unos seis años.

Él sonrió, me volvió sus anchas espaldas y habló con alguien que estaba allí casualmente.

[Mijaíl Koltsov]

Notas de una voluntaria

Domingo 16 de agosto: Durruti en Pina.

(Guardia Civil-Guardia de Asalto-campesinos.) Sevillano. Discurso de Durruti a los campesinos: Soy un trabajador, como vosotros. Cuando todo haya terminado, volveré a trabajar a la fábrica.

Durruti en Osera.

Orden: No pedir comida a los campesinos, ni dormir en sus casas. Obedecer a los «técnicos militares». Discusión violenta. Organización: Delegados elegidos. Incompetencia. Falta de autoridad. No logran imponer a la tropa la autoridad de los técnicos militares. Un campesino se queja ante un compañero de Orán (Marquet) que los centinelas se duermen por la noche.

Regreso al cuartel general.

Compañero escapado de Zaragoza. Allí tenía un negocio de expedición. Originario de Sevilla. Uno que no quiere separarse de su amigo; otro que quiere devolver sus armas.

Trescientos hombres sin armas, de Lérida, son enviados al frente. Cinco cañones prestados a la columna de Huesca (es decir, enviados desde Lérida, con el consentimiento de Durruti). García Oliver viaja en avión a Valencia. Oficial desaparecido. Coordinación de telefonistas y telegrafistas.

Refuerzos anunciados: 2.000 hombres armados, escuadrón de caballería, dos baterías de 15 centímetros, 2 tanques de montaña.

Conversación telefónica Durruti-Santillán. La toma de Quinto costaría 1.200 hombres sin artillería. Con cañones, la columna podría llegar hasta las puertas de Zaragoza.

Muy enérgico: ¿Por qué no bombardean Zaragoza?

(Un viejo: «Sí, señor.»)

Lunes 17 de agosto

El cuartel general es trasladado a una casa de campo, frente a un gran campo de cereal (¡rara mudanza!). Por la mañana, en coche a Pina. El pequeño conductor va con su novia al lado, se besan durante todo el viaje. Encuentro a nuestro grupo alojado en la escuela. Fabuloso (libros de lectura patrióticos...).

(También el hospital está en la escuela.) Volvemos a comer con los campesinos del número 18. Me dan un fusil: una hermosa carabina corta. Por la tarde, bombardeos por ahí. Le grito a Boris: «Todavía no he oído ni un disparo.» (Es cierto, aparte de los ejercicios de tiro.) En ese mismo momento estalla algo. Terrible explosión. «Son bombarderos.» Tomamos los fusiles. Orden: todos al maizal. Nos ponemos a cubierto. Me tiro al barro y disparo hacia arriba. Después de unos minutos todos se levantan. Los aviones vuelan muy alto, inalcanzables. La mitad de los españoles siguen dando salvas, uno dispara horizontal hacia el río (¿tiros de revólver también?). Encontramos una bomba. Minúscula. Hoyo de medio metro de diámetro. No he sentido ninguna emoción.

Todavía hay campesinos desocupados en la plaza, pero menos que antes. Louis Berthomieux (delegado): «Adelante, cruzamos el río.» Se trata de quemar tres cadáveres enemigos. Cruzamos con una barca, después de un cuarto de hora de discusión. Búsqueda. Por fin un cadáver, azul, roído, horroroso. Lo quemamos. Los otros siguen buscando. Descanso. Propuesta de formar un grupo de choque. La mayor parte vuelve a la otra orilla. Después se decide (?) dejar el grupo de choque para mañana. Regresamos a la orilla del río, casi sin protección. Casa de campo aislada. Pascual (del comité de guerra): «¿Vamos a buscar melones?» (muy serio). Seguimos por la maleza. Calor, un poco de angustia. Me parece estúpido. De pronto comprendo que va en serio, es un ataque (contra la casa). Esta vez estoy muy excitada (no sé cuál es el objetivo, pero sé que los prisioneros son fusilados). Nos dividimos en dos grupos. El delegado, Ridel y los tres alemanes avanzan cuerpo a tierra hacia la casa. Nosotros en las trincheras (después el delegado nos reprende: también nosotros debíamos haber avanzado hasta la casa). Esperamos. Escuchamos voces... Tensión agotadora. Vemos regresar a los camaradas, sin protegerse, nos unimos a ellos, y cruzamos el río con toda calma. Nuestra falsa maniobra podría haberles costado la vida a los otros. Pascual es el responsable. (Carpentier y Giral con nosotros.)

Dormimos en la paja (dos botas en un rincón, buena protección). El enfermero quiere apagar la luz, lo regañan.

Fue en esa expedición cuando tuve miedo por primera y única vez durante toda mi permanencia en Pina.

Martes 18 de agosto

Varias propuestas para cruzar el río. Cerca de mediodía se decide arriesgar el paso en medio de la noche, sólo nuestro «grupo», y mantener unos días la posición en la orilla hasta la llegada de la columna Sastano. El día pasa en medio de preparativos. El problema más agobiante: las ametralladoras. El comité de guerra de Pina se niega a dárnoslas. Después de muchas vueltas logramos conseguir una por lo menos, gracias a la ayuda del coronel italiano que dirige la Banda Negra. Al final dos incluso. No las probamos.

En realidad fue el coronel quien tuvo la idea, pero por último el comité de guerra aprueba nuestra tropa de choque.

Es voluntario, por supuesto. La tarde anterior, a las 18 horas, Berthomieux nos reunió para pedirnos nuestra opinión. Silencio. Insiste en que digamos lo que pensamos. Otro silencio. Por fin Ridel: «Bueno, qué, todos están de acuerdo.» Eso es todo.

Nos acostamos. El enfermero quiere apagar de nuevo las luces... Duermo con la ropa puesta, no pego ojo. Nos levantamos a las dos y media de la madrugada. Mi mochila ya está lista. Susto por las gafas. Distribución de la carga (para mí el mapa y la batería de cocina). Órdenes.

Marcha en silencio. Un poco emocionada, sin embargo. Cruzamos en dos viajes. Louis se enfada con nosotros, grita (si los otros estuvieran allí...). Desembarcamos. Esperamos. Amanece. El alemán cocina la sopa para nosotros. Louis descubre una choza, hace llevar las cosas allí, me pone de centinela. Me quedo y cuido la sopa. Se colocan centinelas por todas partes. Se arregla la choza, la cocina de campaña, se atrincheran las ventanas para que no nos vean.

Entretanto los otros van a la casa. Allí encuentran a una familia. Un hijo de diecisiete años (¡guapo!). Informaciones: ya nos habían visto, durante la patrulla. La orilla está vigilada desde entonces. Se retiran los guardias al desembarcar nosotros. Ciento doce hombres. El teniente ha jurado atraparnos. Volverán. Yo traduzco estos informes para el alemán. Preguntan: «¿Qué, volvemos a cruzar el río?» «No, nos quedamos, por supuesto.» (¿Quizá sea mejor telefonear a Durruti desde Pina?)

Orden: regresamos todos, con la familia de campesinos. (Entretanto el alemán que hace de cocinero reniega porque no hay sal, aceite ni verduras.) Berthomieux, furioso (es peligroso avanzar otra vez hacia la casa), reúne a todo el pelotón de choque. A mí me dice: «¡Tú, vete a la cocina!» No me atrevo a protestar. Además, la operación no acaba de convencerme... Los veo partir llena de angustia... (además en realidad yo no corro menos riesgo que ellos).

Tomamos los fusiles y esperamos. Enseguida el alemán propone ir a la pequeña trinchera que está bajo el árbol, donde están apostados Ridel y Carpentier (ambos participan de nuevo en la expedición, desde luego). Nos tendemos a la sombra, con los fusiles (sin cargar). Volvemos a esperar. De cuando en cuando un suspiro del alemán. Tiene miedo, evidentemente. Yo no. ¡Con qué intensidad existe todo a mi alrededor! Guerra sin prisioneros. Al que cae en poder de los otros lo fusilan.

Los camaradas vuelven. Un campesino, su hijo y el joven...
Fontana los saluda con el puño en alto mirando a los jóvenes.
Éstos devuelven el saludo, el hijo lo hace por obligación, es evidente. Crueles coherciones... El campesino regresa otra vez,
para buscar a sus parientes. Volvemos a sentarnos. Un avión
de reconocimiento. Ponerse a cubierto. Louis grita a voz de
cuello contra las imprudencias. Me acuesto de espaldas, con-
templo las hojas, el cielo azul. Un día muy hermoso. Si me pescan me matarán... No lo hacen porque sí, los nuestros han ver-
tido mucha sangre. Yo soy su cómplice, al menos moralmente.
Calma absoluta. Nos levantamos, entonces empieza de nuevo.
Me oculto en la choza. Bombardeo. Salgo corriendo de la choza hacia la ametralladora. Louis dice: «¡No hay que tener miedo!» (!) Me manda con el alemán a la cocina, con el fusil al
hombro. Esperamos.

Al fin viene el campesino con su familia (tres hijas y un hijo
de ocho años), todos atemorizados (violentos bombardeos).
También nos temen a nosotros, sólo lentamente comienzan a
confiar un poco en nosotros. Preocupados por el ganado que
han dejado en la granja (acabamos por enviarles los animales a
Pina). Es evidente que no están políticamente a nuestro favor.

[SIMONE WEIL]

Faits divers

Una vez trajeron a un hombre que luego ocupó un puesto
bastante alto en Zaragoza. Prefiero no dar su nombre. Lo iban
a fusilar. Durruti hizo venir a sus guardianes y les preguntó:
«¿Cómo se ha comportado este hombre en su finca? ¿Cómo ha
tratado a los labradores?» La respuesta fue: «Bastante bien.»
«¿Qué queréis entonces? ¿Que lo matemos sólo porque una vez
fue rico? Eso es una estupidez.» Me lo confió a mí y me dijo:
«Tú te ocupas de que trabaje como maestro en el pueblo, y que
lo haga bien.»

[JESÚS ARNAL PENA[1]]

Una tarde de agosto apareció en el cuartel general de Du-
rruti en la calle Lérida con Zaragoza, un grupo de artistas de
Barcelona. Querían ofrecer un recital de canto a los milicianos.
También estaban entre ellas la mujer de Durruti, Émilienne.

Durruti mandó a las chicas de vuelta a Barcelona. A su mujer le dijo: «Tenemos mucho que hacer aquí. Dejadnos ganar la guerra primero. Cuando también los otros puedan traer a sus mujeres, puedes volver. Ahora no.»

[RAMÓN GARCÍA LÓPEZ]

Durante el sitio de Huesca, Durruti hizo un vuelo de reconocimiento sobre la ciudad con un pequeño aparato Breguet. Era un día de fiesta, la gente salía de la iglesia en esos momentos. El piloto del aeroplano, teniente Erguido, llamado el *Diablo Rojo*, le preguntó si podía tirar algunas granadas de mano. Durruti se negó a bombardear a la población civil.

[JESÚS ARNAL PENA³]

En agosto pasó por el cuartel de Durruti un coche de la Intendencia y descargó una bordalesa de vino. Durruti estaba en el patio, vio la bordalesa y dijo: «Si no tenéis vino para el frente, tampoco beberá el cuartel general.» Sacó su pistola y destrozó a tiros la bordalesa, y todo el vino se derramó sobre el empedrado.

[RAMÓN GARCÍA LÓPEZ]

Otro problema para la columna eran las prostitutas de Barcelona, que habían seguido a los anarcosindicalistas al frente de Aragón. Pronto las enfermedades venéreas causaron más pérdidas que las balas. Al final Durruti se ocupó de instalar en Bujaraloz una enfermería para el tratamiento de esos casos. Él se encargó de todo. Me acuerdo todavía que nos ordenó darles un tubo de Blenocol a los milicianos que marchaban con licencia a Barcelona.

Por último me dijo:

–Este espectáculo con esas mujeres que andan rondando por la columna debe acabar de una vez por todas.

–Y bien jefe, excelente idea, pero ¿qué hacemos?

–Ponte en contacto con el parque móvil y pide que envíen todos los coches que consideres necesarios. Que recorran todas las centurias y recojan a las mujeres. Pero ¡que no quede ninguna! Después viajas con la caravana de coches a Sariñena. Allí las cargáis en un vagón precintado y las mandáis para Barcelona.

–Ah, muy bien pensado. Y para esta clase de trabajitos no po-
días encontrar a otra persona más que a Jesús. ¿Querrás también
que les vaya predicando el sexto mandamiento por el camino?

–No, sólo quiero una cosa: que me saques este problema de
encima.

Era una orden y tuve que cumplirla.

Mi éxito no duró mucho, ya que al poco tiempo volvieron a
aparecer mujeres dudosas en las centurias. Quizás eran las
mismas que yo había despachado a Barcelona.

[JESÚS ARNAL PENA[1]]

El reverso de la medalla

En Aragón, un pequeño grupo internacional de 22 milicianos de todos los países capturó después de una escaramuza a
un chico de quince años, que peleaba a favor de los fascistas.
Todavía temblaba, porque había visto morir a su lado a sus camaradas. En el primer interrogatorio dijo que lo habían enro-
lado a la fuerza en las filas de Franco. Lo registraron; se le encontró una medalla de la Virgen María y un carnet de la
Falange. Lo enviaron ante Durruti, quien después de explicarle
durante una hora los méritos de los ideales anarquistas, le dio
a elegir entre morir o incorporarse de inmediato a las filas de
quienes lo habían capturado, para luchar contra sus antiguos
camaradas. Durruti le dio un plazo de veinticuatro horas para
reflexionar. El muchacho dijo que no y fue fusilado. Sin embargo, Durruti era un hombre admirable en ciertos aspectos.
La muerte de este chico no deja de remorderme la conciencia,
aunque yo me enteré más tarde de lo ocurrido.

Otro caso: en un pueblo que los rojos y los blancos habían
conquistado, perdido, vuelto a conquistar y perdido de nuevo
ya no sé cuántas veces, los milicianos rojos, habiendo recon-
quistado definitivamente el lugar, encontraron en un sótano a
un puñado de trastornadas, atemorizadas y demacradas figuras, tres o cuatro jóvenes entre ellos. Los milicianos razonaron
así: si estos jóvenes, en lugar de seguirnos cuando nos retira-
mos por última vez, se quedaron a esperar la llegada de los fascistas, quiere decir que ellos también lo son. Fue razón suficiente para fusilarlos de inmediato. Los milicianos dieron de
comer a los demás. Y por ello se creían muy humanitarios.

Una última historia, esta vez de la retaguardia. Dos anarquistas me contaron que una vez habían capturado a dos sacerdotes. Uno fue fusilado de inmediato de un pistoletazo, a la vista del otro; a éste le dijeron que podía irse. Cuando hubo andado unos veinte pasos lo abatieron a tiros. El relator se sorprendió mucho al ver que su historia no me hacía reír.

Una atmósfera como ésta, en la que diariamente ocurren cosas así, hace desvanecer el objetivo de la lucha. Porque este objetivo no debe expresarse en oposición al bien público, al bien de los hombres; pero en España la vida de un hombre no vale nada. En un país donde los pobres son, en su mayoría, campesinos, el objetivo de toda agrupación de extrema izquierda debe ser mejorar la situación de los campesinos; y la Guerra Civil fue al principio, y tal vez ante todo, una guerra a favor (y en contra) de la distribución de tierras entre los campesinos. Y ¿qué ocurrió? Estos miserables y magníficos campesinos de Aragón, que no han perdido su orgullo a pesar de todas las humillaciones, no eran para los milicianos de la ciudad ni siquiera un objeto de curiosidad. Aunque no haya habido abusos, insolencias ni agravios (yo por lo menos no he notado nada, y sé que existía la pena de muerte por robo y violación en las columnas anarquistas), los soldados estaban separados por un abismo de la población sin armas, un abismo tan profundo como el que separa a los pobres de los ricos. Esto se percibía claramente en la actitud siempre un poco humilde, sumisa y temerosa de los unos, y la desenvoltura, la prepotencia y la condescendencia de los otros.

[Simone Weil]

En septiembre de 1936 el frente de Aragón se consolidó en una guerra de posiciones. Las columnas anarquistas estaban tan bien preparadas para ello, que no dependían del gobierno central de Madrid. Ellos mismos se procuraban las municiones. Cuando había dificultades, se comunicaban con los sindicatos de Barcelona. Nuestra columna era también independiente desde el punto de vista financiero. Ellos regulaban su aprovisionamiento del siguiente modo: después de la recolección de las mieses nuestra tropa compraba el trigo a los comités de pueblo al precio habitual, y llevábamos las bolsas en nuestros camiones a la costa de Levante, en la provincia de Valencia. Allí el precio del trigo era considerablemente más elevado. Los camiones regresaban con frutas y verduras y con dinero suficiente para comprar más trigo.

De este modo la columna recibía todo lo indispensable para la guerra de trincheras: alimentos, madera, ropa y tabaco. En el frente había quietud, más quietud que en la retaguardia, donde iban en aumento los bombardeos aéreos. Muchos soldados comenzaron a considerar la guerra como un pasatiempo. Con frecuencia se retiraban de sus posiciones y pasaban unos días en la retaguardia. Esto ocurría muy poco en la columna Durruti, porque nuestro jefe sabía controlar la situación. En el camino hacia la retaguardia, los soldados pasaban siempre por Lérida. Allí comenzaron a «requisar» lo que querían de las tiendas y almacenes. Al fin y al cabo, no era más que una forma semilegal de saqueo. Las autoridades eran impotentes. Poco a poco esas incautaciones adquirieron tal magnitud que nadie se sentía seguro en Lérida. El comportamiento de las milicias era contagioso; pronto cualquiera que tenía un arma a mano se puso a «requisar». Se formaron grupos enteros de «incontrolados» que actuaban por cuenta propia. En Lérida había representaciones de todas las organizaciones: los partidos, la CNT, la UGT, el POUM y los controles camineros, y todos firmaban bonos, que en la práctica no eran otra cosa que carta blanca para el saqueo de la ciudad. Esto lo hacían en nombre de la columna Durruti, que no tenía nada que ver con esas acciones. Durruti nunca aprobó ni ordenó tales requisiciones.

Finalmente se hartó de todo esto. Me llamó y me dijo:

–Estos pillajes desacreditan a la columna. Hay que acabar con ellos. Tú viajas a Lérida como delegado de la columna y restableces el orden. Irás con dos contramaestres que ya están al tanto del asunto. Me llamas todas las noches y me informas.

–De acuerdo –respondí–, pero ¿por qué debo viajar yo precisamente? Es imposible. En Lérida hay mucha gente que me conoce. Cuando se sepa que un cura quiere detener las requisiciones, no se quedarán con los brazos cruzados, me pegarán dos tiros en la cabeza.

–Entonces te doy una escolta –dijo Durruti–, y una centuria entera si es necesario. Además, te doy plenos poderes por escrito.

Viajé pues con dos contramaestres y dos guardaespaldas a Lérida. Todos llevaban pistolas ametralladoras y revólveres. Nos instalamos en el Hotel Suizo. Primero hablé con los delegados de la Generalitat, el gobierno de Cataluña, y nos prometieron todo su apoyo. Su oficina estaba inundada de «recibos» de mercancías incautadas. Los comerciantes y tenderos los traían con la vaga esperanza de que alguna vez los indemnizaran por sus pérdidas. Algunas de esas papeletas eran realmente extrañas. En una estaba escrito, por ejemplo: «Recibo por tantos y tantos lápices labiales. Para la brigada de caballería Farlete. Firma: ilegible.»

Escogimos los recibos más importantes, hicimos una lista y visitamos luego las diversas oficinas que habían emitido esos documentos. Cuando de las cosas robadas sobraba algo que podía sernos útil, lo enviábamos como reserva a nuestra columna en el frente. A los otorgantes les comunicamos lo siguiente:

«La columna Durruti impedirá en el futuro los abusos que se cometan en su nombre. Es la última advertencia. Si no terminan las requisiciones, vendremos con una centuria a Lérida. Entonces no vendremos a buscar las mercancías robadas, sino a los ladrones. La columna los condenará.»

Yo había puesto mis miras en un malhechor sobre todo. Era el delegado de nuestra columna para el aprovisionamiento. Él había comenzado a trabajar por su propia cuenta. Por ejemplo, había retirado de la Tabacalera varias cajas de cigarrillos rubios, pero no había entregado ni un paquete a la columna. Este hombre era difícil de localizar. Sin embargo, me imaginé dónde podíamos encontrarlo. Fui con mis guardaespaldas armados con pistolas ametralladoras y recorrimos los burdeles de la ciudad preguntando a las mujeres por alguien que repartía ese tabaco rubio, una especialidad muy rara en aquella época. Y en efecto, pronto encontramos a nuestro hombre, en una casa de citas en la calle de Caballeros.

Su descaro había ido tan lejos que incluso a nosotros nos ofreció unos rubios. Le enseñé mi credencial de plenos poderes. Se asustó mucho.

–Tienes tiempo hasta mañana a las nueve para entregar en tal sitio tantas cajas de cigarrillos rubios. Si falta una sola, te llevaremos bajo vigilancia al cuartel general de Durruti. Ya puedes imaginar lo que te pasará.

Después de nuestra expedición terminaron casi por completo las «incautaciones» en Lérida. Los traficantes le tenían pánico a Durruti; su intervención acabó con los saqueos.

[JESÚS ARNAL PENA[2]]

Las ametralladoras

Amanecía cuando nuestro coche fue detenido en la entrada de Bujaraloz. Un joven alto y fuerte salió de la niebla. Su rostro tenía el color oliva y la mirada de los moros. Con el fusil en la mano se apostó en medio de la calle mientras otro miliciano examinaba nuestros salvoconductos. Nos indicó que nuestros documentos no nos autorizaban a ir más lejos. Para ir al frente y regresar se requería un permiso especial firmado por Durruti. «¡Gracias! ¡Buen viaje!» Pusimos en marcha el motor y atravesamos el pueblo todavía dormido en dirección a la casa de los camioneros, donde sabíamos que se había instalado el cuartel general.

Nos acercamos a un gran grupo de hombres reunidos alrededor de varias ametralladoras. Las armas yacían sobre la tierra. Un hombre alto, robusto, de rostro curtido por el sol, cabellos negros y ojos pequeños y vivísimos se acercó al grupo y ordenó montar las ametralladoras y probarlas, para llevarlas inmediatamente a la línea de fuego. Unos instantes después las armas estaban listas para disparar. Durruti (él era el gigante que se había acercado al grupo), señaló un objetivo, y las ametralladoras tabletearon durante unos segundos. El objetivo, situado a unos quinientos metros de distancia al pie de una colina, se hizo añicos. «Así tenéis que tirar al enemigo, sin temblar», dijo Durruti. «Es preferible caer antes que abandonar una ametralladora. Si alguno de vosotros abandona una ametralladora y no lo pescan los fascistas, yo mismo lo fusilaré. Pensad que la libertad de todo un pueblo depende de vuestra puntería. Una ametralladora perdida es una ametralladora que se volverá contra nosotros. Con estas armas tomaremos Zaragoza y marcharemos sobre Pamplona. Allí entraré con la cabeza del traidor Cabanellas en el radiador de mi coche. ¡Y no nos detendremos hasta que la bandera roja y negra flamee sobre todos los pueblos de la península ibérica! Cuando abandonamos Barcelona, juramos vencer. Un hombre debe cumplir su palabra. Así que tomad estas armas y cuidadlas bien. No debemos dar ni un paso atrás mientras nos quede una bala.» Bastaban diez minutos al lado de Durruti para contagiar a la gente con su optimismo. Era este optimismo el que atraía a las masas; a él iba unido un valor extraordinario, una sinceridad absoluta, una gran solidaridad y un buen sentido de la estrategia. La columna Durruti debía sus victorias a esas cualidades.

[CARRASCO DE LA RUBIA]

151

Yo era entonces responsable de la intendencia de las milicias en Cataluña y tenía mi cuartel en Barcelona, en el cuartel de Pedralbes, que llevaba el nombre de «Miguel Bakunin». Hablaba por teléfono todos los días con los jefes de cada columna y atendía sus demandas. Pedían hombres, material de guerra y ropa. Yo enviaba diariamente al frente todo lo que podía, en tren o en camiones.

Durruti era el más exigente de todos los jefes de columna. Me llamaba todas las noches alrededor de las ocho.

–¿Eres tú, Ricardo?

–Sí, ¿qué hay?

–¿Qué hay? ¡No hay nada! Los repuestos para las ametralladoras que te pedí ayer no han llegado todavía.

–No pude enviarlos, porque no quedan más en los depósitos. He hecho un encargo a la Hispano-Suiza. Pero primero tienen que fabricarlos.

–Los necesito con urgencia. Dales prisa. ¿Cuántas carabinas te quedan?

–Doscientas, más o menos.

–Bien, envíame doscientas.

–¿Y las otras columnas?

–Que se arreglen como puedan.

–Te mando una partida, pero no las doscientas.

–¿Cómo andan las ambulancias?

–Tenemos seis todavía.

–Mándame cuatro.

–No, a lo sumo una, más no puedo. En cambio, puedo enviarte doscientos voluntarios que se han inscrito para tu columna.

–No los necesito. Todos los días vienen centenares de hombres de los pueblos y no sé qué hacer con ellos. Lo que necesito son ametralladoras, cañones y toda la munición que sea posible.

–Bien, yo me encargo de eso.

–No olvides la ambulancia pues, y todas las carabinas que puedas.

–De acuerdo. Hasta mañana.

–¡Espera! No te olvides de los repuestos para las ametralladoras.

–Claro que no. Eres peor que un mendicante. ¡Hasta mañana!

Durruti logró, con su tenacidad, pertrechar a su columna

con todo lo necesario para la guerra. Tenía un dispensario propio, un estado mayor, una cocina de campaña, una estación radiotelegráfica con emisores potentes que irradió durante la guerra noticias y comentarios que se difundían en toda Europa, una imprenta de campaña y un semanario propio, *El Frente*, que se distribuía gratis a los soldados de la columna.

[RICARDO SANZ[3]]

Cuando comenzó la Guerra Civil, dijo nuestra organización, la CNT: «¡Hagan el favor de quedarse aquí! No es posible que todos marchen al frente, ahora que las fábricas están en manos de los trabajadores, y el comercio y todo lo demás, ahora hay que organizar, y vosotros tenéis que quedaros en la retaguardia.» Debido a esto me quedé en Badalona el primer mes. Pero más no aguanté, porque de repente me metieron toda clase de gente allí. Ahora todos querían ser de la organización y se colaban porque tenían amistades con uno o con otro. Y eso no me gustaba.

Yo siempre fui un hombre de acción, sobre todo, y quería ir al frente. Teníamos todavía 24 ametralladoras y un montón de fusiles que habíamos sacado en el ataque al cuartel de San Andrés. Nos unimos, nos llevamos las armas, tomamos tres camiones y tres coches y nos fuimos directamente adonde estaba Durruti, al frente. Cuando nos vio llegar, se puso muy contento y gritó: «Ahí se ve todo lo que hay en la retaguardia. ¿Dónde habéis conseguido las ametralladoras?»

–En el cuartel –dijimos–. Había un muro alrededor, abrimos un boquete con dinamita y allí perecieron todos los oficiales.

–Pero tú no vas a las trincheras –dijo Durruti–, te necesito aquí, porque por Bujaraloz pasa todo el mundo, y necesitamos poner orden. Tú serás mi lugarteniente y te quedarás en la columna.

Me quedé allí pues, a cinco o seis kilómetros de su puesto de mando. Yo tenía mi teléfono y él el suyo, y cuando pasaba algo nos llamábamos.

Una vez nos asomamos por el balcón Durruti y yo, y de repente la plaza se llenó de gente.

–¡Vaya! –dijo él–, ¿qué quiere esta gente aquí?

Y la gente gritaba: «Queremos hablar con él.»

Y él habló desde el balcón y les dijo:

–La gente de la retaguardia debe quedarse en sus puestos –había muchos que habían venido de Barcelona–, nosotros nos quedamos en el frente. Cada uno en su puesto. No hay que tener miedo, no nos iremos hasta que hayamos vencido. Después de que nos juzgue el pueblo, ya lo veremos. Pero ahora no quiero charlas, ¿comprendéis? Ahora dejamos todo de lado, menos la guerra.

Esto me pareció exagerado.

–¿Qué has dicho? –le pregunté–, ¿qué dejamos todo de lado? ¿A tanto hemos llegado? Si dejáis la revolución de lado me voy a casa enseguida, ¿qué me importa a mí la guerra?

–Tú no me comprendes –dijo–. ¿Qué te crees? Durante años y años he pensado siempre en hacer la revolución, pero no teníamos armas, y ahora que las tenemos, ¿crees que la dejaré de lado? No me conoces.

La gente aplaudía frenéticamente, los periódicos hablaron mucho de lo que dijo.

[RICARDO RIONDA CASTRO]

Los principios

Salí de Bujaraloz por la noche, en dirección a Pina. De la oscuridad emergían las ruinas de las máquinas destruidas por los bombarderos alemanes. Combatientes de gorras rojinegras me pidieron la consigna. Era la columna que dirigía el anarquista Durruti.

Cinco años antes había discutido con Durruti sobre la justicia y la libertad. Los anarquistas se reunían entonces en un pequeño café de Barcelona. Se llamaba café La Tranquilidad. Durruti no era un anarquista de café. Era obrero, y se pasaba el día entero en el trabajo. Lo habían condenado a muerte en cuatro países. Era intrépido y conocía las debilidades de los hombres. No quiero referirme a sus ideas: ya no sé discutir con el pasado. Lo conocí y creí en el instinto de los trabajadores. Lo volví a ver en Pina. Hablaba por el teléfono de campaña, pedía refuerzos. Me enseñó las trincheras. Luego empezó a hablar de eso que yo llamo el pasado. Los combatientes bebían agua de una jarra. De la pared colgaba un cartel: «Beba vino Negus, abre el apetito.»

Durruti organizó el ejército. Fusiló sin compasión a bandidos y desertores. Cuando alguien comenzaba a discutir los principios en el comité de guerra, Durruti golpeaba furioso con el puño la mesa: «¡Aquí no venimos a hablar de programas, venimos a combatir!» Quería la unidad con los comunistas y republicanos. Les decía a los milicianos: «Ahora no es el momento de discutir. Primero tenemos que aniquilar al fascismo.»

En el pueblo de Pina aparecía el periódico *El Frente,* órgano de la columna Durruti. Se componía y se imprimía bajo el fuego de artillería. En este periódico leí un artículo sobre la defensa de la patria: «Los fascistas reciben bombas extranjeras. Quieren exterminar al pueblo español. Compañeros, nosotros protegemos a España.»

Los obreros de la fábrica Ford de Barcelona, partidarios de la CNT y partidarios de la UGT, enviaban camiones para la columna Durruti. He visto a obreros anarquistas que abrazaban a camaradas de la juventud comunista. Han aprendido mucho estos eternos quijotes. Ya no hablan más de la «organización de la indisciplina». Ahora insisten: «¡Disciplina!»

La expresión de su rostro era suave y bondadosa, sus ojos oscuros y abrasadores. Hablaba con mucha emoción: «Tenemos que crear un verdadero ejército.»

En su cuartel general había muchos anarquistas extranjeros. Iban a esa choza rodeada de sacos de arena en cuyo interior había una máquina de escribir. Venían con nebulosas declaraciones de los años noventa. Uno de ellos interrumpió a Durruti: «Nosotros nos quedamos con los principios de la guerra de guerrillas.» Durruti gritó: «¡No! Si es preciso ordenaremos la movilización general. Implantaremos una disciplina de hierro. Renunciamos a todo, menos a la victoria.» Sobre la calzada se deslizaban lentamente, sin luces, los camiones cargados de armas.

[ILYA EHRENBURG[2]]

Él consideraba que, debido a la proximidad del fascismo, no se podía discutir de principios. Luchaba por un pacto con los comunistas y Esquerra y escribió un mensaje de salutación a los obreros soviéticos. Cuando los fascistas se acercaron a Madrid, decidió que debía estar donde el peligro era mayor. «Les demostraremos que los anarquistas saben dirigir una guerra.»

155

Conversé con él poco antes de su partida a Madrid. Estaba alegre y de buen humor, como siempre; creía que la victoria estaba cerca. «¿Ves?», me dijo, «nosotros dos somos amigos. Podemos unirnos. Incluso tenemos la obligación de unirnos. Cuando hayamos vencido veremos... Cada pueblo tiene un carácter propio. Los españoles no son como los franceses ni como los rusos. Ya se nos ocurrirá algo... Pero primero tenemos que liquidar a los fascistas.» Al terminar nuestra conversación no pudo dominar su emoción: «Dime, ¿sabes lo que es estar dividido en tu interior? Piensas una cosa y haces otra: no por cobardía, sino por necesidad.» Le respondí que lo comprendía muy bien. Al despedirnos me palmoteó la espalda, como se acostumbra en España. Sus ojos quedaron grabados en mi memoria, eran ojos que expresaban una voluntad férrea unida a una desorientación casi infantil, una mezcla extraordinaria.

[ILYA EHRENBURG[1]]

DURRUTI: No, todavía no hemos puesto en fuga a los fascistas. Siguen ocupando Zaragoza y Pamplona, donde están los arsenales y las fábricas de municiones. Debemos conquistar Zaragoza a toda costa. Las masas están armadas, el antiguo ejército ya no existe. Los trabajadores saben lo que significaría el triunfo del fascismo: carestía y esclavitud. Pero también los fascistas saben lo que les espera si son vencidos. Por eso ésta es una lucha sin compasión. Para nosotros se trata de aplastar para siempre al fascismo. Y a pesar del gobierno.

Sí, a pesar del gobierno. Lo digo porque ningún gobierno del mundo combatirá a muerte al fascismo. Cuando la burguesía ve huir el poder de sus manos, recurre al fascismo para mantenerse. Hace tiempo que el gobierno liberal español habría podido reducir al fascismo a la impotencia. En cambio ha vacilado, ha maniobrado y tratado de ganar tiempo. Incluso actualmente hay en nuestro gobierno hombres que quisieran tratar a los rebeldes con guante de seda. ¿Quién sabe? *(Se ríe.)* Tal vez un día este gobierno podría necesitar a los militares rebeldes para destruir al movimiento obrero...

VAN PAASEN: ¿De modo que prevé dificultades incluso después de sofocada la rebelión de los generales?

DURRUTI: Sí, habrá una cierta resistencia.

VAN PAASEN: ¿Resistencia por parte de quién?

DURRUTI: De la burguesía, por supuesto. Aunque la revolución triunfe, la burguesía no se dará por vencida tan fácilmente.

Nosotros somos anarcosindicalistas. Luchamos por la revolución. Sabemos lo que queremos. Poco nos importa que exista en el mundo una Unión Soviética por amor a cuya paz y tranquilidad Stalin ha entregado a los trabajadores alemanes y chinos a la barbarie fascista. Queremos hacer la revolución aquí, en España, ahora mismo, no después de la próxima guerra europea. Nosotros actualmente les damos más preocupaciones a Hitler y a Mussolini que todo el ejército rojo. Con nuestro ejemplo les mostramos a la clase obrera alemana e italiana cómo se debe tratar al fascismo.

Yo no espero la ayuda de ningún gobierno para la revolución del comunismo libertario. Es posible que las contradicciones dentro del campo imperialista influyan en nuestra lucha. Es bastante posible. Franco se esfuerza por arrastrar al conflicto a toda Europa. No vacilará en lanzar a los alemanes contra nosotros. Nosotros, en cambio, no esperamos ayuda de nadie, ni siquiera de nuestro propio gobierno.

VAN PAASEN: Pero si triunfan descansarán sobre un montón de ruinas.

DURRUTI: Siempre hemos vivido en barracas y tugurios. Tendremos que adaptarnos a ellos por algún tiempo todavía. Pero no olviden que también sabemos construir. Somos nosotros los que hemos construido los palacios y las ciudades en España, América y en todo el mundo. Nosotros, los obreros, podemos construir nuevos palacios y ciudades para reemplazar a los destruidos. Nuevos y mejores. No tememos a las ruinas. Estamos destinados a heredar la tierra, de ello no cabe la más mínima duda. La burguesía podrá hacer saltar en pedazos su mundo antes de abandonar el escenario de la historia. Pero nosotros llevamos un mundo nuevo dentro de nosotros, y ese mundo crece a cada instante. Está creciendo mientras yo hablo con usted.

[BUENAVENTURA DURRUTI[2]]

La nueva ciudad

Barcelona, 5 de agosto de 1936

Llegada tranquila. No hay taxis en la estación. En cambio, hay coches de caballos que nos conducen hasta el centro. Poca gente en el paseo de Colón. Pero al desembocar en la calle principal de Barcelona, las Ramblas, nos llevamos una gran sorpresa: de repente vemos la revolución ante nosotros. Es avasallador. Es como si hubiésemos desembarcado en un nuevo continente. Nunca he visto nada parecido.

La primera impresión: obreros de civil, armados, con fusiles al hombro. Uno de cada tres hombres en las Ramblas lleva un fusil, pero no se ven policías ni soldados rasos uniformados. Armas, armas y más armas. Muy pocos de estos proletarios llevan el uniforme azul marino de las milicias. Se sientan en los bancos o pasean por el centro de las Ramblas de arriba abajo, con el fusil sobre el hombro derecho y con frecuencia con sus chicas en el brazo izquierdo. Forman patrullas para vigilar los barrios periféricos de la ciudad; se apostan en las entradas de los hoteles, en los centros administrativos y los almacenes. Se acurrucan en las pocas barricadas que aún quedan y que han sido levantadas con piedras y sacos de arena. Conducen a toda velocidad en innumerables coches de lujo incautados en los que han escrito con letras blancas las siglas de sus organizaciones: CNT-FAI, UGT, PSUC y POUM o todas a la vez. Algunos coches llevan simplemente las letras UHP (¡Uníos, hermanos proletarios!), la gloriosa consigna de la rebelión asturiana de 1934. Lo más impresionante de esta manifestación de fuerza es que todos estos hombres armados pasean, marchan y conducen sus coches vestidos con su ropa habitual. Los anarquistas, reconocibles por sus divisas rojinegras, son la abrumadora mayoría. Ni el más mínimo vestigio de la «burguesía». Ninguna damisela bien vestida ni señoritos a la moda en las Ramblas. No se ve ni un sombrero; sólo obreros y obreras. El gobierno ha prevenido contra el uso de sombreros; dan apariencia «burguesa» y causan mala impresión. Las Ramblas no han perdido su colorido de siempre: allí están los distintivos azules, rojos y negros, los pañuelos para el cuello y los abigarrados uniformes de la milicia. Pero ¡qué contraste con la antigua suntuosidad de colores de las ricas catalanas que se paseaban antes por aquí!

Cuesta creer que Barcelona sea la capital de una región donde reina la guerra civil. Quien haya conocido Barcelona en tiempos de paz, no tiene la impresión, al bajar de la estación, de que haya cambiado mucho. Las formalidades fronterizas se cumplen en Port-Bou; se sale de la estación de la capital como un turista cualquiera; se deambula por sus calles alegres y pacíficas en apariencia. Los cafés están abiertos, aunque hay menos gente que de costumbre, lo mismo ocurre con los negocios. El dinero sigue desempeñando el mismo papel de siempre. Si hubiese más policías y menos muchachos que se pasean por allí con sus fusiles, se diría que no pasa nada. Hay que acostumbrarse a la idea de que aquí se ha producido una auténtica revolución y que se vive realmente en uno de esos periodos históricos sobre los cuales se ha leído en los libros y se sueña en la niñez; 1792, 1871, 1917. ¡Ojalá los resultados sean más felices!

Nada ha cambiado, en efecto, con una excepción: el poder pertenece al pueblo. Los hombres de mono azul han asumido el mando. Ha comenzado una época extraordinaria, una de esas épocas que no han durado mucho hasta ahora, en las cuales los que siempre han obedecido toman todo a su cargo. Es evidente que esto no ocurre sin dificultades. Cuando se ponen fusiles cargados en las manos de chicos de diecisiete años en medio de una población desarmada...

[Simone Weil]

8 de agosto de 1936

El coche hace un alto en El Prat, donde está el aeropuerto, a unos diez kilómetros de Barcelona. A la salida del aeropuerto hay un cartel atravesado en medio de la calle: «¡Viva Sandino!» En la calzada se ven, cada vez con más frecuencia, barricadas con sacos llenos de piedras y arena. Banderas rojas y rojinegras sobre las barricadas; al lado, hombres armados, con grandes y puntiagudos sombreros de paja, boinas, pañuelos para la cabeza, vestimenta muy heterogénea, algunos semidesnudos. Varios de ellos vienen corriendo hacia el conductor a pedir los documentos, otros sólo saludan y agitan los fusiles. En algunas barricadas la gente come, las mujeres han traído el almuerzo, hay platos sobre las piedras. Después de tomar dos o tres cucharadas de sopa, los niños se arrastran de nuevo por las troneras y juegan con cartuchos y bayonetas.

Al aproximarnos a la ciudad, en las primeras calles de los suburbios, penetramos en un torbellino de ferviente lava humana, en el inconcebible atolladero de la metrópoli que vive ahora días de auge, felicidad y osadía.

¿Hubo alguna vez una Barcelona así, ebria de triunfo y delirante? Es la Nueva York española, la ciudad más hermosa a orillas del Mediterráneo, con sus deslumbrantes bulevares de palmeras, sus gigantescas avenidas, sus paseos costaneros, y sus fantásticas mansiones donde renace la suntuosidad de los palacios bizantinos y turcos del Bósforo. Interminables barrios febriles, gigantescas naves de los astilleros, fundiciones, industrias electrónicas y de automóviles, fábricas textiles, fábricas de zapatos y de confección, imprentas, almacenes tranviarios y garajes colectivos. Bancos instalados en rascacielos, teatros, cabarets, parques de diversiones. Horribles y lúgubres tugurios, el desagradable y delictivo «barrio chino» de estrechas rendijas pétreas en medio del centro urbano, más sucios y peligrosos que todos los albañales de los puertos de Marsella y Estambul. Todo desborda ahora, bloqueado por una multitud excitada y densa. Todo ha sido revuelto y ha salido a relucir, elevado a la máxima tensión, al punto de ebullición. También yo me he contagiado de esa pasión que flota en el aire, y siento los sordos latidos de mi corazón. Avanzo con dificultad en medio de esta apretada multitud, rodeado de jóvenes con fusiles, mujeres con flores en el cabello y relucientes sables en la mano, viejos con bandas revolucionarias en los hombros, los retratos de Bakunin, Lenin y Jaurès en medio de canciones, música de orquestas y el grito de los vendedores de diarios. Paso por un cine en cuyas cercanías hay un tiroteo, al lado de actos callejeros y majestuosos desfiles de milicias obreras, de carbonizadas ruinas de iglesias y carteles multicolores. Bajo la luz confluyente de los anuncios de neón, de la enorme luna y los faros de los coches, chocamos a veces con los parroquianos de los cafés, cuyas mesas ocupan toda la acera. Penosamente logramos llegar a la calzada y por último al Hotel Oriente en la Rambla de las Flores.

[Mijaíl Koltsov]

Los anarquistas vivían antes fuera de la realidad, creían aún en los mitos del siglo pasado y en su osadía típica. Nunca me olvidaré del labrador semianalfabeto de Fernán Núñez que repetía: «¿Por qué discutís sobre la segunda y la tercera internacional? Si existe la primera internacional...» Para él, el compañero Miguel Bakunin era contemporáneo suyo.

En Barcelona había muchos obreros anarquistas. El 19 de julio asaltaron el Hotel Colón junto con los comunistas y los socialistas. Ante los muros de las casas, sobre las piedras de las calzadas hay montones de flores: aquí cayeron los héroes de Barcelona. El pueblo desarmado derrotó al ejército.

«Vamos a Zaragoza»; estas palabras brillan en las carrocerías de los taxis. Delicadas chicas que han abandonado la costura, cargan ahora penosamente con los pesados fusiles. Los obreros de Barcelona cubren con colchones un Hispano-Suiza y marchan al combate armados con revólveres. Entonan himnos revolucionarios acompañándose con sus guitarras. Se hacen fotografiar con sus sombreros de ala ancha. Hay centenares de Pancho Villas entre ellos. Los fascistas de Zaragoza tienen tanques y aviones.

El siglo XIX sobrevive aún en los graneros y sótanos de Barcelona. En las paredes cuelgan letreros: «Organización de la antidisciplina». Entre dos salvas, los anarquistas hablan de la renovación de la humanidad. Uno de ellos me dijo: «¿Sabes por qué nuestra bandera es roja y negra? Roja por la lucha, y negra porque el espíritu humano es oscuro.»

[ILYA EHRENBURG[2]]

La expropiación

Es casi increíble la proporción que han adquirido las expropiaciones que se vienen realizando en los pocos días posteriores al 19 de julio. Los grandes hoteles, con una o dos excepciones, han sido requisados en su totalidad (y no quemados, como dicen muchos periódicos). Lo mismo ocurrió con los grandes almacenes. Han sido cerrados muchos bancos, en los restaurantes hay letreros que anuncian que ahora están bajo el control de la Generalitat. Casi todos los propietarios de las fábricas han huido o han sido ejecutados. Por todas partes se ven en las fachadas de las casas de comercio enormes carteles que anuncian su expropiación e indican que la CNT ha tomado posesión de ellas, o que esta o aquella organización ha establecido allí la sede de su comité.

[Franz Borkenau]

Las organizaciones de la clase obrera se han instalado en las oficinas y las mansiones de los ricos. Los conventos, ya libres de parásitos, sirven ahora como escuelas; en un convento comienza a funcionar una universidad. Hay restaurantes populares, establecidos por comités de campesinos, para las milicias y los obreros agremiados. Se distribuyen los comestibles incautados a los comerciantes que especulan con la carestía.

Pero las transformaciones más importantes se han realizado en la esfera productiva. Muchos empresarios, técnicos, directores, propietarios y administradores han huido. Otros han sido detenidos por los obreros y son procesados. El sindicato de obreros textiles calcula que la mitad de los empresarios del ramo textil han huido; que el 40 % fue «eliminado de la esfera social»; y que el restante 10 % aceptó seguir trabajando como empleado de los obreros bajo las nuevas condiciones. Los consejos y comités de obreros controlan las fábricas, e incautan las empresas y sociedades de propiedad privada. Los principales medios de producción han sido incautados por los sindicatos, por las colectividades y por los municipios. Sólo las pequeñas empresas de bienes de consumo permanecen en manos privadas.

También han sido socializadas las empresas de transporte y los ferrocarriles, las sociedades petroleras, los talleres de montaje de automóviles Ford e Hispano-Suiza, las instalaciones portuarias, las fábricas, los grandes almacenes, los teatros y cines, los establecimientos metalúrgicos capaces de producir armas, las empresas de exportación de productos agrícolas y las grandes bodegas. La forma jurídica de las incautaciones son diversas. Las empresas pasaron a ser, parcialmente, de propiedad municipal, en otros casos se concertó un contrato con el antiguo propietario, y a veces fueron lisa y llanamente incautadas. Las firmas extranjeras han sido nacionalizadas, y los *trusts* disueltos. En todos los casos fueron los obreros quienes asumieron la dirección de los negocios por intermedio de un comité de control en el que estaban representadas las dos grandes organizaciones sindicales, la anarquista y la socialista. También se elaboraron planes para mejorar la productividad, construir instalaciones sanitarias y escuelas en las fábricas y se reguló la venta y el consumo de la producción de común acuerdo con los sindicatos.

[HENRI RABASSEIRE]

La fábrica que hoy he visitado habla sin duda a favor de la colectivización de las fábricas que la CNT ha llevado a cabo. Sólo tres semanas después del comienzo de la Guerra Civil, y dos semanas después del fin de la huelga general, parece funcionar tan perfectamente como si nada hubiese pasado. Visité el taller, que parece muy ordenado; los hombres trabajan regularmente en las máquinas. A partir de la socialización se han reparado aquí dos autobuses, se terminó de construir una obra nueva que se había iniciado con anterioridad, y se fabricó otro vehículo enteramente nuevo que llevaba la inscripción: «Producido bajo control obrero.» El director técnico me dijo que la nueva construcción había durado cinco días, dos días menos de lo habitual.

Sería prematuro sacar conclusiones generales sobre la base de la buena impresión que me causó esta fábrica. Sin embargo, hay que reconocer que es un logro excepcional. Aún bajo circunstancias favorables, hubiese sido excepcional que un grupo de trabajadores que ha tomado a su cargo una fábrica logre poner en marcha la producción en pocos días, sin dificultades. Esto habla a favor de la aptitud del obrero catalán en general y de la capacidad organizativa de los sindicatos de Barcelona. No hay que olvidar que la fábrica perdió todo su personal directivo. Pude examinar las listas de salarios y sueldos: el director general, los directores, el ingeniero-jefe y el segundo ingeniero habían «desaparecido» (un suave eufemismo para decir que habían sido ejecutados). Los miembros del comité de fábrica me explicaron con toda calma que ello significaba un ahorro considerable para la fábrica, sin contar la abolición de las «rentas» que se habían pagado anteriormente a las amigas privadas de la dirección y la imposición de un sueldo tope de 1.000 pesetas mensuales. Los salarios no aumentaron después de la socialización.

[FRANZ BORKENAU]

163

La contradicción

A veces no puedo creer lo que oigo decir: representantes del PSUC (Partido Socialista Unificado de Cataluña) me han dicho hoy que en España no ha habido ninguna revolución. Esta gente, con la que hoy tuve una larga discusión, no son, como cabría suponer, viejos socialdemócratas catalanes, sino comunistas extranjeros: España se encuentra, según ellos, en una situación extraordinaria: el gobierno lucha contra su propio ejército, eso es todo. Aludí a algunos hechos: que los obreros están en armas, que la administración estatal ha pasado a manos de comités revolucionarios, que miles de personas han sido ejecutadas sin juicio previo, que han sido incautadas fábricas y fincas, dirigidas ahora por los antiguos asalariados. Si eso no es una revolución, ¿a qué le llaman revolución? Me respondieron que estaba equivocado, que ello no tenía importancia política, que eran sólo medidas de excepción sin contenido político. Aludí a la posición de la dirección del partido en Madrid, que calificaba de «revolución burguesa» al movimiento actual, un indicio por lo menos de que se trataba de un movimiento revolucionario. Pero los comunistas del PSUC no vacilaron en contradecir a la dirección. No comprendo cómo los comunistas, que en los últimos quince años han descubierto en todas partes situaciones revolucionarias donde en realidad no las había (con lo que han causado grandes estragos), no comprendo cómo estos comunistas no advierten lo que ocurre aquí, donde por primera vez en Europa desde la Revolución Rusa de 1917, ha estallado una revolución.

[FRANZ BORKENAU]

10 de agosto de 1936

Al mediodía visité a García Oliver. Ahora dirige todos los destacamentos de milicias catalanas. El estado mayor se encuentra en el edificio del museo Marítimo. Una obra maravillosa, grandes galerías y amplias salas, techos de cristal, enormes y artísticos modelos de antiguos barcos, armas y cajas de municiones. Un montón de gente.

Oliver mismo está en un gabinete cómodamente amueblado, en medio de tapices y estatuas. Enseguida me ofreció un habano y un coñac. Rostro trigueño, hermoso, con una cicatriz, un semblante fotogénico y huraño, una gigantesca Parabellum en el cinto. Al principio guardó silencio y parecía muy taciturno, pero de repente rompió en un monólogo desbordante y apasionado que revelaba al orador experimentado, impetuoso y hábil. Largos himnos de alabanza al valor, sobre todo el de los obreros anarquistas; afirmó que durante la lucha callejera en Barcelona habían sido ellos sobre todo quienes habían salvado la situación y que también ahora eran ellos la vanguardia de las milicias antifascistas. Los anarquistas siempre habían sacrificado su vida por la revolución, y también en el futuro estarían dispuestos a ofrecerla a la revolución. Más que la vida: incluso estaban dispuestos a colaborar con un gobierno burgués antifascista. Él, Oliver, consideraba difícil convencer a las masas anarquistas, pero él y sus compañeros harían todo lo posible por disciplinar a los obreros anarquistas y ponerlos bajo la dirección del Frente Popular, y lo lograrían. Sí, a él, a Oliver, lo habían acusado en las manifestaciones de haber pactado y traicionado los principios anarquistas. Los comunistas debían tomar esto en cuenta y no apretar demasiado las cuerdas. Los comunistas monopolizaban demasiado el poder. Si esto seguía así, la CNT y la FAI no se hacían responsables de las consecuencias. Luego comenzó a desmentir, nervioso, incluso un poco demasiado nervioso. No era cierto que los anarquistas hubiesen escondido muchas armas. No era cierto que los anarquistas estuviesen sólo a favor de las milicias y contra las tropas regulares. No era verdad que los anarquistas colaboraran con el POUM. No era verdad que grupos anarquistas hubiesen saqueado comercios y viviendas; seguramente habían sido criminales disimulados con banderas anarquistas. No era cierto que los anarquistas estuviesen contra el Frente Popular. Su lealtad ya se había demostrado en las palabras y en los hechos. No era cierto que los anarquistas estuviesen contra la Unión Soviética. Ellos amaban y respetaban a los obreros rusos y no dudaban que los obreros rusos ayudarían a España. Los anarquistas también ayudarían a la Unión Soviética si fuera necesario. La Unión Soviética no debía subestimar en sus planes la gran fuerza de los obreros anarquistas españoles. Era erróneo que el movimiento anarquista no existiera en otros países, aunque era evidente que su centro estaba en España. ¿Por qué no se apreciaba a Bakunin en la Unión Soviética? Aquí, en España, se honraba a Bakunin, y también debía honrárselo en Rusia. Era erróneo que los anarquistas no admitieran a Marx. Yo debía hablar con su amigo, con el amigo de Oliver, con Durruti; pero Durruti estaba en el frente, claro. A las puertas de Zaragoza. ¿Tenía yo la intención de ir al frente?

Sí, yo me proponía ir al frente. Mañana mismo, si tuviera un pase. ¿No podía darme uno Oliver? Sí, Oliver me daría un pase, con mucho gusto. Habló con su ayudante y éste extendió en mi presencia un certificado que escribió a máquina y firmó Oliver. Me dio la mano y me pidió que informase correctamente a los obreros rusos sobre los anarquistas españoles. No era cierto que ayer los anarquistas hubiesen saqueado las bodegas de Pedro Domecq, que seguramente serían algunos canallas que se hacían pasar por miembros de la FAI. No era verdad que los anarquistas se negaran a colaborar con el gobierno...

[Mijaíl Koltsov]

Situaciones intolerables

Las experiencias que hemos tenido a partir de las jornadas de julio confirman la antigua tesis de que una revolución sólo puede realizar lo que ya está latente en la conciencia de las masas como necesidad y comprensión de un objetivo. Sólo una conciencia clara y una cultura social de las masas puede impedir que en los grandes movimientos revolucionarios predomine la estrechez de miras, la venganza personal y la codicia de los ambiciosos.

Ya algunas semanas antes de la revuelta discutimos estas cuestiones en reuniones internas de la FAI. García Oliver sostenía entonces la opinión de que la revolución rompería los diques de la moral y transformaría al pueblo en una peligrosa fiera que se lanzaría al saqueo desenfrenado, al incendio y al asesinato, si no se le oponía una fuerza organizada. Yo afirmé lo contrario, y dije que la acción de las masas podía engendrar grandes fuerzas morales; describí a un pueblo en armas según lo había leído en los libros. Después de las jornadas de julio tuve que cambiar de opinión y darle la razón a García Oliver. En lo que se refiere a los tres días de combate, no tenemos nada que reprocharnos. Fueron grandiosos. Pero después fracasamos ante el inconsciente desenfreno y la disipación de las masas. El país vivía al día, desatinadamente, sin tomar en cuenta las visibles e irreparables consecuencias. Vimos venir la catástrofe, pero éramos demasiado débiles para contenerla. Tratamos de detenerla por intermedio del Comité de Milicias; pero para que una reacción como ésta sea eficaz, debe provenir directa y espontáneamente de las bases, y esto sólo es posible cuando el pueblo ha alcanzado un nivel de conciencia superior.

Por ejemplo, los comedores populares, que se improvisaron por doquier en las barriadas y daban de comer gratis y cuanto quisiera a quien lo pedía, funcionaron varias semanas y consumieron todas las reservas de que disponían la ciudad y el campo. Nos exigían cada vez más víveres, y cuando no podíamos dárselos, iban a buscarlos directamente a los almacenes y comercios. No dejaban nada para las milicias del frente. Sus «incautaciones» arruinaron la economía de la región. Fueron una constante pesadilla que nos causó trastornos y mucha impopularidad. La falta de conciencia no podía atribuirse sólo a ciertos partidos u organizaciones; fue un fenómeno general. Para mucha gente la revolución consistía principalmente en repartir el botín y disfrutarlo. Muy pocos pensaban en volver a llenar los depósitos saqueados y en intensificar el trabajo en la industria y en la agricultura.

[DIEGO ABAD DE SANTILLÁN]

La FAI sale al paso de situaciones intolerables

Barcelona, 30 de julio
Somos enemigos de toda violencia e imposición. Nos repugna toda sangre que no sea derramada por la decisión del pueblo a hacerse justicia. Pero declaramos fríamente, con terrible serenidad y con la inexorable determinación de hacer lo que anunciamos, que si no cesan los actos de irresponsabilidad que siembran el terror en Barcelona, *procederemos a fusilar sin excepción a todo individuo* que se compruebe haya cometido delitos contra la humanidad.

El honor del pueblo de Barcelona y la dignidad de la CNT y la FAI nos exigen que acabemos con estos excesos. ¡Y con ellos acabaremos!

[*Solidaridad Obrera*]

¿Qué pasa en España? Todos los que vienen de allá tienen algo que decir, alguna historia que divulgar o algún juicio que pronunciar. Se ha puesto de moda ir allá a echar un vistazo, hacerle una visita a la Guerra Civil y a la revolución y regresar con un puñado de artículos periodísticos. No hay diario ni revista que no publique reportajes sobre los acontecimientos en España. El resultado no podía ser otro que la superficialidad. En primer lugar, una transformación social sólo puede apreciarse correctamente en función de la repercusión que tiene en la vida diaria de cada individuo. Pero no es fácil penetrar en esa vida cotidiana «del pueblo». Además, ésta cambia diariamente. Obligación y espontaneidad, ideal y necesidad se mezclan de tal modo que se produce una inmensa confusión, no sólo en las condiciones objetivas, sino también en la conciencia de quienes están implicados en los acontecimientos, ya sea como actores o como espectadores. Allí reside incluso el verdadero carácter y quizá también el gran mal de la Guerra Civil. Ésta es la primera conclusión que se saca después de un rápido examen de lo que ha ocurrido en España. Lo que sabemos sobre la Revolución Rusa confirma con cuantía esta conclusión. Es falso que la revolución produzca automáticamente una conciencia más elevada, más clara y más intensa del proceso social. En realidad ocurre todo lo contrario, al menos cuando la revolución asume la forma de guerra civil. En la tormenta de la guerra civil se pierde la relación entre los principios y la realidad; desaparecen los criterios según los cuales pueden juzgarse acciones e instituciones; la transformación de la sociedad queda librada al azar. ¿Cómo es posible dar un informe coherente después de una corta residencia y observaciones fragmentarias? En el mejor de los casos sólo podrán transmitirse algunas impresiones y sacar algunas pocas conclusiones.

[SIMONE WEIL]

Sé que voy a causar disgusto y extrañeza a muchos buenos compañeros. Sé que voy a provocar un escándalo. Pero cuando uno invoca la libertad también debe tener el valor de decir lo que piensa, aunque ello no cause alegría a nadie.

Seguimos día a día, con el aliento contenido, el combate que se desarrolla al otro lado de los Pirineos. Tratamos de ayudar a los nuestros. Pero esto no nos absuelve de tener que sacar conclusiones de una experiencia que ha costado la vida a tantos obreros y campesinos.

Ya se ha hecho una experiencia de este tipo en Europa: la

rusa. También ella ha costado muchas vidas. Lenin había reivindicado ante todo el mundo un Estado en el que no habría ejército, policía ni burocracia separadas de la población. Cuando él y los suyos llegaron al poder, construyeron, en el transcurso de una larga y dolorosa guerra civil, la burocracia militar y policial más opresiva que haya sufrido hasta la fecha un pueblo desgraciado.

Lenin era el jefe de un partido político, es decir de un aparato destinado a la conquista y el ejercicio del poder. Muchos dudaron entonces de su sinceridad y de la de sus compañeros; de todos modos podía suponerse que existían contradicciones entre los objetivos que proclamó Lenin y la estructura de su partido. En cambio, es imposible dudar de la sinceridad de nuestros compañeros anarquistas de Cataluña. Y sin embargo, ¿qué ocurre ante nuestros ojos en España? Vemos que se desarrollan formas de coerción y ocurren casos de inhumanidad directamente opuestos al ideal humano y libertario de los anarquistas. Las necesidades y el ambiente de la Guerra Civil se sobreponen a las aspiraciones para cuya realización se ha iniciado la Guerra Civil.

Odiamos en nuestra propia sociedad la coacción militar, la policía, la coerción en el trabajo y las mentiras que difunden la prensa y la radio. Odiamos las diferencias de clase, la arbitrariedad y la crueldad.

Sin embargo, en España reina la coacción militar. Se ha decretado la movilización y el servicio militar, a pesar de que no se ha interrumpido la afluencia de voluntarios. El Consejo de Defensa de la Generalitat, en el cual nuestros compañeros de la FAI ejercen funciones directivas, ha dispuesto que se aplique el antiguo código militar a las milicias.

También en las fábricas reina un régimen de coerción. El gobierno catalán, en el cual nuestros compañeros controlan los ministerios económicamente decisivos, acaba de disponer que los obreros efectúen tantas horas extras como el gobierno estime necesario. Otro decreto prevé que los obreros que no cumplan con las normas serán considerados como facciosos y tratados como tales. Esto significa lisa y llanamente la aplicación de la pena de muerte en la producción industrial.

La policía tradicional, tal como existía antes del 19 de julio, ha perdido casi todo su poder. En cambio, en los tres primeros meses de la Guerra Civil, los comités de investigación, los responsables políticos y también, con demasiada frecuencia, indi-

169

viduos irresponsables, han efectuado fusilamientos sin la más mínima apariencia de juicio legal ni posibilidad de control sindical o de otro tipo. Desde hace pocos días se han instituido tribunales populares destinados a juzgar a los facciosos, reales o supuestos. Todavía es muy temprano para saber qué efecto tendrán esas reformas.

También la mentira organizada ha resucitado después del 19 de julio...

[Simone Weil]

Desde mi niñez he simpatizado con las agrupaciones políticas que estaban a favor de los humillados y de los oprimidos por las jerarquías sociales; hasta que comprendí que esos grupos políticos no merecen ninguna simpatía. La CNT española fue el último de esos grupos en el cual yo tuve confianza. Había viajado a España antes de la Guerra Civil y conocía el país, no muy bien, pero lo suficiente para amar a este pueblo tan difícil de resistir. En el movimiento anarquista había visto la expresión natural de su grandeza y de sus errores, de sus legítimas necesidades y de sus deseos legítimos. La CNT y la FAI eran una mezcla sorprendente. Todos eran bienvenidos y tenían acceso allí, y como consecuencia coexistían estrechamente oposiciones incompatibles: por un lado el cinismo, la corrupción, el fanatismo y la crueldad, por el otro la fraternidad, el amor a la humanidad y el anhelo de dignidad que caracteriza a los hombres sencillos. Lo que animaba a los primeros era el gusto del desorden y la violencia, pero los segundos se proponían realizar un ideal: ellos determinaban, me parece, la dirección que seguía la CNT.

En julio de 1936 yo estaba en París. No me gusta la guerra, pero en la guerra siempre me pareció que lo más horrible era la situación de los que permanecían en la retaguardia. Cuando comprendí que, contra mi propia voluntad, no podía dejar de participar moralmente en la guerra, es decir anhelaba día a día y a toda hora la victoria del uno y la derrota del otro, tuve que reconocer que para mí París era la retaguardia. Tomé el tren a Barcelona, para enrolarme como voluntaria. Fue a principios de agosto de 1936.

Un accidente me obligó a interrumpir mi estancia en España. Permanecí algunos días en Barcelona; después estuve en el campo, en Aragón, a orillas del Ebro, a quince kilómetros de

Zaragoza, en el mismo sitio donde cruzaron el río recientemente las tropas de Yagüe; luego en el palacio de Sitges, que ahora sirve de hospital; después de nuevo en Barcelona; unos dos meses en total. Tuve que irme de España contra mi voluntad; me proponía regresar. Ahora he renunciado voluntariamente a retornar. No sentía ninguna necesidad interior de participar en una guerra que ya no era, como había pensado al principio, un enfrentamiento de campesinos hambrientos contra los terratenientes y sus cómplices, los curas, sino una confrontación entre las potencias europeas: Rusia, Alemania e Italia.

[SIMONE WEIL]

La escasez

Ya al organizar la segunda columna destinada al frente de Aragón, tuvimos las primeras dificultades con algunos políticos importantes de nuestras propias organizaciones anarquistas. Mientras nosotros, los del Comité de Milicias, sosteníamos que los compañeros más populares y capaces debían ir al frente para dirigir allí las centurias, batallones y columnas, ellos opinaban lo contrario: querían preservar los mejores dirigentes para la posguerra. La consecuencia fue que los puestos de mando fueron llenados al azar, con lo que disminuyó la capacidad combativa de nuestras unidades. Disponíamos de muy pocos oficiales de carrera, y los que teníamos cumplían funciones en el estado mayor o eran asesores técnicos. Nuestros milicianos no querían a los militares profesionales, y desconfiaban de ellos, lo que era comprensible después de todo lo que había pasado anteriormente.

Pero casi toda la dirección de nuestras organizaciones en sus rangos superiores se preocupaba tanto por su propio bienestar como los demás partidos, que tampoco querían enviar al frente a sus dirigentes. Todos estaban alerta, listos para repartir la piel del oso que todavía no habían cazado. Pululaban así en la retaguardia los especuladores de la política. Con frecuencia éstos eran más repugnantes aún que los viejos políticos profesionales de la época anterior a la revolución.

No podemos silenciar esta actitud, ya que por culpa de ella no pudimos fortalecer el frente como era necesario. En Aragón, por ejemplo, sólo teníamos una débil línea de observación, muy mal armada en relación con su extensión. Debemos decirlo abiertamente: mientras que el frente de Aragón disponía sólo de 30.000 fusiles, las organizaciones y partidos de la retaguardia mantenían escondidos cerca de 60.000 fusiles y municiones en más cantidad de la que disponían las tropas del frente.

Decenas de veces hemos exigido a nuestras propias organizaciones que entregaran para la línea de fuego el material de guerra que poseían, y enviaran suficientes tropas para la guerra. Las mujeres, e incluso los niños, podían velar por la seguridad en la retaguardia. Se nos respondió que era imposible desarmar a nuestra propia gente, ya que otros grupos y partidos esperaban la ocasión para atacarnos por la espalda. Aceptamos este argumento. Dijimos: si nuestra propia gente se muestra dispuesta a entregar sus armas o a marchar al frente, procuraremos que también las demás organizaciones sean desarmadas, y encomendaremos esta tarea a quienes muestren más desconfianza hacia los otros grupos. También desarmaríamos y enviaríamos al frente a los restos de la Guardia de Asalto, los carabineros (la gendarmería) y la policía de seguridad. Las quejas de los que combatían en el frente eran justificadas, pues. Cada vez que Durruti venía a Barcelona, se enfurecía al ver la cantidad de armas con que la gente salía a pasear por allí. Un día se enteró que en Sabadell había ocho o diez ametralladoras escondidas. Exigió su entrega, al principio por las buenas; cuando rehusaron entregarlas, envió una centuria a Sabadell para quitarles las ametralladoras a la fuerza. Por suerte nos avisó a tiempo y pudimos intervenir y evitar una confrontación sangrienta. Entregaron una parte de las armas. Estaban en poder de los comunistas, pero eso no tiene importancia cuando sabemos que nuestros propios compañeros guardaban escondidas unas 40 ametralladoras, más de las que operaban en todo el frente de Aragón. Sin contar las que tenían las demás organizaciones y partidos.

[Diego Abad de Santillán³]

Y cuando por fin enviaban las ametralladoras, ya no teníamos municiones. Y cuando llegaban las municiones, las ametralladoras estaban rotas. Entonces Durruti llamó y llamó mil veces por teléfono, y por último viajó él mismo a Barcelona para buscar lo que necesitaba, no sólo lo que estaba en poder del gobierno, sino también en manos de la CNT. Nos sacó las pistolas del bolsillo, a sus propios compañeros, al fin y al cabo también nosotros teníamos que defendernos, pero nada, «¿Para qué quieres una pistola en la retaguardia?», gritaba. «Dámela o ven al frente con nosotros, si no quieres entregarla.» Así trató a los anarquistas, a su propia gente.

[MANUEL HERNÁNDEZ]

La ofensiva de Durruti se detuvo por falta de pertrechos. Gritaba enronquecido por teléfono exigiendo más municiones, más fusiles y más artillería. Sus intervenciones en la retaguardia no tuvieron éxito. Si en julio y agosto, en lugar de los 25.000 o 30.000 hombres que enviamos al frente de Aragón, hubiésemos lanzado los 60.000 u 80.000 hombres que era posible movilizar con las armas escondidas, nuestra victoria habría sido segura.

Me acuerdo de que un día el ex ministro de Educación Francisco Barnés regresó de una visita a Durruti en Bujaraloz. Allí había presenciado casualmente una tentativa enemiga de romper el frente y vio llorar de rabia a Durruti cuando se terminaron las municiones y los milicianos tuvieron que rechazar el ataque armados sólo con granadas de mano. Si el enemigo hubiese conocido la situación de la columna, y se hubiera enterado de que se le habían agotado las municiones, habría podido aniquilarla o capturarla. Situaciones como ésta ocurrían diariamente.

[DIEGO ABAD DE SANTILLÁN[1]]

Todas las armas que compramos durante la Guerra Civil las pagó la CNT misma. No contábamos para nada con el gobierno de Madrid. Aun cuando Largo Caballero hubiese sido un poco más desprendido, habría sido inútil, porque era Negrín quien tenía en sus manos las finanzas del Estado. Se podría hablar mucho de la función que cumplió Negrín. De todos modos estoy segura que él estuvo desde el principio a favor de quienes querían impedir que los anarquistas desempeñaran un papel decisivo.

En eso estaban todos de acuerdo: en darnos la menor cantidad de armas posible; se nos destinaba a los sectores más difíciles del frente y se intentaba por todos los medios sembrar la discordia en nuestras filas poniéndonos ante problemas insolubles.

173

En lo que a Durruti se refiere, no lo lograron. Siempre estuvo de acuerdo con la línea de la CNT, con el comité regional de Cataluña y Aragón, y también con el consejo de Aragón. Sólo una vez hubo desacuerdo: cuando Durruti quiso atacar Zaragoza desde Yelsa. Su viejo amigo García Oliver, secretario entonces del Comité de Milicias de Cataluña, se opuso. Durruti se exasperó.

[FEDERICA MONTSENY[1]]

La exhortación

Durruti tenía razón cuando les decía a sus compañeros:«La indisciplina en el frente y el aburguesamiento en la retaguardia darán la victoria a los fascistas, a menos que tomemos de inmediato medidas contra ello. En el frente cada orden causa una disputa. Nadie quiere obedecer. En la retaguardia los nuevos ricos se instalan en hermosas casas burguesas y pasean en coches de lujo. Los cafés, los cabarets y las salas de baile están llenas, como si viviésemos en el mejor de los mundos, e incluso nuestros compañeros de la FAI tienden cada vez más a participar en este juego sucio.»

[JEAN RAYNAUD]

Durruti hizo uno de sus raros viajes a la retaguardia con el coche más destartalado que pudo encontrar; el 5 de noviembre habló por la radio en Barcelona. Toda la ciudad se puso en marcha para escuchar las transmisiones en las Ramblas. Ya había enviado un mensaje de salutación a Stalin por intermedio de la delegación española que había viajado a la Unión Soviética con motivo de la celebración del decimonoveno aniversario de la Revolución de Octubre. Nadie había comprendido mejor que Durruti la necesidad de la unidad. Algunos de los anarquistas de tendencia doctrinaria opinaban que él, su dirigente más famoso, había ido demasiado lejos en sus concesiones a la «burocracia stalinista», como la calificaba el POUM.

[FRANK JELLINEK]

Me dirijo al pueblo catalán, que hace cuatro meses quebró con valor el cerco de la soldadesca que pretendía aplastarlo con sus botas. Los saludo en nombre de nuestros amigos y compañeros, que combaten en el frente de Aragón, a pocos kilómetros de Zaragoza, a la vista de las torres de la catedral.

¡Madrid está amenazada! ¡Recordemos que no hay nada en el mundo capaz de avasallar a un pueblo revolucionario! Nosotros defendemos el frente de Aragón, y hacemos una llamada a los compañeros de Madrid con la esperanza de que ellos tampoco cederán. Las milicias catalanas cumplirán con su deber, como lo cumplieron en julio en las calles de Barcelona al aplastar a los fascistas. Las organizaciones de la clase obrera no deben olvidar en ningún momento su objetivo principal: aniquilar al fascismo.

Hacemos un llamamiento al pueblo de Cataluña para que ponga fin a las intrigas, rivalidades y disensiones internas. Recordemos que estamos en guerra: deben cesar los viejos resentimientos y subterfugios políticos. Los esfuerzos del pueblo catalán no deben quedar a la zaga de los combatientes del frente.

No nos queda más alternativa que movilizar todas nuestras fuerzas. No debemos creer que basta con que se presenten siempre los mismos voluntarios. Si los obreros catalanes van al frente, es justo que también los que permanecen en la retaguardia hagan un sacrificio. Se necesita una eficaz movilización de los obreros en las ciudades. Los que estamos en el frente debemos saber quién nos apoya en la retaguardia y en quién podemos confiar.

Es cierto que luchamos por un objetivo superior. Las milicias os demuestran su responsabilidad en este sentido; pero las milicias no quieren que los periódicos recauden dinero para ellas y que se peguen carteles en las paredes solicitando ayuda. No les gusta, porque en los volantes que tiran los fascistas, aparecen las mismas peticiones y proclamas. Si queréis rechazar el peligro, debemos construir un bloque de granito.

Los que estamos en el frente pedimos solamente que la retaguardia se sienta responsable de nosotros y podamos confiar en ella. Exigimos que las organizaciones velen por nuestras mujeres y nuestros hijos.

Pero se equivocan quienes creen que la movilización general puede ser utilizada para intimidarnos o imponernos una disciplina de hierro. Invitamos a quienes han tramado semejante reglamento a venir al frente; así podrán apreciar nuestra moral y nuestra disciplina. ¡Después seremos nosotros quienes vendremos a inspeccionar la moral y la disciplina en la retaguardia!

¡Estad tranquilos! En el frente no reina el caos ni la indisciplina. Nosotros comprendemos perfectamente nuestra responsabilidad y la importancia de la tarea que nos habéis confiado. Podéis dormir tranquilos. Nosotros, en cambio, hemos puesto en vuestras manos la economía de Cataluña. Os pedimos que estéis alerta y mantengáis una estricta disciplina. Cuidémonos de sembrar por nuestra propia incapacidad la semilla de una guerra civil antes de haber ganado la primera. Quien se imagine que su partido es el más poderoso y quiera imponerlo sobre los demás, a ése le decimos que está totalmente equivocado. Frente a la tiranía fascista, debemos oponer una fuerza unitaria, una organización unitaria y una disciplina unitaria.

En ningún caso permitiremos que los fascistas se abran paso. En el frente nuestra consigna es: *¡No pasarán!*

[BUENAVENTURA DURRUTI[3]]

[Segunda versión]

Todavía no es hora de pensar en reducciones de la jornada laboral ni en aumentos de sueldo. Los obreros, y especialmente los miembros de la CNT, tienen el deber de sacrificarlo todo y trabajar tanto como se les pida.

Me dirijo a todas las organizaciones para exhortarlas a que terminen sus luchas divisionistas y conspiraciones. Nosotros, los que estamos en el frente, pedimos sinceridad, sobre todo de parte de la CNT y la FAI. Queremos que nuestros dirigentes sean sinceros. No es suficiente que nos envíen cartas con exhortaciones al combate; tampoco basta con enviarnos ropas, víveres, armas y municiones. Esta guerra es sumamente dura, porque se lleva a cabo con los equipos técnicos más modernos; le costará caro a Cataluña. Nuestros dirigentes deben comprender que se trata de una guerra de larga duración; por lo tanto, deben comenzar a organizar la economía catalana para esas condiciones. Debemos establecer el orden en nuestra economía.

[BUENAVENTURA DURRUTI[4]]

«Podéis dormir tranquilos», dijo en Barcelona, pero también dijo que «nuestra incapacidad podría sembrar la semilla de una segunda guerra civil». Pero parece que también el gobierno de Largo Caballero dormía bien en Madrid, aunque tenía que enfrentarse a un peligro mucho más inminente. En cuanto al estado mayor, o era incapaz o era traidor. Jesús Hernández, el ministro de Educación, declaró públicamente que un miembro del estado mayor le había dicho a Largo Caballero que las milicias servían a lo sumo para resolver el problema de la desocupación; que sólo peleaban para ganar sus 10 pesetas diarias. Los acontecimientos se encargaron de desmentir muy pronto este innoble cinismo.

[FRANK JELLINEK]

LOS CAMPESINOS

La liberación

Sigamos pues a la columna de la CNT a un típico pueblo de la altiplanicie desértica de Aragón. Supongamos que se llama Santa María. Doscientas casas agrupadas en torno de una iglesia, un ayuntamiento y una cárcel. Poca tierra cultivada, e incluso la reducida superficie que el campesino puede aprovechar, depende por completo de un arroyuelo que se seca en julio. Algunos olivos y quizás unas pocas higueras. El clima, como dicen los habitantes, se compone de tres meses de invierno y nueve meses de infierno.

Los habitantes del pueblo son todos antifascistas, con excepción del rico terrateniente; se le considera rico porque con su finca gana tal vez cuarenta mil pesetas anuales, pasa la mayor parte del tiempo en Zaragoza, y en julio ha escapado volando a esa ciudad; uno o dos funcionarios, el alcalde y un guardia civil; un «capitalista» que tiene una pequeña fábrica, un lagar o una instalación de alumbrado; y el cura. Alguno de ellos (el cura no) tendrá un hijo o dos, que compra sus trajes en Zaragoza, se pasa la mitad del día en el café y aborda a cada señorita que se le acerca. En Barcelona o en Zaragoza estos señoritos serían personajes de poca monta, pero en el pueblo parecen grandes señores. Con frecuencia pertenecen a la Falange; saben con certeza que las leyes y el orden les protegen y no tienen reparo en exteriorizar públicamente sus opiniones reaccionarias.

Ahora llega la columna Durruti, llena de entusiasmo, pero muy mal armada. Su primera medida es «limpiar»: se dedican a borrar las huellas de fascismo que podrían existir en Santa María. En otras palabras, fusilan a todos los susodichos que no hayan huido a tiempo a Zaragoza, a menos que los habitantes del pueblo hablen a favor de alguno de ellos. En este caso, el hombre en cuestión no es molestado. En segundo lugar, la columna recoge del ayuntamiento los catastros y los registros de propiedad, los lleva a la plaza del pueblo y los quema. Este procedimiento tiene un alcance práctico, pero es al mismo tiempo un acto ritual. Se reúnen todos los habitantes del pueblo, y el dirigente de la columna les explica los principios del comunismo libertario. De paso se sueltan siempre algunas indirectas contra el peligro del stalinismo, que hallarían una buena acogida incluso en un club conservador. Nace un sentimiento de libertad y se expresan algunas esperanzas.

[JOHN LANGDON-DAVIES]

Cuando la columna Durruti llega durante su marcha a un pueblo, sus consejeros políticos destituyen al juez como primera medida. Los problemas locales se solucionan con estas tres preguntas: «¿Dónde está el juzgado municipal?» «¿Dónde está la oficina del catastro y sus registros?» y «¿Dónde está la cárcel?». Después queman los documentos judiciales y los registros y liberan a los presos.

[MANUEL BENAVIDES]

Varios pueblos enviaron de común esfuerzo carros enteros de víveres al frente. Algunos llevaron su entusiasmo tan lejos que sacrificaron sus mejores reses y aves y quedaron así al borde de la ruina. Lo más sorprendente fue la conducta de los campesinos aragoneses. En esta región hay poco regionalismo; a nadie le habría extrañado que sus habitantes se opusieran a que Cataluña y Navarra resolvieran sus conflictos en suelo aragonés. Sin embargo, los campesinos de la provincia saludaban a las columnas que avanzaban desde Barcelona con opíparas comidas y se disculpaban ante los rezagados con melancólica cortesía por no poder ofrecerles más que pan y vino. Se habrían ofendido si las milicias no hubiesen aceptado sus obsequios.

[FRANK JELLINEK]

Viajé hacia el sur con mi motocicleta y pasé uno tras otro los pueblos cerrados con barricadas. La gente trabajaba la tierra, y casi olvidé la cercanía del horror, en el azul del día, bajo los olivos que, según se dice, «sólo despiertan a la vida a la luz de la luna».

Estaba un poco intranquilo, porque el motor hacía ruidos muy raros. La noche anterior había dejado mi motocicleta en un garaje, y los milicianos comunistas que lo administraban me habían prometido arreglar el motor. Y lo habían hecho tan concienzudamente que sólo podía andar a toda marcha; así aterricé en primera a treinta y cinco kilómetros por hora ante las bayonetas de una barricada.

–Buenos días –dije–. ¿Hay algún mecánico en el pueblo que pueda ayudarme?

Ésta era una pregunta superflua, porque en todo pueblo español hay un mecánico desocupado, competente, dispuesto a cooperar en todo momento. Unos días después le conté mi aventura a mi amigo el marqués; resplandeció de alegría al saber que también un miliciano anarcosindicalista en una iglesia quemada seguía siendo un español, un experto y un caballero. El centinela de la barricada se dirigió a un chico que llevaba un mono azul:

–Juan –exclamó–, lleva al compañero al centro mecanizado de la industria del transporte.

Juan y yo empujamos la moto por la calle del pueblo. El centro mecanizado de la industria del transporte quedaba a la vuelta de la esquina. Un mes antes había sido la iglesia del pueblo. Ahora había un camión ante cada hornacina, que antes habían servido como capillas. Dos hombres con ropas de mecánico rompían con picos y palas los últimos restos de dorada cursilería y mármol falso. El polvo de estuco flotaba en el aire. Me puse a mirar, y los milicianos observaron a su vez para descifrar en mi rostro qué opinaba yo de su trabajo.

–Han construido casas muy sólidas para sus santos –dijo por fin uno que procuraba en vano derribar una columna–, y sin embargo esos santos nunca existieron. Si hubiese sido la casa de un obrero, se habría caído al primer golpe de pico, porque no se han esforzado tanto al construir las casas de los vivos.

–Por lo menos tenéis un buen garaje –dije.

–Un excelente garaje, compañero.

–¿Y seguirá siempre siendo un garaje? ¿Qué os parece?

–No siempre. Hasta que hayamos destruido al enemigo. Mire allí, compañero.

Miré y vi al otro lado de la plaza a algunos hombres que cavaban con ahínco una zanja.

–Allí estamos construyendo un mercado cubierto. El agua corriente se instalará ahora mismo. Antes, nuestras mujeres tenían que vender sus mercancías en la calle. Todo lleno de moscas. Ahora construimos un mercado limpio. Es mejor para nuestra salud, ¿sabe usted?

Entretanto, los dos mecánicos habían arreglado mi moto. Tenían las mejores intenciones y habían rociado con aceite hasta el último tornillo.

–¿Cuánto le debo? –pregunté.

–No sé qué decirle, compañero –dijo el mecánico–. Era sólo una bagatela. Lo hacemos gratis.

–De todos modos le ha costado dos horas de su vida. Eso no es una bagatela. Permítame que le dé una contribución para los fondos de las milicias antifascistas.

Así aceptaron. Les dejé cien pesetas para los fondos del pueblo y seguí mi camino.

[JOHN LANGDON-DAVIES]

La colectivización

13 de agosto

En la taberna del pueblo se celebra una asamblea general de los campesinos; es una continuación de la asamblea de ayer y se discute el mismo problema. Un grupo de anarquistas había convocado a los campesinos y proclamado la comuna en Tardienta. Nadie se había opuesto. Pero a la mañana siguiente se habían producido disidencias, y algunos campesinos habían ido a ver a Trueba y le habían pedido que resolviera el asunto en su calidad de comisario de guerra.

Los problemas más importantes son el reparto de la tierra y

de la cosecha y la organización de la explotación. Casi en todas partes se distribuye entre los campesinos pobres y los labradores la tierra confiscada a los terratenientes fascistas. Los campesinos y los labradores recogen colectivamente las mieses y las distribuyen en proporción al trabajo que cada uno ha realizado. A veces, se toman en cuenta otras normas: el número de bocas, por ejemplo. Pero detrás del frente aparecen algunos grupos de anarquistas y trotskistas. Exigen como primer punto la colectivización inmediata de la economía rural; segundo, requisa de la cosecha de los campos de los terratenientes a través de los comités rurales, y tercero, confiscación de las propiedades de los campesinos medios, que poseen de cinco a seis hectáreas. A base de órdenes y amenazas ya se han constituido algunas economías colectivas.

La baja sala de suelo de piedra y columnas de madera está atestada de gente. Una lámpara de petróleo humea, la energía eléctrica se reserva para proyectar películas. Penetrante olor a cuero y a fuerte tabaco canario. Si no fuera por las trescientas boinas vascas y los abanicos de papel que tienen los hombres, se podría creer que estamos en un pueblo de cosacos a orillas del Kubán.

Trueba inaugura la asamblea con un corto discurso. Declara que esta guerra va dirigida contra los terratenientes fascistas y a favor de la República, por la libertad de los campesinos y por su derecho a realizar la vida y el trabajo como ellos lo consideren justo. Nadie puede imponer su voluntad sobre los campesinos aragoneses. En cuanto a la comuna, sólo los campesinos mismos pueden decidir, sólo ellos, y nadie más que ellos. Las tropas y el comisario de guerra como representantes de ellas sólo pueden prometer que protegerán a los campesinos contra toda medida dictatorial, venga de donde venga.

Satisfacción general. Gritos: «¡Muy bien!»

Alguien de la concurrencia le pregunta a Trueba si él es comunista. Él contesta: Sí, comunista, es decir, mejor dicho, miembro de los partidos socialistas unificados, pero eso no tiene importancia ahora, él representa aquí a una liga de lucha y al Frente Popular.

Es robusto y de baja estatura, fue minero, después cocinero, estuvo en la cárcel; todavía es joven; medio vestido a lo militar, con correaje de cuero y pistola.

Se presenta la siguiente moción: que sólo a los campesinos y labradores de Tardienta se les permita participar en esta asamblea. Otra moción: que todos puedan participar; pero que sólo hablen los campesinos. Se acepta esta moción.

Habla el presidente del sindicato de Tardienta (unión de los braceros y campesinos con poca tierra, una especie de comité de los campesinos pobres). Opina que la resolución de ayer sobre la colectivización no ha sido decidida por la mayoría, sino por un pequeño número de campesinos. De todos modos, habrá que discutirla de nuevo.

La asamblea está de acuerdo.

Desde el fondo una voz informa que ayer, mientras se hacía cola para comprar tabaco, algunos protestaron contra el comité. El orador invita a los críticos de ayer a presentarse. Alboroto en la sala, protestas y aplausos, silbidos y gritos: «¡Muy bien!» Nadie pide la palabra.

Un campesino de edad madura recomienda con timidez que se siga trabajando en forma individual y que después de la guerra se vuelva sobre el asunto. Aplausos. Dos oradores sostienen la misma opinión.

Discusión sobre la distribución de la cosecha de ese año realizada en terrenos confiscados. Algunos solicitan una distribución igualitaria por finca, otros que el sindicato distribuya de acuerdo a la necesidad y número de bocas.

Todavía quedan cereales en el campo, que no han sido recogidos a consecuencia de la guerra. Un joven campesino propone que quien lo desee que coseche tanto trigo como quiera, a su propio riesgo. Quien arriesgue más tendrá más. Aplausos de nuevo. Interviene Trueba. Esta propuesta le desagrada. «Somos todos hermanos y no vamos a correr un peligro innecesario por un saco de cereal.» Aconseja cosechar en conjunto los campos situados en la zona de fuego; la columna armada protegerá a los campesinos. El cereal se repartirá de acuerdo con el trabajo realizado y la necesidad. La asamblea aprueba la moción de Trueba.

Ya son las ocho y pronto se cerrará la asamblea. Sin embargo, un nuevo orador vuelve a sacar de la calma a la reunión. Con palabras emocionadas y apasionadas trata de convencer a los habitantes de Tardienta a que superen su egoísmo y repartan todo en partes iguales. ¿Acaso no es éste el propósito de esta guerra sangrienta? Se debería aprobar la resolución de ayer e implantar de inmediato el comunismo libertario. No sólo la tierra de los grandes terratenientes debe confiscarse, sino también la de los labradores ricos y campesinos medios. Gritos, silbidos, insultos, aplausos, exclamaciones: «¡Muy bien!»

Después de este primer orador, pasan al ataque otros cinco anarquistas. La asamblea está confundida, algunos aplauden, otros se callan. Todos están cansados. El presidente del sindicato propone someter la propuesta a votación. El primer orador anarquista se opone: ¿acaso puede resolverse un problema de este tipo con una votación? Lo que hace falta es un avance colectivo, un esfuerzo unitario, ímpetu y entusiasmo. En la votación cada uno piensa para sí mismo. La votación revela egoísmo. ¡No se necesita votar!

Los campesinos están confusos, las resonantes palabras los entusiasman. Aunque la mayoría está contra el orador anarquista, no se logra restablecer el orden para votar. La asamblea rueda por una pendiente. Ahora no hay modo de contenerla. Sin embargo, Trueba encuentra de repente una solución. Propone: ya que por el momento no es posible llegar a un acuerdo, los que quieran cultivar la tierra individualmente, que lo hagan. En cambio, los que prefieran establecer una economía colectiva deben reunirse aquí mañana a las nueve de la mañana.

La solución satisface a todos. Sólo los anarquistas se van descontentos.

[MIJAÍL KOLTSOV]

Columna Durruti. Viernes 14 y sábado 15 de agosto.

Conversación con los campesinos de Pina: ¿Están de acuerdo con la economía colectiva?

Primera respuesta [varias personas]: Hacemos lo que decide el comité.

Un viejo: De acuerdo, es decir, a condición de que él reciba todo lo que necesita, y no tenga que andar siempre en enredos, como ahora, para pagar al médico y al carpintero...

Otro: Ya veremos cómo marcha el asunto...

¿Cree que es mejor cultivar la tierra en conjunto, o individualmente?

Mejor todos juntos. [No muy convencido.]

¿Cómo han vivido antes?

Trabajo, de sol a sol, muy mala comida. La mayoría no sabe leer. Los niños están empleados. Una chica de catorce años trabaja como lavandera desde hace dos años. [Se ríen mientras lo cuentan.] Sueldo de 20 pesetas mensuales [para una chica de veinte años], o 17, o 16... Van descalzos.

Los propietarios ricos de Zaragoza.

El cura: No tenían dinero para darle limosnas, pero le daban aves al cura. ¿Lo querían? Muchos sí. ¿Por qué? Ninguna respuesta clara.

Nuestros interlocutores nunca habían ido a misa. [Personas de edades diversas.] ¿Había mucho odio contra los ricos? Sí, pero más aún entre los pobres. ¿No cree que esa situación podría perjudicar el trabajo en común? No, porque no habrá más desigualdad.

¿Trabajarán todos igual? El que no trabaje lo suficiente tendrá que hacerlo a la fuerza. El que no trabaje, no recibirá comestibles.

¿Es mejor la vida en la ciudad que en el campo? Mucho mejor. Menos trabajo. Mejor ropa, más entretenimientos, etc. Los obreros de la ciudad están al corriente de lo que pasa... Uno de los habitantes del pueblo fue a la ciudad, encontró trabajo, y regresó tres meses después con ropa nueva.

¿Envidian a la gente de la ciudad? No les preocupa.

Servicio militar: un año. Su único pensamiento es regresar lo antes posible a casa. ¿Por qué? Mala comida. Cansancio. Disciplina. Palizas (si alguien se defiende, lo fusilan). Bofetadas, culatazos, etc. Para los ricos mejores condiciones, hacen rancho aparte. ¿Debe abolirse el servicio militar? Sí, sería muy bueno.

Los que estaban a favor del cura no han cambiado su opinión, pero se callan.

Situación de los campesinos: arrendatarios, pagan una renta al propietario. Muchos fueron desalojados de sus tierras porque no podían pagar la renta. Tenían que trabajar como peones a dos pesetas diarias.

Vívido sentimiento de su segregación social.

[SIMONE WEIL]

Anécdotas de aldea

Después de la conquista de Monegrillo algunos milicianos fueron a una casa abandonada y se llevaron la ropa de los ausentes. Dejaron tiradas sus ropas. Cuando los fugitivos regresaron a casa, denunciaron el saqueo al comité. Los culpables fueron identificados. Durruti ordenó que los fusilaran. En el último momento les perdonó la vida. Dijo: «Sois mis hombres y os perdono la vida esta vez. Pero si os vuelo a pescar, os hago fusilar. No necesito ladrones ni bandidos.»

[JESÚS ARNAL PENA[3]]

Lo que me contó mi acompañante sobre la política de la columna Durruti era realmente repugnante. En medio del entusiasmo general que sentían los campesinos por la causa republicana, parecía que ellos habían descubierto la fórmula secreta para hacerse odiar en todas partes. Hasta tuvieron que irse del pueblo de Pina, debido simplemente a la muda oposición de los campesinos, ante la cual nada pudieron hacer. Evidentemente su falta de consideración al realizar las requisiciones de alojamientos y mercancías y al fusilar a los «fascistas» reales o presuntos, estuvo a punto de provocar una sedición de campesinos contra las milicias. Los fusilamientos no habían terminado aún. Según se dice, formaban parte de las actividades cotidianas de la gente de Durruti, adondequiera que llegara. A mi amigo lo invitaron a asistir a un fusilamiento, como si fuera una atracción extraordinaria.

[FRANZ BORKENAU]

El 28 de agosto es el día de San Agustín, el santo patrono de Bujaraloz. Ese día se celebra la tradicional verbena. En vísperas de la fiesta la gente andaba un poco desconcertada y no sabía qué hacer. No parecían muy dispuestos a renunciar a la verbena, aunque no armonizara mucho con la nueva situación. Fueron a ver a Durruti para discutir con él el problema.

–¡Sea! –dijo él–, antes hacíais fiesta en honor a San Agustín, desde mañana festejaréis la gloria del compañero Agustín, y asunto arreglado.

En lo que se refiere a la cuestión religiosa, nunca me molestó; una vez me regaló incluso una Biblia en latín que había encontrado no sé dónde.

[JESÚS ARNAL PENA[1]]

Un día aparecieron algunos campesinos de los Monegros en el cuartel general de Durruti. Vinieron a proponer un

185

trueque: azúcar y chocolate por unas campanas de iglesia
que traían.

Durruti se desternilló de risa.

[N. RAGACINI]

La calma en el frente permitió a Durruti ocuparse de los
problemas de la retaguardia. En su sección se discutía sobre
todo la cuestión campesina. En los Monegros logró fundar una
colectividad agrícola de común acuerdo con los campesinos. Y
como se necesitaban con urgencia comunicaciones en toda la
región, Durruti organizó una brigada para la construcción de
caminos. Con este propósito distribuyó voluntarios que habían
venido al frente pero no eran aptos para el combate. Esta brigada se dedicó también a arar tierra nueva. Uno de los caminos construidos iba desde Pina de Ebro (pueblo situado al borde de la carretera principal Lérida-Zaragoza) hasta el aislado
pueblo de Monegrillo. Aún actualmente los habitantes de la
zona lo llaman «el camino de los gitanos». Ocurrió que Durruti
había encontrado a unos gitanos en su zona de operaciones, y
persuadió al pueblo nómada por excelencia a que se pusiera a
construir carreteras. Lo que a algunos les pareció una maravi-
lla, los gitanos lo llamaron «castigo de Dios».

Durruti ayudaba a los campesinos siempre que podía.
Cuando los vehículos y los tractores de la columna no eran utilizados en el frente, los ponía a disposición de los campesinos
para cultivar tierra virgen. Los camiones de la columna trans-
portaban trigo y abono y llevaban agua a las cisternas cuando
éstas se agotaban.

[RICARDO SANZ[3]]

Mientras la columna Durruti avanzaba hacia Aragón, encontró en el camino un campamento de gitanos. Familias enteras acampaban al aire libre. Era inquietante, porque a esta
gente no le preocupaba en lo más mínimo la posición del frente y pasaban de un lado a otro cuando se les ocurría. No se excluía la posibilidad de que fueran utilizados como espías a favor de Franco. Durruti reflexionó sobre el problema. Después
fue a ver a los gitanos y les dijo: «Para comenzar, señores, os
cambiaréis de ropa y os vestiréis como nosotros.» Por aquel
entonces los milicianos usaban «monos», a pesar del calor del
mes de julio. Los gitanos no estaban precisamente entusiasma-

dos. «¡Sacaos esos trapos! Llevaréis la misma ropa que llevan los obreros.» Los gitanos notaron que Durruti no estaba para bromas, y se mudaron sin chistar. Pero eso no fue todo. «Ahora, ya que lleváis ropas de trabajador, también podéis trabajar», prosiguió Durruti. Y allí fue el llanto y el rechinar de dientes. «Los campesinos del lugar han fundado una colectividad y han decidido construir un camino para que su pueblo pueda comunicarse con la carretera principal. Aquí tenéis vuestras palas y picos, ¡vamos!» A los gitanos no les quedaba otra alternativa. Y de cuando en cuando venía Durruti a ver cómo seguía el trabajo. Se alegró infinitamente de haber logrado que los gitanos usaran sus manos. «Allí está el señor Durruti», susurraban los gitanos con su acento andaluz, y levantaban la mano con el saludo antifascista, es decir, levantaban los brazos con el puño cerrado, y Durruti comprendía muy bien lo que querían decir con eso.

[GASTON LEVAL]

Una última tentativa

A finales de septiembre el comité regional de la CNT convocó una asamblea en Bujaraloz a la que asistieron militantes de Aragón y delegados de las centurias y columnas anarquistas. Se proyectaba organizar un organismo dirigente en el que estarían representados todos los partidos y organizaciones. Este «consejo» se proponía restablecer, unificar y desarrollar racionalmente la economía de la región, que había sido deteriorada por la guerra, y hacer frente al predominio de los catalanes en Aragón. Además, protegerían a la población contra los abusos de las milicias, que en ocasiones se habían comportado como una potencia ocupante y habían escapado a todo control.

Durruti intervino a favor de la fundación del consejo. Éste fue aprobado por amplia mayoría. De este modo la CNT se proponía contrarrestar la propaganda de los marxistas (POUM y PSUC). Los marxistas sostenían, por ejemplo, que las colectividades agrícolas eran ilegales. Joaquín Ascaso fue elegido presidente de este futuro gobierno provincial revolucionario. De inmediato los anarquistas aragoneses se pusieron al habla con los socialistas y los pocos republicanos de la región. Los primeros se mostraron reservados e incluso hostiles, en cambio los segundos estuvieron de acuerdo en principio, aunque preferían aguardar. A pesar de todo, la CNT decidió fundar el consejo, el cual se reunió por primera vez en Fraga en octubre de 1936.

Los anarquistas de Aragón intentaron así lo que sus compañeros catalanes siempre habían eludido: la toma total del poder. Lo intentaron a pesar de las devastaciones de la guerra, de la presencia de contingentes armados del POUM, del PSUC y de los nacionalistas catalanes, a pesar de las repercusiones que podía tener en el extranjero, del gobierno central de Madrid, e incluso contra la voluntad de la propia CNT, a cuyo comité nacional no se consultó ni informó. Éste se encontró ante el hecho consumado.

No es de extrañar que el consejo de Aragón se haya convertido en el blanco de la desaprobación general: republicanos, socialistas y comunistas lo calificaron de instrumento de una encubierta dictadura anarquista y lo acusaron de tendencias separatistas. También la CNT se unió al coro de los atacantes.

Más tarde, en diciembre de 1936, el consejo fue reconocido después de largas discusiones con los gobiernos de Barcelona y Madrid, pero tuvo que aceptar a representantes de otros partidos, restringir sus plenos poderes y someterse a la autoridad del Estado centralizado.

[CÉSAR M. LORENZO]

Proclamación del Consejo Regional de Defensa de Aragón

Cada vez escuchamos con más frecuencia las protestas que se levantan en los pueblos contra las diversas columnas y unidades. El consejo de Aragón condena los actos irresponsables de ciertos grupos. Se propone evitar que los campesinos aragoneses comiencen a odiar a sus hermanos antifascistas a quienes siempre han ayudado con todas sus fuerzas. No podemos tolerar que se sigan pisoteando los derechos de nuestro pueblo.

Algunos dirigentes de columnas de una cierta fracción política se comportan en nuestra región como representantes de una potencia ocupante en territorio enemigo. Tratan de imponer a nuestro pueblo normas políticas y sociales que le son extrañas.

Se destituyen comités elegidos por el pueblo; se desarma a hombres que arriesgan su vida por la revolución; se les amenaza con castigos corporales, con la cárcel y el fusilamiento; se constituyen nuevos comités inspirados en el credo político de quienes los respaldan. Sin reflexión y sin control, sin considerar las necesidades de los habitantes, se incautan víveres, ganado y objetos de toda clase. Tenemos que sembrar y no tenemos grano, abonos ni maquinarias. De este modo son arruinados sistemáticamente nuestros pueblos.

En consecuencia, exigimos a los comandantes de las columnas:

1) Que soliciten directamente al consejo de defensa los artículos, el ganado y otros enseres imprescindibles, que serán suministrados de acuerdo a las posibilidades. Que prohíban enérgicamente todas las requisiciones por cuenta propia, a menos que la situación militar no admita demoras.

2) Que impidan la intromisión de las columnas antifascistas en la peculiar vida político-social de un pueblo que es libre por esencia y que tiene un carácter propio.

Recomendamos a los habitantes de los pueblos y a sus comités:

1) Que no entreguen a nadie las armas que posean, sin la expresa autorización del consejo; que no permitan en ningún caso la destitución de los comités existentes, hasta tanto el consejo haya decidido su renovación.

2) Que no acepten ninguna clase de requisas que no estén refrendadas por el consejo de Aragón, con excepción de casos especialmente urgentes, de los cuales el comandante de la columna se hará responsable.

3) Que toda contravención de estas disposiciones se comunique de inmediato al consejo, haciendo constar los nombres de los responsables.

Esperamos que todos, sin excepción, cumplan estas instrucciones y demandas. Sólo así se impedirá que acontezca la triste paradoja de que un pueblo libre comience a detestar su libertad y a sus libertadores, y se produzca el hecho no menos triste de que un pueblo sea completamente arruinado por la revolución que él mismo en todo tiempo añoró.

Por el Consejo de Defensa Regional de Aragón.

El presidente, Joaquín Ascaso.

Fraga, octubre de 1936.

[JOSÉ PEIRATS[2]]

EL ENEMIGO

¿Dónde está el enemigo? En esta historia sólo aparece al margen del campo visual: es una mancha movediza en una ventana detrás de la ametralladora, una sombra del otro lado de la barricada, un anciano en una oficina, una silueta en las trincheras. Es casi siempre anónimo. Pero al mismo tiempo ubicuo. No es una imaginación ilusoria. La revolución y la guerra son dos cosas distintas. Quien desee no sólo vencer a un adversario militar, sino también revolucionar la sociedad en la que vive, para ese no existe un frente principal en el cual amigos y enemigos puedan reconocerse visiblemente a lo lejos.

La revolución española no sólo se enfrentó con Franco y el ejército que estaba bajo su mando. Sus enemigos actuaban también desde el primer día dentro del propio campo de la revolución. En julio de 1936 los anarquistas se hallaron comprimidos en una coalición con sus enemigos hereditarios. La inconsistencia de esta unión era evidente. La CNT-FAI luchaba contra los fascistas, lado a lado con los restos de un ejército y una policía que poco antes había organizado batidas en contra suya. Lluís Companys se sentaba en su palacio gubernamental frente a unos hombres a quienes había ordenado encarcelar durante años. La República española alardeó durante toda la Guerra Civil de su legitimidad y su fidelidad a la constitución; se distinguía entre «rebeldes», o sea los generales golpistas, y «leales», es decir los defensores de la República. Sin embargo, la fuerza principal de la resistencia, los anarquistas, eran totalmente ajenos a esa lealtad a un Estado al cual antes bien habían despreciado con todo su corazón y combatido con todas sus fuerzas. Sólo para los auténticos «republicanos», es decir los partidos burgueses de centro y sus aliados, los socialdemócratas, era la disputa armada una guerra defensiva: ellos querían mantener el *statu quo* anterior, y el poder del Estado en sus manos, y con ello también el dominio de clase, por el cual respondían contra las pretensiones de los fascistas. Sin embargo no se oponían totalmente a un compromiso o acuerdo con el enemigo. En cambio, la CNT-FAI, como vanguardia organizada del proletariado urbano y rural, quería hacer cuentas claras. Su lucha era ofensiva. Su objetivo era una nueva sociedad. Para lograr este objetivo había que desembarazarse del Estado débil y manifiestamente desahuciado de la pequeña burguesía y sus partidos. Fieles a sus principios, los anarquistas se proponían abolir al Estado como tal, y erigir en España un reino de libertad. Para ello no podían contar, por supuesto, con el pequeño Partido Comunista español; desde el principio éste se había puesto resueltamente al lado de los republicanos burgueses. Las contradicciones en el propio campo eran irreconciliables; la guerra civil dentro de la Guerra Civil era una amenaza permanente. En cambio, Franco logró disimular y reprimir las oposiciones existentes en su sector (entre la junta militar y la Falange, y entre los partidarios de los Borbones y los carlistas). Exteriormente aparecía la imagen de una unidad monolítica: «Un Estado. Un país. Un caudillo.»

Los generales descartaban la posibilidad de que el pueblo español emprendiera una guerra contra ellos. Su confianza se basaba en la superioridad material del ejército. Todo recuento de tropas y medios económicos, fusiles y municiones, aviones y tanques, conducía a la misma conclusión: que la resistencia contra Franco era inútil. Pero todas las revoluciones tienen que enfrentar a un enemigo militarmente superior. El pueblo que resuelve derribar violentamente el poder estatal se enfrenta siempre a un ejército incomparablemente mejor adiestrado y armado. Mientras las tropas permanezcan «leales» y obedezcan a sus superiores, no hay probabilidades de éxito. La fuerza política es decisiva para el resultado de la lucha. «Es indudable que el destino de toda revolución se decide, en cierta etapa, a través de un cambio en la moral del ejército», dice Trotski en su *Historia de la Revolución Rusa*. «Los soldados en su mayoría son tanto más capaces de dar la vuelta a sus bayonetas o de pasarse con ellas al pueblo, cuanto más convencidos estén que los insurrectos se han levantado de verdad; que no se trata sólo de una manifestación, después de la cual hay que regresar al cuartel a rendir cuentas; que es una lucha de vida o muerte y que el pueblo está en condiciones de vencer si se unen a él.»

De ello se deduce que la victoria de Franco no se explica, o en todo caso no se explica únicamente, por su superioridad material, la ayuda de potencias extranjeras y el terror y la violencia en el interior. Es evidente que el fascismo puso en acción, también en España, fuertes motivaciones ideológicas. El papel que desempeñó este factor en la derrota de la revolución española ha sido subestimado con frecuencia. Pero es preciso tomarlo en cuenta.

La plataforma ideológica de los anarquistas era simple hasta el primitivismo, era comprensible a primera vista para quienes vivían de su propio trabajo, y tan racional que se ofrecía al examen de la práctica; no sólo permitía una crítica inmediata, sino que la estimulaba del modo más ingenuo. Los anarquistas siempre estuvieron alejados de la tradicional cautela de los marxistas, que contaban con incalculables e ininteligibles periodos de transformación. Su convicción absoluta y la espontaneidad con que prometen saltar al reino de la libertad, los fortalece y da alas a la fantasía de sus adeptos, mientras no haya pasado el examen de la práctica. Pero tan pronto como la revolución obtiene sus primeras victorias y tropieza con las interminables dificultades de la construcción, se demuestra su debilidad política. La confianza de las masas se convierte en desmoralización cuando la gran promesa no puede ser cumplida, cuando la práctica falsifica a la ideología.

La firmeza de principios de los anarquistas se vuelve entonces contra ellos. Los dirigentes de la CNT-FAI no eran corruptos; esto es evidente. La mayoría de ellos eran obreros; la organización no les pagaba; eran todo lo contrario del jerarca, del capitulador o del burócrata. Pero la moral incondicional que se exigían a sí mismos y al movimiento, contribuyó a su ruina. Ésta se volvió contra ellos en forma de dudas corrosivas y escrupulosas demoras tan pronto como se les exigió que dieran el primer paso táctico en el camino del poder. Eran incapaces de desarrollar una política de alianzas. Se enredaron en las alternativas inexorables de su propia ideología.

En cambio, las promesas del fascismo estaban más allá de toda práctica posible, desde el principio. Se excluía un conflicto con la realidad social. ¿Quién podría definir racionalmente lo que exige el honor de la nación española o a qué aspiran los deseos de la Santa Virgen? El cielo no suele desautorizar a sus beneficiarios ideológicos. Cuanto más trascendentales son los valores que invoca una ideología, tanto más grande suele ser la falta de escrúpulos de sus defensores. El cristianismo de Franco fue, en efecto, uno de los puntales ideológicos más firmes de la España franquista; el otro fue el «nacionalismo», que se manifestó al internacionalizarse la guerra. En tercer lugar, el bando nacional supo también enarbolar el atractivo señuelo de la tradición, del pasado glorioso, que procuró traer al presente actualizando gran parte de sus sofismas o de sus innegables realidades.

Fue precisamente la total irracionalidad de sus consignas lo que favoreció la fascinación ideológica del fascismo. En España, como antes lo había hecho en Italia y en Alemania, el fascismo activó fuerzas inconscientes en cuya existencia la izquierda no había reparado: temores y resentimientos que existían también en el seno de la clase obrera. Lo que los anarquistas prometían y no pudieron realizar era un mundo completamente terrenal, un mundo enteramente futuro en el cual desaparecían el Estado y la Iglesia, la familia y la propiedad. Estas instituciones eran odiadas, pero también se estaba familiarizado con ellas, y el futuro de la anarquía no sólo evocaba anhelos, sino también recónditos temores llenos de fuerza elemental. En cambio, el fascismo ofrecía el pasado como refugio, un pasado que naturalmente nunca había existido. El odio contra el mundo moderno, que tan mal había tratado a España desde el Siglo de las Luces, pudo encastillarse en una Edad Media ficticia, y la identidad amenazada se aferró a las rejas institucionales del Estado autoritario.

Los teóricos anarquistas eran incapaces de comprender esos mecanismos. Su horizonte se limitaba a la próxima barricada. No comprendían la estructura interna del fascismo ni la dinámica internacional dentro de la cual éste operaba. Aunque ya desde la época de Bakunin venían hablando de la revolución mundial y se sentían internacionalistas, observaron estupefactos e irritados cómo las democracias occidentales, en acuerdo tácito con Mussolini y Hitler, representaban la comedia de la no intervención. Habían leído en sus folletos acerca de la organización internacional del capital, pero no contaban con las consecuencias; ellos mismos habían sucumbido, hasta cierto punto, a una mistificación nacional. Al fin y al cabo sus experiencias de lucha se habían limitado durante décadas a sus propios pueblos, a la fábrica y al barrio que conocían. La forma organizativa extremadamente descentralizada que poseían redundó con frecuencia en su beneficio; pero la pagaron a cambio de una considerable restricción de su radio de acción. Los anarquistas contemplaron desamparados las maniobras de la política soviética, que hacía tiempo había aprendido a calcular a escala mundial. El suministro de armas de la Unión Soviética a la España republicana fue en realidad muy limitado; sin embargo tuvo, en determinados momentos, una importancia decisiva. El precio político que exigían y que hubo que pagar fue astronómico. La influencia del Partido Comunista aumentó diariamente, aunque nunca había tenido arraigo en el proletariado español; aparecieron comisarios y agentes soviéticos en Madrid, Valencia y Barcelona, y asumieron funciones de «consejeros» en el aparato militar y policial. Stalin manipuló la revolución española como si fuera una pieza de ajedrez. La convirtió en un instrumento de la política exterior rusa. Los anarquistas se enfrentaron sobresaltados a un tipo muy especial de internacionalismo. Cuando se dieron cuenta, ya era demasiado tarde. La CNT-FAI fue arrinconada, no sólo en el plano militar, sino también político; cuando una revolución se deja desarmar ideológicamente y pasa a la defensiva, es que ha llegado el principio de su fin.

LAS MILICIAS

Un fantástico libro ilustrado

Lo primero que llama la atención al extranjero que hoy viene a Cataluña es la milicia. Se la ve por doquier, con sus distintivos multicolores y sus uniformes abigarrados. Se podría componer un fantástico libro ilustrado con los retratos de los hombres y las mujeres de las milicias. No se parecen entre sí, la monotonía del ejército regular ha desaparecido; pululan los ejemplares más delirantes y abigarrados.

Sería imposible describir su formación y su composición.

Con respecto al antiguo ejército español, en Cataluña sólo permaneció leal a la República la aviación y un número insignificante de unidades. Los regimientos que se habían levantado contra el pueblo fueron disueltos y sus soldados enviados de vuelta a casa. Sólo un minúsculo número de oficiales permanecieron leales y pudieron ser movilizados para luchar contra el fascismo.

Se las arreglaron enviando al frente la mayor parte de la policía. Sin embargo, la revolución se sostuvo sobre todo gracias a los voluntarios. Los sindicatos, los partidos, las organizaciones obreras y el gobierno organizaron sus propias columnas. Los locales de los sindicatos y los despachos de los partidos se convirtieron en oficinas de alistamiento para las milicias, y las masas acudieron. Hombres y mujeres hicieron cola para alistarse. Muchos no fueron aceptados. Las primeras columnas salieron al encuentro del enemigo con camiones y autobuses. Nadie sabía dónde se encontraba, porque todavía no existía un frente. Veinticuatro horas más tarde se comprobó que nadie había pensado en abastecerse de municiones y víveres. El avituallamiento fue enviado posteriormente en camiones.

Muy pocos milicianos poseían una instrucción militar, la mayoría estaba mal armados. Muchos sólo llevaban una pistola consigo. Los cartuchos los llevaban en el bolsillo del pantalón. No existían equipos de campaña. Muchos milicianos iban calzados con alpargatas. Poco más tarde apareció el clásico gorro militar español de dos picos: rojo y negro el de los anarquistas, rojo el de los socialistas y comunistas, y azul el de la Esquerra catalana. El «mono» azul de los mecánicos se convirtió en una especie de uniforme.

Los dirigentes de los grupos políticos cumplían funciones de oficiales (si es que se pueden llamar así), el proletariado en armas les tenía la misma confianza de antes, durante las huelgas y las asambleas. Tampoco ellos tenían una preparación militar, por supuesto; ni siquiera conocían el abecé de la táctica militar. En el transcurso de la guerra aprendieron las milicias el arte de cavar trincheras e instalar alambradas, lanzar granadas de mano y ponerse a cubierto. Con frecuencia sus instructores eran revolucionarios extranjeros que habían vivido la experiencia de la Primera Guerra Mundial. Venían a España en número creciente para luchar por la revolución mundial y contra el fascismo.

Al principio no se utilizó ningún tipo de estrategia para dirigir las operaciones militares. Los obreros sólo estaban familiarizados con el combate callejero y la guerra de barricadas. Con el tiempo aprendieron que los montones de piedras no ofrecían ninguna protección contra las armas modernas. Sólo se sentían en su elemento en la defensa de una aldea, sobre todo si se trataba de su propio pueblo. No conocían aún por experiencia la necesidad de hacer maniobras y desarrollar una táctica móvil.

No había cuarteles generales, estados mayores ni redes de telecomunicaciones. Cada columna se ocupaba de su propio bagaje. Cuando necesitaban municiones o víveres, enviaban a algunos de sus delegados a Barcelona para buscarlos.

Como es de suponer, estas tropas cometieron al principio todos los errores imaginables. Se iniciaban ataques nocturnos con vivas a la revolución, y con frecuencia se emplazaban los cañones en la línea avanzada de la infantería. De vez en cuando ocurrían episodios grotescos. Un miliciano me contó que una vez, después del almuerzo, una unidad entera se trasladó a una viña cercana para comer uvas; cuando regresaron encontraron sus posiciones ocupadas por el enemigo. Sin embargo, este ejército de voluntarios conquistó la mitad de Aragón y contuvo a los fascistas, cuyas tropas escogidas constituían casi la totalidad del ejército regular de España.

[H. E. Kaminski]

Los primeros voluntarios llegaron de Francia a principios de agosto. Eran anarquistas franceses e italianos. Habían venido a Barcelona a través de los Pirineos, para participar en la lucha contra el fascismo internacional. Se alistaron en las unidades españolas y combatieron en el frente de Aragón. Al poco tiempo llegaron grupos más numerosos de italianos antifascistas de todas las tendencias: anarquistas, socialistas, sindicalistas y liberales. Los voluntarios italianos formaron la brigada Garibaldi. Esta brigada se distinguió en el combate de Huesca. Numerosos anarquistas italianos y socialistas liberales perdieron sus vidas en esta batalla. En septiembre de 1936 se formó la columna Sacco y Vanzetti, compuesta por combatientes internacionales, que se unió a las unidades dirigidas por Durruti. El total de estos milicianos internacionales no pasaba de 3.000. En el extranjero eran poco conocidos. No dependían de las brigadas internacionales organizadas por los comunistas.

Dicho sea de paso, los anarcosindicalistas no tenían interés en atraer combatientes extranjeros al país. Hombres no les faltaban; tenían suficientes combatientes en sus sindicatos. Algo parecido ocurría con la UGT socialista. Lo que sí necesitaban eran armas.

La situación del Partido Comunista era diferente. Los comunistas tenían tan pocos partidarios en España, que en todo el país no habían podido reunir más de dos o tres columnas. En consecuencia, les interesaba fortalecer sus unidades de combate y su influencia con la ayuda de los partidos comunistas extranjeros.

Durante los primeros tres meses después del 19 de julio, Cataluña estuvo totalmente en manos de los anarcosindicalistas, y la frontera catalana estaba vigilada por la FAI. La gente de la FAI dejaba entrar a sus propios correligionarios extranjeros, pero dudaba en abrir la frontera a los numerosos comunistas. El anarquista García Oliver, que más tarde fue ministro de Justicia en el gobierno de Largo Caballero, era el organizador de las milicias antifascistas de Cataluña. Oliver ordenó cerrar totalmente la frontera a los voluntarios extranjeros.

[AUGUSTIN SOUCHY[2]]

La disciplina

La coerción y la rígida disciplina no son necesarias en las milicias. Todos saben por qué combaten. No se trata, como en las guerras imperialistas, de luchar contra un enemigo desconocido, objetivo, por así decirlo, sino contra un adversario que los obreros y campesinos conocen y odian. Además saben que los fascistas no perdonan la vida a los heridos ni a los prisioneros, y que no hay ninguna posibilidad de rendirse o de llegar a un compromiso. Este ejército político no participa en la Guerra Civil para defender valores abstractos, conquistar provincias o colonias ni abrir rutas imperiales, sino para defender su propia vida.

Los enemigos son los militares, los miembros de las organizaciones fascistas y los capitalistas. Para ellos no hay perdón. En cambio, casi siempre dejan en paz a los soldados prisioneros; se considera que han sido avasallados y obligados. Y lo son con frecuencia, en efecto. Es común que los oficiales del bando opuesto y los falangistas se coloquen detrás de sus propias tropas con las pistolas en la mano, para obligarlos a atacar. Sin embargo, todos los días aparecen desertores y prófugos que declaran su deseo de luchar en las filas de la milicia.

Por eso la propaganda desempeña un papel tan importante, incluso y sobre todo, en la primera línea.

La Guerra Civil tiene leyes propias.

[H. E. KAMINSKI]

En otoño partimos de Barcelona hacia el frente con Emma Goldman, la conocida anarquista norteamericana, para visitar a Durruti. Éste tenía entonces a su mando cerca de nueve mil hombres, era un general anarquista, por así decirlo (aunque nunca se haya afirmado así). Él nos dijo: «He sido un anarquista toda mi vida y ahora no pienso disciplinar a mi gente a garrotazos. No lo haré. Sé que la disciplina es necesaria en la guerra, pero esta disciplina debe ser interior y debe nacer del objetivo por el cual se lucha.» Y en esto se diferenciaba de todos los generales del mundo. Vivía con su gente, dormía sobre la misma paja, andaba en alpargatas como los demás y comía la misma comida. Y su gente decía: él es uno de los nuestros. Un jefe militar salido de una academia militar nunca habría logrado dirigir una división entera sin coerción militar. Pero Durruti no era ningún oficial profesional, sino un mecánico.

[AUGUSTIN SOUCHY[1]]

Un grupo de jóvenes milicianos pertenecientes a la columna Durruti se había escapado y quería regresar a Barcelona. Durruti los encontró en el camino, detuvo su coche, se bajó y salió a su encuentro con la pistola desenfundada. Los hizo ponerse de espaldas contra la pared. Otro miliciano que andaba casualmente por allí le pidió un par de zapatos. «Mira bien los zapatos que éstos llevan. Si te sirven puedes elegir un par. ¿Para qué vamos a enterrar zapatos, para que se pudran?»

Por supuesto, Durruti no fusiló a los desertores. Siempre solía decir: «Aquí nadie tiene la obligación de quedarse. El que tenga miedo puede irse cuando quiera.» Pero casi siempre bastaba con que les dijera algunas palabras enérgicas a los que querían volver a casa, y ellos le pedían que les permitiera regresar al frente.

[*España Libre*]

199

CNT-FAI. Milicias Antifascistas, Columna Durruti, Cuartel General. Al proletariado de la Unión Soviética:

Compañeros, aprovecho esta oportunidad para enviaros fraternales saludos desde el frente de Aragón, donde miles de vuestros hermanos luchan, como vosotros veinte años atrás, por la liberación de nuestra clase, oprimida y humillada durante siglos. Hace veinte años, los obreros de Rusia enarbolaron en Oriente la bandera roja, símbolo de la hermandad internacional de los trabajadores. Vosotros habéis puesto vuestras esperanzas en la clase obrera internacional, confiando en que ellos os ayudarían en la gran obra que habíais iniciado. Los trabajadores del mundo no os traicionaron, sino que os ayudaron todo lo que pudieron.

Hoy ha nacido en Occidente una nueva revolución y se vuelve a desplegar la misma bandera que representa nuestro ideal común y victorioso. La fraternidad une a nuestros pueblos largamente oprimidos, el uno por el zarismo y el otro por una despótica monarquía. Confiamos en vosotros, los obreros de la URSS, para la defensa de nuestra revolución. No podemos fiarnos de los políticos que se llaman antifascistas y demócratas. Sólo creemos en nuestros hermanos de clase. Sólo los obreros pueden defender la revolución española, así como nosotros luchamos por la rusa hace veinte años. Creednos. Somos obreros como vosotros. En ningún caso renunciaremos a nuestros principios ni deshonraremos los símbolos del proletariado, las herramientas de nuestro trabajo, la hoz y el martillo.

Saludos de todos los que combaten en el frente de Aragón, arma en mano, contra el fascismo.

Vuestro compañero B. Durruti.

Osera, 22 de octubre de 1936.

[BUENAVENTURA DURRUTI[3]]

A los obreros rusos:

En Rusia viven numerosos revolucionarios internacionales que sienten y piensan como nosotros. Pero no son libres. Se hallan en celdas, en cárceles políticas y en campos de trabajos forzados. Muchos de ellos han exigido expresamente que los pusieran en libertad para luchar en España, en primera línea, contra el enemigo común. El proletariado internacional no puede comprender por qué están detenidos esos compañeros. Tampoco comprendemos por qué los refuerzos y las armas que Rusia se dispone a enviar a España son objeto de un regateo político que comporta la renuncia de los revolucionarios españoles a su libertad de acción.

La revolución española debe seguir un curso diferente al de la Revolución Rusa. No debe desarrollarse bajo la consigna: «Un partido al poder y los demás a la cárcel.» Debe procurar por el contrario la victoria del único lema que favorece verdaderamente al frente único y no lo rebaja a un engaño: «Todas las tendencias al trabajo, todas las tendencias al combate contra el enemigo común. ¡Y el pueblo decidirá qué régimen le conviene!»

[BUENAVENTURA DURRUTI[5]]

14 de agosto de 1936

Bujaraloz está engalanada con banderas rojinegras; a cada paso encuentro decretos firmados por Durruti o simples carteles: «Durruti ordena...» El mercado se llama «Plaza Durruti». Durruti y su cuartel general están alojados en la casita de un peón caminero, en la carretera, a dos kilómetros de distancia del enemigo. Esto no es precisamente muy prudente, pero aquí todos se esfuerzan por ostentar su valentía. «Moriremos o venceremos», «Moriremos, pero tomaremos Zaragoza», «Moriremos, cubiertos de gloria ante el mundo», estas consignas pueden leerse en las banderas, carteles y octavillas.

El famoso anarquista parecía distraído al principio, pero se interesó al leer en la carta de Oliver las palabras «Moscú, *Pravda*». Enseguida inició una violenta y polémica discusión, allí en la carretera, con sus soldados alrededor y la evidente intención de despertar su atención.

Su arenga estaba llena de sombría y fanática pasión:

–Es posible que sólo cien de nosotros sobrevivamos, pero esos cien entrarán en Zaragoza, aniquilarán al fascismo, desplegarán la bandera del anarcosindicalismo y proclamarán el comunismo libertario. Yo seré el primero en entrar en Zaragoza para proclamar la comuna libre. No nos subordinaremos a Madrid ni a Barcelona, ni a Azaña ni a Giral, ni a Companys ni a Casanovas. Si ellos quieren, pueden vivir en paz con nosotros, si no... marcharemos directamente sobre Madrid... Nosotros os enseñaremos a vosotros, bolcheviques rusos y españo-

201

les, cómo se hace una revolución y cómo se lleva hasta sus últimas consecuencias. Vosotros tenéis allí una dictadura, en vuestro ejército rojo hay coroneles y generales. En mi columna no hay comandantes ni subalternos, todos tenemos el mismo derecho, somos todos soldados, también yo soy sólo un soldado.

Viste un mono de lino, una gorra de raso negro y rojo. Alto y atlético. Una hermosa cabeza, ligeramente entrecana. Durruti domina imperiosamente a su ambiente, pero en sus ojos hay algo excesivamente sentimental, casi femenino, y a veces tiene la mirada de un animal herido de muerte. Me parece que le falta voluntad.

—Conmigo nadie combate por sentimiento del deber o por amor a la disciplina. Los que están aquí han venido a luchar por su propia voluntad, y porque están dispuestos a morir por la libertad. Ayer dos me pidieron permiso para ir a Barcelona a visitar a sus parientes. Les quité los fusiles y los despedí. No necesito hombres como ésos. Entonces uno dijo que lo había pensado y que quería quedarse, pero no lo acepté de nuevo. ¡Así procederé con todos, aunque no quede más que una docena! Así, y no de otro modo, debe organizarse un ejército revolucionario. La población está obligada a ayudarnos, ¡al fin y al cabo estamos luchando por la libertad de todos y contra todo tipo de dictaduras! Aniquilaremos a quien no nos ayude. Aniquilaremos a todos los que cierren el camino de la libertad.

—Eso huele a dictadura —dije yo—. Cuando los bolcheviques disolvían eventualmente una organización popular en la que se había infiltrado el enemigo, se los acusaba de dictadores. Pero nosotros no nos escudamos detrás de palabras sobre la libertad en general. Nunca hemos negado la existencia de la dictadura del proletariado, siempre la hemos reconocido públicamente. Además, ¿qué clase de ejército podrá organizar sin comandantes, sin disciplina y sin obediencia? O usted no piensa luchar en serio, o finge, mientras que en realidad existe una subordinación, con otro nombre.

—Nosotros hemos organizado la indisciplina. Cada uno es responsable ante sí mismo y ante la colectividad. A los cobardes y merodeadores los fusilamos, el comité los juzga.

—Eso no significa nada. ¿De quién es ese coche?

Todos volvieron la cabeza en la dirección que yo señalaba. En la plaza, cerca de la carretera, había alrededor de quince coches arruinados, destrozados Fords y Adlers. Y entre ellos un lujoso Hispano-Suiza, con un brillo plateado y elegantes asientos de cuero.

–Ése es mi coche –dijo Durruti–. Necesito uno veloz para llegar más rápido a las secciones del frente.

–¡Muy bien! –repliqué–. El comandante tiene que tener un coche mejor, si es posible. Sería ridículo que un soldado raso fuera en ese coche y usted anduviera a pie o tuviera que deslomarse en un Ford desvencijado. Además he visto sus órdenes, están colgadas por todas partes en Bujaraloz. Todas comienzan con las palabras: «Durruti ordena...»

–Sí, alguien tiene que mandar –respondió Durruti sonriendo–. Ésas son manifestaciones de iniciativas. Es una utilización de la autoridad que yo tengo ante las masas. Claro, eso no les agrada a los comunistas...

Miró de reojo a Trucha, que se había mantenido a distancia todo el tiempo.

–Los comunistas nunca han negado el valor de las personalidades individuales y de la autoridad individual. La autoridad personal no obstaculiza en modo alguno el movimiento de masas, e incluso con frecuencia las unifica y las fortalece. Usted es un comandante, entonces no simule ser un soldado raso, eso no rinde ningún fruto y no aumenta la fuerza combativa de la tropa.

–Con nuestra muerte –dijo Durruti–, con nuestra muerte demostraremos a Rusia y al mundo entero lo que es en realidad el anarquismo y lo que son los anarquistas ibéricos.

–Con la muerte no se demuestra nada –repliqué–, hay que demostrarlo con la victoria. El pueblo soviético desea de todo corazón la victoria del pueblo español, desea con igual efusividad la victoria de los obreros anarquistas y de sus dirigentes como la de los comunistas y de todos los combatientes antifascistas.

Se dirigió luego a la multitud que nos rodeaba, y exclamó, ya no en francés, sino en castellano:

–Este compañero ha venido a transmitir a los combatientes de la CNT y la FAI un cálido saludo del proletariado ruso, que ansía nuestra victoria sobre los capitalistas. ¡Viva la CNT y la FAI! ¡Viva el comunismo libertario!

–¡Viva! –gritó la multitud.

Los rostros se despejaron y se volvieron mucho más amistosos.

[Mijaíl koltsov]

La militarización

El primero de agosto el gobierno central de Madrid ordenó la movilización de los reservistas de los años 1933 y 1935; la Generalitat estuvo de acuerdo con esta medida. Enseguida Cataluña, o mejor dicho la única fuerza política de importancia en Cataluña, se opuso al gobierno: la CNT se negó a apoyar a un ejército regular, uniformado y organizado con las jerarquías tradicionales. Diez mil jóvenes y soldados se reunieron el 4 de agosto en el teatro Olimpia y anunciaron que no obedecerían ninguna orden de las autoridades militares. «Nos incorporaremos a las milicias. Iremos al frente. Pero no seremos soldados de cuartel. No acataremos ninguna disciplina ni ninguna orden que no proceda directamente del pueblo en armas.»

[JOHN STEPHEN BRADEMAS]

El 4 de septiembre el nuevo jefe del gobierno, el socialista Largo Caballero, declaró a la prensa extranjera: «Primero debemos ganar la guerra, después hablaremos de la revolución.»

El 27 de septiembre se reorganizó el gobierno; en adelante se llamaría Consejo de la Generalitat. Tres anarcosindicalistas participaban en este consejo. En la declaración política del gobierno se decía: «Concentraremos todos nuestros esfuerzos en la guerra y haremos todo lo posible para terminarla rápida y victoriosamente: mando único, coordinación de todas las unidades combatientes, formación de milicias sobre la base del servicio militar obligatorio, y refuerzo de la disciplina.»

Al formarse el Consejo de la Generalitat se disolvió al mismo tiempo el Comité Central de Milicias Antifascistas: «Ahora ya no necesitamos más al Comité; la Generalitat nos representa a todos», declaró García Oliver. Santillán explicó después de la guerra las causas de aquel cambio de rumbo: «Sabíamos que la revolución no podía triunfar sin una victoria en la guerra. Así, sacrificamos todo por la guerra. Por último, sacrificamos también la revolución misma, sin advertir que esto implicaba también sacrificar los objetivos de la guerra... El Comité de Milicias había garantizado la autonomía de Cataluña, la legitimidad de la guerra y la resurrección de la verdadera España. Pero se nos decía y repetía sin descanso: "Si proseguís afirmando el poder popular no os enviaremos armas a Cataluña; no os daremos divisas para comprar armas en el extranjero; no os enviaremos materias primas para vuestra industria..." Por eso permitimos la disolución del Comité de Milicias, y nos incorporamos al gobierno de la Generalitat. Así nos hicimos cargo del ministerio de Defensa y de otros ministerios de importancia vital, sólo para no perder la guerra y con ello todo lo demás.»

[José Peirats[1]]

Santillán es uno de los pocos intelectuales del anarquismo español. Estudió filosofía en Madrid y medicina en Berlín. Durante la República fue encarcelado cinco veces en dos años y medio; estuvo detenido largo tiempo.

–La tragedia de mi vida –dice– es tener que participar en la guerra por obligación, con todas las consecuencias que esta participación implica. Yo fui siempre un pacifista.

Sin embargo, él fue uno de los dirigentes más activos durante los combates callejeros del 19 de julio, y la milicia es en gran parte obra suya. No obstante, me dice:

–La milicia ha cumplido su cometido. Tiene que integrarse al nuevo ejército revolucionario. Una guerra anarquista no existe, sólo hay un tipo de guerra, y tenemos que ganarla. La ganaremos pero tendremos que sacrificar muchos de nuestros principios. El anarquismo no acepta la guerra ni sus necesidades, y viceversa. El anarquismo es incompatible con la guerra.

[H. E. Kaminski]

En aquellos días de agosto se especulaba mucho en las oficinas de propaganda de la CNT-FAI sobre una frase de Durruti pronunciada en un discurso radiofónico desde su cuartel de Bujaraloz: «Renunciamos a todo, menos a la victoria.» Las tropas anarquistas se resistían tenazmente a la militarización, y los adversarios de los anarquistas utilizaban todos los medios para hacerlos entrar en razón. Llegaron a afirmar que el gran guerrillero quería decir con esas palabras que estaba dispuesto a sacrificar la revolución por la guerra. Esta suposición es absolutamente falsa. Quien haya conocido el temperamento y las convicciones de Durruti no puede darle crédito. Las transformaciones revolucionarias que él introdujo en su propio sector del frente bastan para demostrar lo contrario.

[José Peirats[1]]

El carácter de las tropas ha cambiado radicalmente comparado con el que tenían en las primeras semanas y meses de la revolución. Ya no se componen de proletarios armados de improviso que consideran a su unidad como un mero anexo de su sindicato o su partido. Este ejército se ha militarizado espontáneamente: los milicianos se han convertido en soldados regulares. En la práctica las centurias se han convertido en compañías y las columnas en regimientos. Los antiguos nombres sólo tienen un valor teórico.

Los oficiales se llaman todavía «delegados». Cada grupo (sección), centuria (compañía), sector (batallón) y columna (regimiento) elige un representante; el sistema de elección es de abajo hacia arriba: los delegados de las formaciones militares menores eligen a los delegados de las formaciones mayores. Pero la autoridad de los oficiales ha aumentado, cada vez se hace valer más. Su elegibilidad parece un residuo del pasado, el sistema de elección va caducando paulatinamente.

Todos comprenden que no es posible dirigir una guerra sin disciplina. En la teoría la milicia se basa como antes en la libre voluntad, pero en la práctica este carácter voluntario es una ficción. Se va imponiendo lentamente la jerarquía que reina en todos los ejércitos. He leído los reglamentos en las trincheras; sus disposiciones plantean automáticamente el problema de las sanciones por infracción a la disciplina. En rigor, en un ejército de voluntarios no deberían existir los castigos; pero en la práctica esto es irrealizable. Por cierto, los milicianos rechazan el antiguo código militar que el gobierno ha vuelto a poner provisionalmente en vigor. Pero ya existen tribunales de guerra. Las infracciones leves son sometidas a los delegados de la sección; los casos más graves son elevados al jefe de la columna. Ya se han pronunciado sentencias de muerte. Ha sido ejecutado un telefonista que dormía durante el ataque.

El problema de la deserción no se ha aclarado teóricamente. No se especifica si un voluntario tiene el derecho de marcharse a casa cuando lo desee. En realidad sólo se les permite a los extranjeros. Si un español quiere abandonar el frente, primero se le hacen reproches y se lo amenaza con denunciarlo a su organización para causarle así dificultades en su pueblo. Luego, si esto no da resultado, no se le proporcionan medios de transporte.

[H. E. KAMINSKI]

Con el tiempo se creó una especie de ejército catalán, dependiente más bien del gobierno de la Generalitat que del gobierno central de Madrid. Así se demuestra que la tan cacareada consigna de la disciplina sólo sirvió para engañar al pueblo con falsas apariencias. Los políticos catalanes la interpretaban de acuerdo a sus conveniencias. En cuanto al gobierno central, se comprobó que su promesa de enviar armas a las milicias anarquistas tan pronto como éstas se militarizaran, no era más que un mero chantaje. Incluso después de que el gobierno hubo logrado sus propósitos, las unidades anarquistas siguieron siendo como antes las peor armadas del ejército.

[JOSÉ PEIRATS[1]]

El principio del fin

INTERLOCUTOR: ¿Es cierto que se va a restablecer en las milicias el reglamento y la jerarquía del antiguo ejército?

DURRUTI: No, no se trata de eso, precisamente. Se ha convocado a algunas clases y se ha establecido un comando único. Con respecto a la disciplina, es lógico que el combate callejero tenga menos exigencias que una larga y dura campaña contra un ejército pertrechado con las armas más modernas. Era necesario hacer algo en este sentido.

INTERLOCUTOR: ¿Y en qué consiste ese refuerzo de la disciplina?

DURRUTI: Hasta hace poco hemos tenido un número exorbitante de unidades distintas, cada una con su propio jefe, y efectivos que acusaban enormes fluctuaciones de un día a otro. Cada uno con su propio equipo, bagaje y avituallamiento, una política propia con respecto a la población civil, y también bastante a menudo con una concepción propia sobre la guerra. Esto no podía seguir así. Lo hemos mejorado y procuraremos mejorarlo más aún.

INTERLOCUTOR: ¿Y los grados, el saludo, los castigos y las recompensas?

DURRUTI: De eso podemos prescindir. Aquí somos todos anarquistas.

INTERLOCUTOR: Pero recientemente el gobierno de Madrid ha vuelto a poner en vigor el antiguo código militar.

DURRUTI: En efecto. Esta resolución del gobierno ha causado un efecto deplorable en la tropa. Ese decreto demuestra una absoluta falta de sentido de la realidad. Ellos representan una tendencia completamente opuesta a la de las milicias. No queremos conflictos, pero es evidente que estas dos mentalidades son tan diametralmente opuestas que se excluyen mutuamente. Una de las dos tiene que desaparecer.

INTERLOCUTOR: ¿No crees que en caso de durar mucho la guerra se estabilizaría la militarización y se pondría en peligro la revolución?

DURRUTI: Claro que sí. Por eso debemos ganar cuanto antes la guerra.

Durruti sonrió al decir esto y nos despidió con un apretón de manos.

[A. Y D. PRUDHOMMEAUX]

La Guerra Civil se convierte cada vez más en un combate entre dos grandes ejércitos que utilizan los medios técnicos más modernos. Una milicia siempre será numéricamente restringida, porque se compone sólo de revolucionarios conscientes. Por lo tanto se han visto obligados a organizar un gran ejército regular (aparte de las milicias), y con este propósito se han convocado a filas a varias clases. Una movilización así se opone por completo al carácter voluntario de las milicias. A los simples reclutas es imposible concederles los mismos derechos de que gozan los voluntarios políticamente dignos de confianza.

Se discute mucho la militarización. Una gran parte de las milicias no están de acuerdo con ella, sobre todo los anarquistas, que ven en este proceso el principio del fin de la revolución. A los anarquistas les fascina el ejemplo del anarquista ruso Machno, jefe de un ejército de voluntarios, a quien los bolcheviques le obligaron a disolver su milicia y emigrar. Con la expulsión de Machno, que murió en 1934 en el exilio en París, el anarquismo ruso sufrió un golpe mortal. Los anarquistas españoles temen que al organizarse el nuevo ejército se les reserve un destino parecido.

Pero también ellos han tenido que reconocer que no se puede dirigir una guerra moderna con pequeñas unidades de compañeros unidos por las mismas convicciones, que se autoabastecen, toman sus decisiones independientemente, coordinan apenas sus movimientos con las demás unidades y cuidan celosamente su autonomía.

[H. E. KAMINSKI]

Al ejército popular y los consejos de soldados

Los compañeros alemanes del grupo internacional de la columna Durruti han tomado una resolución con respecto al problema de la militarización de las milicias en general y de la columna Durruti en particular. Los principios que van a aplicarse a través de esta militarización han sido elaborados a espaldas de los combatientes del frente. Consideramos como provisionales las medidas tomadas en cumplimiento de esa militarización, y sólo admitimos su validez con carácter provisional. Exigimos que se establezca lo más pronto posible un nuevo reglamento, para terminar con el presente estado de permanente confusión. Sólo reconoceremos un reglamento que cumpla con las siguientes condiciones:

1) Abolición del saludo.

2) Igual salario para todos.

3) Libertad de prensa para los periódicos del frente.

4) Libertad de discusión.

5) Consejo de soldados por batallón (tres delegados por cada compañía).

6) Ningún delegado puede ser comandante.

7) El consejo de soldados convocará a asamblea general a los soldados del batallón, si así lo desean los dos tercios de los representantes de la compañía.

8) También los regimientos formarán un consejo de soldados, cuyos representantes podrán convocar una asamblea de soldados.

9) Se enviará un delegado observador al estado mayor de la brigada.

10) La organización de la representación de los soldados debe extenderse a todo el ejército.

11) El consejo general de soldados estará representado en el estado mayor general mediante un delegado.

12) Los tribunales de guerra en campaña estarán integrados exclusivamente por soldados. Sólo en caso de comparecer un oficial ante el tribunal, podrá participar en éste un oficial.

Esta resolución ha sido aprobada unánimemente el 22-12-1936 y ratificada en Barcelona el 29-12-1936 por el pleno de la FAI.

[A. Y D. Prudhommeaux]

Cada vez se plantea con más urgencia el interrogante de si los generales facciosos lograrán imponer su forma de lucha a los revolucionarios españoles, o si, por el contrario, nuestros compañeros lograrán destrozar el militarismo. Pero esto sólo será posible si se adoptan otros métodos, si se disuelve el «frente», o el frente principal de combate y se extiende la revolución social a toda España.

Los factores que obran a favor de los fascistas son los siguientes: superioridad en lo que se refiere al material bélico, disciplina draconiana de cuartel, completa organización militar, terror policial contra la población; además, la táctica de la guerra de posiciones, la estabilidad del frente y el traslado de tropas y masivas formaciones en cuña hacia los puntos estratégicos donde se desarrollan batallas decisivas.

Los factores que favorecen la causa del pueblo son de carácter absolutamente opuesto: abundancia de tropas, iniciativa apasionada y acometividad de los individuos y de los grupos políticamente conscientes, simpatía de las masas trabajadoras en todo el país, el arma económica de la huelga y el sabotaje en las zonas ocupadas por el enemigo. Estas fuerzas morales y físicas, muy superiores a las del enemigo, sólo puede utilizarlas una guerrilla cuyos ataques sorpresivos y emboscadas se extiendan a todo el país.

Sin embargo, ciertos sectores del Frente Popular español sostienen la opinión, bien argumentada políticamente, de combatir el militarismo con el militarismo, de derrotar al enemigo con sus propios instrumentos y dirigir una guerra regular de cuerpos de ejército y lucha técnica, recurriendo al servicio militar obligatorio, el mando unificado y a un plan de batalla estratégico, en resumen, copiando al fascismo con más o menos exactitud. También algunos de nuestros compañeros, influidos por el bolchevismo, piden la creación de un «Ejército Rojo». Esta actitud nos parece peligrosa desde todo punto de vista. En la actualidad no necesitamos ningún ejército profesional en España, sino una milicia que haga la guerra de guerrillas.

[*L'Espagne Antifasciste*]

EL DECLINAR DE LOS ANARQUISTAS

La República española fue siempre un estado burgués, desde su proclamación en 1931 hasta su caída en marzo de 1939. Nunca existió un gobierno «rojo» en Madrid. La revolución española de 1936 no había destruido ni adoptado el aparato estatal existente: al principio se había introducido en él, después lo había inhabilitado. El movimiento obrero anarquista era su única fuerza motriz organizada. Las victorias iniciales en la Guerra Civil se debieron a su capacidad de movilización.

Desde el principio, pues, se enfrentaron en el sector libre de España dos adversarios intransigentes e irreconciliables: por un lado el régimen de la democracia revolucionaria, cuya rama política había originado espontáneamente consejos y comités, cuya rama militar eran las milicias, y su expresión económica la producción colectiva en la agricultura y la industria; por el otro lado el antiguo estado burgués de la República con su administración política, su ejército regular y su estructura capitalista de propiedad y de producción. Sus métodos estratégicos eran diametralmente opuestos. Cada uno consideraba el suyo como el único correcto. Mientras el aparato estatal tradicional, con su ejército organizado jerárquicamente y dirigido por generales profesionales, quería emprender una campaña convencional, los vencedores del 19 de julio aspiraban a una guerra del pueblo, cuya victoria final sólo podía alcanzarse con milicias motivadas políticamente y métodos guerrilleros.

El resultado de esta situación inicial fue la dualidad de poderes, que duró desde junio hasta bien avanzado el otoño de 1936. La contradicción en que se basaba era antagónica. Sólo podía resolverse por la violencia. La consecuencia fue una guerra civil dentro de la Guerra Civil, sordamente ocultada al principio, cada vez más abiertamente manifestada luego. Las fuerzas que

211

se enfrentaban eran las siguientes: por un lado la CNT-FAI, apoyada por el POUM (Partido Obrero de Unificación Marxista), un grupo de izquierda escindido de los comunistas; por el otro los partidos burgueses de la República, dirigidos por los socialdemócratas con Largo Caballero a la cabeza, y el Partido Comunista de España, sostenido por la ayuda masiva de la Unión Soviética. Los comunistas sacaron amplia ventaja a los socialdemócratas en su giro a la derecha, y se perfilaron como el verdadero partido de la pequeña burguesía; así cumplían, naturalmente, las instrucciones que les llegaban de Moscú; los intereses de los trabajadores españoles no les importaban.

La dirección de la CNT-FAI no estaba de ningún modo a la altura de la situación que se planteó en el otoño de 1936. Atrapados entre las tenazas de la ofensiva fascista por una parte, y de la contrarrevolución por la otra, no pudo perseverar sin claudicaciones en los principios simples y tradicionales de la doctrina anarquista. Fue retrocediendo paso a paso ante la realidad. Es un viejo error de los anarquistas el ignorar persistentemente el instrumento político por excelencia, es decir la mediación entre la fidelidad a los principios y la necesidad táctica. Así ocurrió también en este caso. Una vez desviados de la «justa senda» de la revolución directa, ya no hubo manera de que se detuvieran. Las concesiones que la CNT-FAI hizo a sus adversarios políticos en su propio campo se convirtieron en catastróficas derrotas. Su firmeza de principios se transformó en un oportunismo sin límites. Los dirigentes anarquistas perdieron en pocos meses la esencia revolucionaria de su movimiento de masas. Es posible precisar algunas fases de este proceso galopante.

8 de septiembre de 1936: el dirigente de la CNT, Juan López, anuncia desde Valencia al gobierno central de Madrid su cooperación y su apoyo al programa gubernamental.

26 de septiembre de 1936: la CNT acepta tres cargos ministeriales sin importancia en el gobierno regional de Cataluña.

1 de octubre de 1936: la CNT accede a la disolución del Comité Central de las Milicias.

9 de octubre de 1936: en Cataluña se decreta la disolución de los consejos y comités locales; la CNT se declara de acuerdo con esta medida.

Principios de diciembre de 1936: en Madrid se producen violentos encuentros entre destacamentos de la CNT y unidades del Partido Comunista.

4 de diciembre de 1936: la CNT ingresa al gobierno central de Madrid. Los anarquistas se contentan con carteras de segunda categoría (Justicia, Salud, Comercio e Industria); no obtienen posiciones de verdadero poder.

15 de diciembre de 1936: el consejo superior de seguridad centraliza la policía política.

17 de diciembre de 1936: *Pravda* de Moscú publica un editorial donde se dice: «Ya ha comenzado en Cataluña la depuración de trotskistas y anarcosindicalistas; se lleva a cabo con la misma energía que en la Unión Soviética.»

24 de diciembre de 1936: se prohíbe en Madrid la portación de armas.

Fines de diciembre de 1936: el Partido Comunista inicia su campaña contra el POUM.

Febrero-marzo de 1937: surgen graves divergencias entre la dirección de la CNT-FAI y su base. La oposición revolucionaria dentro del movimiento anarquista funda una sección de combate propia: los «Amigos de Durruti».

En los últimos días de abril de 1937 se hacen públicas las intenciones del gobierno de desarmar a los obreros de Barcelona y devolver a la policía el monopolio del poder. Así comienza el último acto del drama de la CNT-FAI, «la semana sangrienta de Barcelona». Se producen las primeras escaramuzas y obreros y policías tratan de desarmarse mutuamente. El 3 de mayo se inicia la lucha callejera. Comunistas armados asaltan la central telefónica, que se encuentra en manos de la CNT. De inmediato, sin aguardar su proclamación, los obreros de Barcelona declaran la huelga general. Se levantan barricadas, y los puntos más importantes de la ciudad son ocupados por los obreros. La dirección de la CNT claudica. El gobierno central envía cinco mil miembros de la Guardia de Asalto, que entran en Barcelona el 7 de mayo. Es sofocado el último movimiento revolucionario de la clase obrera española: sigue siendo el último hasta el presente; hay más de quinientos muertos. La CNT declara: «Lo único que podemos hacer es esperar los acontecimientos y adaptarnos a ellos lo mejor que podamos.»

Así se quiebra la espina dorsal del anarquismo español; la CNT lleva en adelante una vida irreal y contempla impotente la liquidación de los restos de la revolución española. También en mayo se declara ilegal a la FAI. El ministro comunista Uribe exige la proscripción del POUM, y desencadena así una crisis gubernamental en Madrid; Largo Caballero tiene que dimitir, porque los comunistas lo consideran demasiado izquierdista; su lugar lo ocupa Negrín, un decidido adversario de la colectivización y auténtico campeón de la propiedad privada. En junio de 1937 es detenida la junta directiva del POUM; llega a su apogeo la caza de brujas contra «trotskistas» (por otra parte, ni Trotski mismo quería saber de ellos), y su jefe Andrés Nin es asesinado por agentes de la NKVD. En agosto se prohíbe por intermedio de una circular del gobierno las críticas sobre la Unión Soviética; el nuevo Servicio de Investigación Militar (SIM), en el cual el Partido Comunista ocupa puestos claves, construye cárceles y campos de concentración propios, que se llenan rápidamente de anarquistas y «ultraizquierdistas». En el mismo mes de agosto el gobierno central dispone la disolución del Consejo de Defensa de Aragón; éste era el último órgano de poder revolucionario que quedaba. Joaquín Ascaso, su presidente, es detenido; la undécima división comunista arremete contra los comités de pueblo aragoneses y disuelve la producción agrícola colectiva. En septiembre de 1937 el edificio del Comité de Defensa de la CNT-FAI es atacado y ocupado por tropas gubernamentales apoyadas por cañones y tanques.

En el transcurso de 1938 regresan los grandes terratenientes y exigen la devolución de sus bienes. La colectivización es anulada; se suprime el control obrero en las fábricas catalanas. Los jefes de taller y el personal de vigilancia vuelven a sus antiguos puestos. Se vuelve a pagar dividendos a los accionistas extranjeros. La paga del soldado raso disminuye de 10 a 7 pesetas, el salario de los oficiales aumenta de 25 a 100 pesetas. Se restablecen los distintivos, el saludo y la instrucción militar; se introduce la pena de muerte por agravio a los superiores. Los militantes del POUM y de la CNT-FAI están en las cárceles. La revolución ha sido liquidada; se restablece el estado burgués; se ha perdido la Guerra Civil. En los últimos días de marzo de 1939 el gobierno de la República española vuela a Francia.

«¿Cuál es pues el resultado de nuestra investigación?

»Los bakuninistas se vieron obligados a arrojar por la borda su programa anterior, tan pronto como se encontraron frente a una situación revolucionaria seria. Primero sacrificaron la doctrina de la abstención política, y sobre todo de la abstención electoral. Luego siguió la anarquía, la abolición del Estado; en lugar de abolirlo trataron más bien de establecer un conjunto de nuevos y pequeños Estados. Luego abandonaron su postulado de que los trabajadores no debían participar en ninguna revolución cuyo objetivo no fuera la inmediata y completa emancipación del proletariado, y entraron a participar a sabiendas en un movimiento puramente burgués. Por último escarnecieron su dogma recién proclamado, a saber: que el establecimiento de un gobierno revolucionario sería sólo una nueva estafa y una nueva traición contra la clase obrera; e ingresaron confortablemente en los comités gubernamentales de las distintas ciudades. Casi en todas partes no fueron más que una minoría (impotente ante la mayoría de votos burguesa) que la burguesía explotó políticamente.

»El alarido ultrarrevolucionario de los bakuninistas se convirtió, pues, en la práctica, en conciliación, en insurrecciones destinadas desde un principio al fracaso, o en uniones con un partido burgués que explotaba políticamente de modo ignominioso a los obreros y los trataba por añadidura a puntapiés.»

Este juicio fue emitido en 1873 por Federico Engels. Su propósito era criticar despiadadamente a los anarquistas. Pero su verdadera ironía consiste en que el «partido burgués», al que Engels se refiere, no era otro, en la Guerra Civil española, que el Partido Comunista.

LA DEFENSA DE MADRID

Una visita a la capital

En el otoño de 1936 yo trabajaba en Madrid como corresponsal de *Solidaridad Obrera*. A mediados de septiembre, Durruti vino a Madrid, por primera vez desde que se había iniciado la Guerra Civil. Mi hermano Eduardo lo acompañó. Por la noche, poco después de su llegada, vinieron a visitarme en la oficina del periódico en la calle de Alcalá.

Durruti llevaba su típica gorra de cuero, que después recibió su nombre, una chaqueta también de cuero, con cinturón, y un revólver. Era la primera vez que me encontraba frente al famoso «gorila» de los anarquistas. Era alto, de fuerte complexión y pelo oscuro; su mirada era fija y penetrante, su actitud serena y espontánea. A pesar de su energía, su gesto tenía algo de infantil. Era macizo y musculoso y estaba quemado por el sol. Manos grandes y nervudas. En sus labios había siempre una sonrisa bondadosa y llena de confianza. Su manera de ser sencilla y espontánea despertaba de inmediato simpatía. Su voz era seria y persuasiva, su pelo crespo y muy negro, su boca grande y carnosa, el torso colosal, y sus ademanes serenos, risueños y expresivos. Su andar era más bien lento, pero parecía imposible de detener. Tenía el aire de un típico hijo de la meseta castellana.

[ARIEL]

A muchos de los nuestros les gustaba que los fotografiaran y los entrevistaran; querían salir siempre en los periódicos. A Durruti eso no le interesaba. No quería hacer publicidad con su persona. Odiaba las actitudes teatrales. En Madrid se comportó con la misma sobriedad de siempre.

–Esta gorra y esta chaqueta de cuero –dijo–, la hacemos ahora para todos mis hombres. Todos llevamos la misma ropa. Somos como hermanos, no hay diferencias.

Se rió con su sonrisa de niño y mostró sus grandes dientes blancos de lobo manso.

–He venido a buscar armas para los compañeros de Aragón. Si el gobierno nos da las armas que necesitamos, tomaremos Zaragoza en pocos días.

«No es cierto que haya armas. Conozco personas que nos ofrecen todas las armas que queramos. Sólo tienen una pequeña pretensión: que se las paguemos en oro. Estos burgueses no tienen sentimientos humanos cuando se trata de dinero. Sin embargo, nuestro gobierno tiene oro a paladas. ¿Y para qué sirve todo ese oro? ¿Para ganar la guerra? Eso dicen. Ahora veremos si es verdad lo que dicen. Mañana iremos a negociar con ellos al Ministerio de la Guerra. Les diré dónde podemos conseguir armas, si ellos pagan. ¿Para qué quieren si no todo el oro que almacenan en el Banco de España?

Fuimos a comer a un restaurante de la Gran Vía administrado por el sindicato gastronómico. Era una comida sencilla. Durruti nos habló de los combates en Barcelona y en el frente de Aragón. Reía mucho y parecía mirar el futuro con despreocupación.

Después de la comida fuimos al Ministerio de la Guerra, donde Durruti habló con Largo Caballero; después lo recibió Indalecio Prieto en el Ministerio de Marina. Por aquella época el gobierno tenía muchas esperanzas en la ayuda de los rusos.

Largo Caballero pasaba entonces por el «Lenin español». Las negociaciones desengañaron mucho a Durruti. Se le recibió bien, se le hicieron promesas y se le dieron toda clase de explicaciones para justificar la falta de armamento de los anarquistas. Pero todo siguió como antes. Pronto se demostró que las promesas eran palabras huecas.

[ARIEL]

Un día, Largo Caballero (quien puede testimoniar este episodio) llamó a Durruti a Madrid para ofrecerle una cartera de ministro en su nuevo gabinete, donde participaban también los anarquistas. Durruti nunca había visto a Largo Caballero; ni siquiera sabía qué aspecto tenía. Cuando le pregunté qué impresión le había causado en la conversación, me respondió:

–Esperaba ver a un hombre de cuarenta años, y de repente me encontré ante un anciano. Siempre lo había considerado un político como todos los demás, pero sus convicciones políticas eran tan rígidas que casi me intimidó.

Durruti no aceptó la cartera de ministro. Consideró que su presencia en el frente era más importante. Y, ciertamente, era insustituible en el frente. Su columna dependía fanáticamente de él y le obedecía ciegamente.

[ANTONIO DE LA VILLA]

Buenaventura Durruti viene a Madrid precisamente cuando todo parece confirmar que no somos capaces de dirigir la guerra, de atacar, ni siquiera de defendernos, en el preciso momento en que nuestras derrotas comienzan a hacernos perder la cabeza. Viene respaldado por el prestigio de varias columnas que nunca han retrocedido, sino que han conquistado centenares de kilómetros cuadrados de terreno en Aragón. Este contraste nos ha inducido a pedirle una entrevista.

Durruti se refirió primero a un problema que entonces no se podía discutir públicamente. Había venido a Madrid para hablar personalmente con el ministro de la Guerra; se trataba de dos millones de cartuchos que necesitaba para concretar su planeada ofensiva contra Zaragoza. Informó a nuestro jefe de redacción de esas negociaciones. Se habían creado situaciones que aún hoy no podemos revelar. Luego Durruti habló de sus concepciones estratégicas, del carácter revolucionario de las milicias y de su categórica posición ante el problema de la disciplina.

217

DURRUTI: Basta un poco de buen sentido para comprender claramente los propósitos de los movimientos del enemigo: se juega el todo por el todo a una carta: la conquista de Madrid. Le embriaga la idea de conquistar la capital. Pero sus fuerzas se agotarán en nuestras líneas defensivas, y como para dirigir este ataque desesperado tendrá que retirar sus reservas de otros sectores, la defensa de Madrid, siempre y cuando la combinemos con ataques en otros frentes, nos permitirá dominarlo y derrotarlo. Eso es todo.

Pero es preciso comprender que una ciudad no se defiende con palabras, sino con fortificaciones. El pico y la pala son tan indispensables como el fusil. En Madrid hay demasiados holgazanes y vividores. Hay que movilizarlos a todos. No hay que desperdiciar ni una gota de combustible. Nuestro poderío en Aragón se basa en que toda conquista de territorio, hasta la más pequeña, se asegura de inmediato con la construcción de trincheras. Nuestros milicianos han aprendido que cuando el enemigo ataca no hay nada más peligroso que retroceder; lo más seguro es mantener la posición. No es cierto que el instinto de conservación conduzca a la derrota. Siempre se lucha por la vida. Este instinto es muy fuerte y hay que aprovecharlo en el combate. El instinto de conservación acrecienta en mis soldados su capacidad de resistencia. Pero esto exige plantear seriamente el problema de las fortificaciones. Por lo tanto, opino que también aquí, en las secciones medias del frente, es absolutamente necesario crear una red de trincheras bien protegidas con alambradas y parapetos avanzados. Madrid debe convertirse en una fortaleza, la ciudad debe dedicarse exclusivamente a la guerra y a la defensa. Sólo de este modo lograremos que el enemigo disperse aquí sus fuerzas, con lo que también obtendremos victorias en otros frentes.

INTERLOCUTOR: ¿Qué puedes decirnos sobre tu columna?

DURRUTI: Estoy satisfecho con ella. Mis hombres tienen todo lo que necesitan, y cuando llega el momento atacan con gran arrojo. Con esto no quiero decir que la milicia se haya convertido en una mera máquina militar. No. Ellos saben por qué y para qué luchan. Se sienten revolucionarios. Lo que los impulsa al combate no son palabras huecas ni leyes más o menos prometedoras. Van a la conquista de la tierra, de las fábricas, de los medios de transporte, del pan, y de una nueva cultura. Saben que su futuro depende de nuestra victoria.

»Nosotros hacemos la guerra y la revolución al mismo tiempo; según mi opinión, esto es lo que exigen las circunstancias. Las medidas revolucionarias que conciernen al pueblo no se aplican sólo en la retaguardia, en Barcelona; son válidas también en la primera línea.

»En cada pueblo que conquistamos revolucionamos enseguida la vida cotidiana. Esto es lo mejor de nuestra campaña. Para esto se requiere mucha pasión. Cuando estoy solo pienso a menudo en lo enorme que es la tarea que nos hemos propuesto y que ya hemos comenzado. Entonces comprendo la magnitud de mi responsabilidad. Una derrota de mi columna sería terrible, porque no podemos retroceder así, sin más, como cualquier otro ejército. Tendríamos que llevar con nosotros a todos los habitantes del lugar donde hemos permanecido, a todos sin excepción. Porque desde nuestras avanzadas hasta Barcelona no hay más que combatientes. Todos trabajan para la guerra y por la revolución. Ahí está nuestra fuerza.

Interlocutor: Pasemos ahora al problema más discutido del momento: el problema de la disciplina.

Durruti: Cómo no. Se habla mucho de esto, pero muy pocos de los que hablan dan en el meollo del asunto. Para mí la disciplina significa respetar la responsabilidad propia y la de los demás. Me opongo a toda disciplina de cuartel, porque conduce a la brutalización, al odio y al funcionamiento automático. Pero tampoco hablo a favor de una libertad mal entendida, que los cobardes reivindican para sacarse el fardo de encima. En nuestra organización, la CNT, hay una correcta comprensión de la disciplina; por eso los anarquistas respetan las decisiones de los compañeros en quienes han depositado su confianza. En tiempos de guerra debe obedecerse a los delegados escogidos, de lo contrario todas las operaciones están condenadas al fracaso. Si los hombres no están de acuerdo con ellos, deben revocar a sus delegados en una asamblea y reemplazarlos por otros.

»Mi experiencia en la columna me ha permitido conocer bastantes trucos a que recurren los soldados en la guerra: la madre enferma, la madre que agoniza, la mujer que espera un hijo, el niño que tiene fiebre... Pero yo tengo mis propios remedios caseros para contrarrestarlos. ¡Unos días de trabajo extra para el embustero! ¡Las cartas desmoralizadoras, al cesto! El que insiste en regresar a casa porque, claro, se incorporó como voluntario, debe escuchar un sermón mío primero. Le hago notar que nos engaña a todos hasta cierto punto, porque habíamos contado con él. Después se le quita el arma, que al fin y al cabo pertenece a la columna. Si insiste en partir, puede irse, pero a pie, porque los coches los necesitamos exclusivamente para la guerra. Pero esto ocurre muy rara vez, porque el miliciano tiene también su amor propio. En general, basta con que diga que yo no me dejo tomar el pelo y que soy el jefe de la columna, y enseguida regresan a la línea de fuego y luchan como héroes.

»Estoy satisfecho con los compañeros, y espero que ellos también estén satisfechos conmigo. No les falta nada. Sus esposas y sus mujeres pueden visitarlos dos días en el frente. Después regresan a casa. Los periódicos llegan diariamente, la alimentación es muy buena, hay libros, todos los que queremos, y cuando hay calma en el frente entablamos discusiones para reanimar el espíritu revolucionario de los compañeros. No estamos ociosos, siempre hay algo que hacer. Tenemos que ampliar y mejorar las fortificaciones sobre todo. ¿Qué hora es? ¿La una de la madrugada? A esta hora mis hombres estarán cavando trincheras, y os aseguro que lo hacen con gusto.

»¡Ganaremos la guerra!

[DURRUTI[7]]

Una vez volamos juntos a Madrid, ya no me acuerdo por qué, con el avión de André Malraux. Era un avión muy pequeño, una avioneta, y se bamboleaba mucho. En Madrid pasamos por la jefatura de policía, y a Durruti se le ocurrió por diversión pedir todos sus documentos y sus antecedentes de antaño. La policía española me había rendido a mí también el honor de registrar todo lo que sabía sobre mí. Hasta habían pedido mis antecedentes a París. Nos divertimos mucho.

[ÉMILIENNE MORIN]

El traslado

Debo decir que yo fui posiblemente la primera en pensar que Durruti debía venir con su columna a Madrid. El comité nacional de la CNT hizo suya esta idea. Mariano R. Vázquez, su secretario, le dijo a Durruti: «Sí, te necesitamos en Madrid, ha llegado el momento. El Quinto Regimiento lleva la voz cantante aquí, y la llegada de las brigadas internacionales es inminente. ¿Qué hacemos para contrarrestar su influencia? Tienes que hacer valer tu prestigio y la fuerza combativa de tu columna, de lo contrario seremos relegados políticamente.»

[FEDERICA MONTSENY[1]]

Yo estaba totalmente en contra de trasladar a Durruti a Madrid. Mientras viajábamos en coche hacia Barcelona, seguí discutiendo con Federica Montseny sobre el asunto. Le pregunté si no sería más importante para la revolución conservarle con vida, en lugar de enviarlo a morir a Madrid. Conocíamos su arrojo y su valor. Me pareció absurdo que lo enviaran a la capital, sobre todo porque tenía tan pocas tropas. Habría sido otra cosa si lo hubiésemos podido enviar al frente de un cuerpo expedicionario de 50.000 milicianos, pero eso era imposible.

[JUAN GARCÍA OLIVER[2]]

Durruti fue a Madrid contra su voluntad. En una conferencia de todos los comandantes del frente de Aragón se decidió organizar una columna propia bajo su dirección para romper el cerco en torno a la capital. En esta columna participarían también los socialistas y otras unidades. Durruti abogó hasta el último momento por una ofensiva decisiva contra Zaragoza. Pero faltaban armas y municiones, y así se decidió trasladar la columna a Madrid. Ésta se componía de 6.000 hombres y disponía de algunas baterías. Durruti se tuvo que conformar con esto. Los socialdemócratas se negaron a combatir bajo su mando.

[DIEGO ABAD DE SANTILLÁN[1]]

No sé si es verdad que en Madrid el general Miaja calificó de cobardes a las tropas de Durruti. Si es cierto que lo dijo y si es cierto que esas tropas combatieron mal en Madrid, debe tenerse en cuenta lo siguiente: la mayoría no tenían experiencia en el frente y se los había enviado de improviso a un verdadero infierno.

Puedo asegurar con certeza que el grueso de la columna Durruti nunca se alejó de su sector en el frente de Aragón, y que las tropas que Durruti llevó a Madrid eran en su mayoría voluntarios que las organizaciones anarquistas de Barcelona habían reclutado y puesto en pie de guerra recientemente.

Me acuerdo de la última noche que Durruti pasó con su columna en Aragón. Después de comer habló de su partida y preguntó: «¿Quién quiere acompañarme?»

A mí no me tomaron en cuenta, desde luego. Durruti dijo que sólo quería llevar consigo a algunos de sus leales para su escolta y para que dirigieran a los reservistas que él tendría a su cargo en Madrid.

[JESÚS ARNAL PENA[2]]

Yo tenía una hija que se iba a casar entonces, y claro, viajé a casa, a Badalona. Me tomé un día de licencia para asistir a la boda. En aquella época no se necesitaba un cura. Firmábamos el documento y basta. Habíamos preparado un pequeño banquete. Tuve que pronunciar un discurso, y dije: «Espero que os llevéis bien, que seáis amables entre vosotros y que seáis felices. Tenéis suerte, la situación es favorable, porque el pueblo ha tomado el poder.» Etcétera, etcétera. De repente oí el motor de un coche, entran dos compañeros por la puerta y dicen: «¿Qué pasa aquí, Rionda? Tenemos que hablar contigo.» «Ya lo veis, mi hija se casa.» «Durruti nos ha llamado desde Barcelona, te necesita, la columna marcha hoy mismo a Madrid.» «¿Cómo? ¿A Madrid? ¡Yo no sabía nada!» Así que dejé en casa el matrimonio y todo, tomé mi revólver, subimos al coche, y nos marchamos a escape.

[RICARDO RIONDA CASTRO]

Antes de su partida a Madrid, Durruti les dijo a sus hombres: «La situación en Madrid es angustiosa, casi desesperada. Vayamos, dejémonos matar, no nos queda más remedio que morir en Madrid.»

[RAMÓN GARCÍA LÓPEZ]

La situación era terrible: estábamos entre la espada y la pared. Los comunistas habían aumentado extraordinariamente su influencia debido al suministro de armas de la Unión Soviética. Temíamos que a los anarquistas españoles les aguardara el mismo destinos que a los anarquistas rusos. Esto bastó para convencer a Durruti, él comprendía la necesidad de que estuviéramos presentes en todas partes. Debíamos impedir que se pactara con los fascistas. (Desde el primer día de la Guerra Civil, los republicanos habían considerado la posibilidad de un arreglo pacífico.) Le aseguro que sin nosotros el combate nunca habría durado tres años.

La llegada de Durruti y su división influyó mucho en la moral de los defensores de Madrid. Cuando la columna desfiló por la ciudad la gente parecía electrizada. Todos decían: «¡Durruti está aquí!»

[FEDERICA MONTSENY[1]]

El peligro

Inmediatamente después de su llegada, Durruti se presentó ante el comandante de las fuerzas armadas, el general Miaja, y el jefe del estado mayor, el mayor Vicente Rojo, y anunció la llegada inminente de sus tropas.

Ese mismo día inspeccionó el frente de los defensores, situado a pocos kilómetros del centro de la ciudad. La situación de las fortificaciones defensivas le horrorizó. Desde su puesto de mando llamó al ministro de la Guerra, Largo Caballero, y le describió con crudeza la situación. «Si Madrid ya no está en manos de los fascistas, se debe sólo a la indecisión del enemigo; la ciudad esta desguarnecida. En algunos puntos se lucha heroicamente, pero en otras partes no se hace ningún esfuerzo para rechazar al enemigo. No es de extrañar que gane terreno continuamente, sobre todo en la Ciudad Universitaria, el Cerro de los Ángeles y en Carabanchel Alto y Bajo.»

El ministro le prometió a Durruti todo el apoyo posible por parte del gobierno y aseguró que le daría plenos poderes. Le informó también que se acercaban nuevas brigadas internacionales y que los defensores podrían contar con aviones y tanques.

[RICARDO SANZ[4]]

Le propuse al jefe del gobierno, Largo Caballero, que nombrara general a Durruti y le confiara la defensa de la capital. No creo que pueda reprocharse la actuación del general Miaja; al fin y al cabo Madrid seguía en poder de los antifascistas y de

223

la revolución. Pero estoy seguro de que Durruti también habría tenido éxito.

[JUAN GARCÍA OLIVER[2]]

Cuando el gobierno republicano salió de la capital sitiada el 6 de noviembre y huyó a Valencia, su prestigio sufrió un duro golpe. Después de las heroicas proclamaciones que el presidente Largo Caballero había lanzado con tanta facilidad, a la población le pareció bastante extraña esta forma de abdicar.

Si los anarquistas hubiesen querido, ése habría sido el momento apropiado para quitarse definitivamente de encima al gobierno central y proclamar la Comuna de Madrid. Otra cosa es preguntarse si eso habría sido prudente. Una medida así habría recibido el apoyo de las masas obreras y de los combatientes del frente, pero seguramente les habría causado la enemistad de Rusia y de los grupos controlados por los rusos.

De todos modos, con la partida del gobierno hacia Valencia había llegado la hora de la verdad. Las frases rimbombantes sobre la unidad y la disciplina fueron reemplazadas por un auténtico dinamismo y un sentimiento de responsabilidad e iniciativa. En adelante nadie confiaría en peroratas heroicas, sino sólo en la fuerza convincente del ejemplo. Ahora se trabajaba realmente por la defensa; las masas tenían la palabra. La desaparición de los ministros tuvo un efecto saludable.

[A. Y D. PRUDHOMMEAUX]

Apenas llegó a Madrid, Durruti pronunció por la radio un discurso vehemente y rotundo contra los holgazanes, los falsos revolucionarios y los charlatanes. Le ofreció a cada habitante de Madrid un fusil o una pala y los exhortó a cavar trincheras y levantar barricadas. En un instante logró lo que no habían conseguido los comunicados y los discursos del gobierno: un eufórico entusiasmo se apoderó de la ciudad. Hasta entonces no se había organizado correctamente la evacuación de la población inepta para el combate ni la defensa civil, porque el gobierno temía que estas medidas desmoralizaran a la ciudad. En cambio, Durruti y el comité de defensa de la CNT trataron a los madrileños como seres adultos y responsables. El éxito demostró que tenían razón. La CNT, a la que pertenecían el ala radical de la clase obrera, dio el ejemplo organizando una brigada para la defensa civil.

[A. Y D. PRUDHOMMEAUX]

Cuando un soldado duda de la política del gobierno disminuye su valor. Por eso lucharon mal los anarquistas en general. No querían pelear por Caballero, por Negrín o por Martínez Barrio, ni por el gobierno que estos hombres representaban.

Algunos días después de enrolarme como voluntario, André Marty apostó guardias armados hasta los dientes frente a los acantonamientos de las brigadas internacionales. Se había enterado de que Durruti marchaba hacia Madrid al frente de una columna de 10.000 anarquistas de Barcelona, y que ya había llegado a Albacete. Más tarde se comprobó que eran sólo 3.000 hombres y que no abrigaban intenciones hostiles contra nuestra brigada. Eran hombres extraordinariamente impetuosos, pero aparte de eso no hicieron daño a nadie. El comunista Marty les tenía una desconfianza enfermiza.

[LOUIS FISCHER]

Cuando las bandas fascistas se aproximaron a Madrid, Durruti salió de inmediato a su encuentro al frente de una unidad de 5.000 hombres. Se declaró dispuesto a someterse sin reservas a la dirección de un comando único y centralizado para la defensa de Madrid. Influido por las enseñanzas de la lucha revolucionaria en España, Durruti evolucionó cada vez más hacia la línea del Partido Comunista. En una conversación sostenida con un representante de la prensa soviética, dijo: «Sí, me siento bolchevique. Estoy dispuesto a colgar el retrato de Stalin en mi puesto de mando.» La carta de Durruti al proletariado de la URSS está imbuida de un extraordinario amor y una profunda fe en la fuerza del proletariado organizado.

[*Commnunist International*]

La columna llegó a Madrid en tres trenes especiales y una larga caravana de camiones, y se alojó en el cuartel de Granada. Se componía casi exclusivamente de voluntarios. Venía armada con material de guerra nuevo, recientemente llegado, so-

225

bre todo con fusiles Winchester de gran potencia de fuego, pero sin repetición y muy peligrosos en el manejo.

[RICARDO SANZ[3]]

La deliberación

El 13 de noviembre, a la caída de la tarde, la columna Durruti entró en Madrid. Es saludada con entusiasmo. Las tropas están extenuadas. Se alojan de inmediato en el cuartel de la calle Granada, donde se alimentan y donde dormirán esa noche para recuperarse del cansancio del viaje.

Apenas se han alojado los soldados, llega el parte de que el enemigo ha conquistado la mayoría de los edificios de la Ciudad Universitaria y que al no encontrar resistencia considerable, está a punto de avanzar hacia la cárcel Modelo y la plaza de la Moncloa.

El general Miaja llama a Durruti a su cuartel general y le pide que lance la columna al frente de inmediato, sin tomar en cuenta el agotamiento de las tropas. Durruti le contesta que es imposible; él conoce a sus hombres. Le advierte que un ataque precipitado podría tener fatales consecuencias. Miaja comprende las objeciones de Durruti, pero no ve otra solución. El jefe del estado mayor se adhiere a él: la columna debe partir al frente con las primeras luces del alba para impedir una invasión decisiva del enemigo.

Durruti interrumpe la discusión, se dirige al cuartel general de la calle Granada, reúne a sus hombres y les explica la situación. Esa misma noche la columna forma en el patio y marcha al ataque hacia el frente.

[RICARDO SANZ[4]]

14 de noviembre de 1936

Las tropas llegaron desde Cataluña con Durruti al frente. Tres mil hombres, muy bien armados y vestidos, imposible compararlos exteriormente con los fantásticos soldados que Durruti tenía en Bujaraloz.

Me abrazó radiante, como un viejo amigo. Y enseguida comenzó a bromear.

–Ves, no he tomado Zaragoza, no me han matado, y todavía no me he vuelto marxista. Todo está en el futuro aún.

Ha enflaquecido, tiene más porte de soldado y aspecto de militar, ya no habla con sus ayudantes como si estuviera en una asamblea, ahora tiene un tono de comandante.

Durruti pidió a un oficial como asesor. Se le propuso a Santi. Pidió que le contaran algo de él, y lo aceptó. Santi es el primer comunista en el cuerpo del ejército de Durruti. Al venir Santi, Durruti le dijo:

–Tú eres comunista. Bueno, veremos. Estarás siempre a mi lado. Comeremos juntos y dormiremos en la misma habitación. Ya veremos.

Santi respondió:

–Espero tener horas libres. ¿no? En la guerra siempre hay horas libres, de vez en cuando. Pido permiso para retirarme en esas horas libres.

–¿Qué quieres hacer en esas horas?

–Quisiera utilizar este tiempo libre para enseñar a tus soldados a tirar con la ametralladora. Tiran muy mal. Quisiera entrenar a algunos grupos y organizar una brigada con ametralladoras.

Durruti sonrió:

–También yo quiero. Enséñame a manejar una ametralladora.

Al mismo tiempo llegó a Madrid García Oliver; ahora es ministro de Justicia. Los dos famosos anarquistas, Durruti y Oliver, se entrevistaron con Miaja y Rojo. Declararon que las tropas anarquistas venían de Cataluña para salvar Madrid, y que salvarían Madrid. Pero después no querían permanecer allí, sino regresar a los muros de Zaragoza. Pidieron que las tropas de Durruti fueran enviadas a una sección especial, donde los anarquistas pudieran demostrar su rendimiento. De lo contrario se podía dar lugar a malas interpretaciones. Sí, incluso podría ocurrir que otros partidos se atribuyeran los éxitos de los anarquistas.

Rojo propuso dejar las tropas en la Casa de Campo, para que por la mañana atacaran a los fascistas y los expulsaran del parque hacia el sudoeste. Durruti y Oliver estuvieron de acuerdo. Más tarde hablé con ellos. Estaban convencidos de que las tropas cumplirían a la perfección su cometido.

[Mijaíl Koltsov]

El 15 de noviembre yo estaba en Madrid. Fui al Ministerio de la Guerra para hablar con el general Goriev, que había asumido el mando militar. Pregunté a un ordenanza dónde podía encontrar al general Goriev. El hombre me hizo señas de que lo siguiera; mientras caminábamos por los largos corredores, llamaba a todos los que encontrábamos y les preguntaba:«¿Habéis visto al general ruso? ¿Dónde está el general ruso?» La presencia de Goriev era un secreto; pero los españoles odian los secretos.

Avanzada la noche me reuní con Goriev en el cuartel general. El general esperaba las últimas noticias del frente. Durruti y su columna ya habían iniciado el ataque. Su ayudante era un oficial del ejército rojo, un circasiano alto. Los anarquistas habían ocupado una posición en el frente cerca del cerro de la Casa de Campo, desde donde dominaban las vías de acceso al centro de Madrid. Eran tropas frescas; Goriev les había confiado un sector importante.

Poco después de medianoche llegó el circasiano e informó que los anarquistas habían huido presa de pánico ante el ataque de una pequeña unidad marroquí. En consecuencia la zona universitaria estaba desguarnecida ahora, a merced de Franco.

Durruti exigió a sus hombres que lucharan. Esto lo hizo impopular. Lo veía con frecuencia por la noche en el Hotel Gran Vía. Iba rodeado de una fuerte escolta personal, todos siempre con el dedo en el gatillo de sus pistolas ametralladoras.

[LOUIS FISCHER]

La columna Durruti llegó con la pretensión un tanto fanfarrona de salvar Madrid. Además querían hacerlo a toda prisa, para regresar lo antes posible a Aragón. Pidieron el sector del frente donde el enemigo se hubiese infiltrado más profundamente; querían desalojarlo de allí. Se les asignó el sector de la Casa de Campo.

Conocí a Durruti el 18 o 19 de noviembre. Nos encontramos en el estado mayor de Miaja, en una deliberación a la que asistieron algunos comandantes de los sectores del frente de Madrid. En esa reunión Durruti pidió que sus tropas fueran relevadas y enviadas de regreso a Aragón. Varios oficiales, entre ellos yo, objetamos que era lamentable relevar a unas tropas que apenas llevaban tres días en el combate. La inmensa mayoría de los soldados luchaba en el mismo frente desde el primer día de la guerra, sin haber recibido ni pedido un solo día de permiso. Sin embargo, acordamos permitir a la columna Durruti que se marchara si insistía en ello. Con él o sin él, nosotros seguiríamos defendiendo Madrid como lo habíamos hecho antes de su llegada.

Acto seguido, Durruti dio algunas explicaciones sobre el carácter, las costumbres y las concepciones que reinaban en su unidad con respecto a la disciplina y las facultades de mando. Comprendí la tragedia de este hombre fuerte y bueno, combatiente valeroso, víctima de las mismas ideas por las que luchaba. Prometió hacer todo lo posible para que sus hombres comprendieran la necesidad de seguir defendiendo Madrid. Salimos juntos de la reunión y nos despedimos amigablemente; cada uno regresó a su sector.

[ENRIQUE LÍSTER]

Puros bárbaros

Sí, fuimos a Madrid, ¿y qué vimos en medio de la calle? Allí andaba un cretino mandando a cuatro o cinco tipos, derecha, izquierda, y todos tenían un fusil en la mano. ¡Eso era demasiado! Pronto pusimos punto final a esta situación. «¿Qué? ¿Tenéis pájaros en la cabeza? ¡Aquí no venimos a hacer ejercicios, vamos al frente!» Claro, esto nos disgustó enseguida. Todos se pusieron a temblar, el gobierno también, y gritaban: «¡Ésos son una banda de descarados!» Una vez salimos del cuartel general: «¡Vamos a tomar un trago antes de comer!» «¿Adónde?» «Allí, al lado de la telefónica, allí hay langosta también.» «¿Qué? ¿Langosta?», gritó el dueño del restaurante. «¿De dónde sois?» «¡Somos de la columna Durruti!» Entonces trajo enseguida las langostas. Cuando salimos encontramos en la calle a una mujer herida. Alguien había disparado desde una ventana. Y otra mujer grita: «Allá arriba hay un tirador, un fascista.» Y subimos las escaleras, encontramos al tipo y lo tiramos por la ventana a la calle. Y el gobierno decía: «¡Son unos bárbaros!» Pero nosotros los dejamos que refunfuñaran y seguimos adelante.

[RICARDO RIONDA CASTRO]

En Madrid la columna Durruti usaba mucho la llamada bomba FAI. Era una granada de mano muy pesada, pesaría un kilo y tenía una gran fuerza explosiva. Era especialmente apropiada para la lucha callejera. Pero no servía para el campo raso. No se podía arrojar muy lejos debido a su peso. En general estallaban en el aire antes de caer. En cambio daban muy buen resultado al lanzarlas desde las azoteas y los balcones. Debido a su alta fuerza explosiva, en Madrid se la utilizó incluso contra tanques enemigos. En un cuartel general de la calle Miguel Ángel, Durruti había apilado 35.000 bombas FAI en una pirámide de cajones, en el garaje del palacio. Cuando los vecinos se enteraron de la existencia de ese arsenal se quejaron al Ministerio de la Guerra, por el peligro que representaba ese depósito en caso de un ataque aéreo; pero justo después de un mes pudieron depositarse las bombas FAI en un sótano aislado más seguro.

[RICARDO SANZ[3]]

En octubre de 1936 yo dirigía el grupo de médicos de Cataluña. El jefe de sanidad de Barcelona nos había encomendado la misión de ir a Madrid a instalar allí, en el Hotel Ritz, el hospital militar número 21, junto con algunos médicos madrileños.

Claro, nosotros éramos, por nuestro origen, nuestra educación y nuestra mentalidad, miembros de la burguesía. Pero los anarquistas se convencieron enseguida de que los queríamos ayudar con toda la ciencia y conciencia de que éramos capaces, y que no éramos traidores. Desde entonces nos tuvieron confianza y nos respetaron.

Aunque no participo de sus ideas, debo decir que en mi vida he conocido muy pocas personas tan generosas y dispuestas al sacrificio como los anarquistas. Tenían una moral muy especial. Por ejemplo, les parecía muy mal que un hombre tuviera más de una mujer. Consideraban inmoral tener dos relaciones amorosas al mismo tiempo. Por otra parte, estaban totalmente en contra del matrimonio burgués. Cuando un hombre no se entendía con su compañera, se buscaba otra, sin inconvenientes. Pero dos al mismo tiempo no.

También sobre la propiedad tenían unas ideas particulares. No poseían casi nada, y estaban a favor de la expropiación de la burguesía. Pero odiaban el robo. Por ejemplo, un día me llamaron al cuartel general de la columna Durruti en Madrid. En el suelo yacía un miliciano muerto; incluso recuerdo su apellido, se llamaba Valena. Tenía que extender un certificado de defunción, para que pudieran enterrarlo. Pregunté de qué había muerto. Me contestaron con toda sangre fría que le habían pegados dos tiros porque durante un registro domiciliario había robado un reloj y dos pulseras. Imagínese, por aquella época había constantes tiroteos en Madrid, y prácticamente no había justicia. Además, esos registros estaban organizados por los mismos anarquistas. De este modo querían reunir dinero para la CNT. Pero cuidado, si alguien se guardaba parte del botín en el bolsillo, lo fusilaban en el acto. Así era la moral de los anarquistas.

[MARTÍNEZ FRAILE]

Veinticuatro horas antes de la voladura del Puente de los Franceses, en medio de la batalla de Madrid, me encontré con Durruti. Nos repartimos la comida de los soldados: pan y un poco de carne de buey. Durruti estaba de buen humor, y refiriéndose con un poco de ironía al cargo que yo ocupaba entonces, rió y dijo mientras mordía el bocadillo: «¡Una verdadera comida de ministro!» Un miliciano escéptico le contestó: «Qué va, los ministros no comen nunca eso. Ni siquiera saben lo que pasa aquí.» Durruti se rió más fuerte aún: «Mira, aquí tienes uno, éste es un ministro.» Pero el miliciano se negó a creer que un ministro podía comer pan con carne de conserva en una trinchera.

[JUAN GARCÍA OLIVER[2]]

La batalla

19 de noviembre de 1936
Los facciosos asaltan furiosamente la Ciudad Universitaria. Cada vez incorporan más refuerzos, artillería y lanzagranadas. Sus ataques les cuestan caro, las pérdidas, sobre todo entre los marroquíes, son enormes. Las plazas situadas entre los edificios de la Ciudad Universitaria están cubiertas de cadáveres. Durruti está muy abatido, porque ha sido justamente su tropa la que le ha dado al enemigo la oportunidad de infiltrarse en la ciudad. Pero quiere compensar el descalabro con otro ataque en el mismo sitio donde los anarquistas retrocedieron. Los bombardeos ininterrumpidos y el aniquilamiento de habitantes indefensos lo enceguecen de ira. Sus grandes puños se con-

traen, su tensa figura un tanto encogida parece personificar a un antiguo gladiador romano agitado por un desesperado deseo de liberación.

21 de noviembre de 1936
Llueve de nuevo todo el día.

Al mediodía, junto con unidades republicanas atacantes, he logrado penetrar en la clínica de la universidad y en el hogar de ancianos Santa Cristina. Ambos edificios han sido tomados en un ataque frontal con granadas de mano y bayonetas.

Los marroquíes y los regulares han retrocedido doscientos metros nada más. Siguen haciendo fuego sobre los edificios de donde han sido desalojados. Hay que arrastrarse, todavía no se han excavado vías de comunicación.

Un edificio de la clínica, contiguo a una obra en construcción, está totalmente destruido. Los techos y los suelos están acribillados a balazos, los muebles destrozados y despedazados. Las camas tumbadas, los suelos cubiertos de trozos de vidrio y escombros.

Abajo, en la casa mortuoria, me encuentro de repente con el viejo guardián. Ha logrado salir ileso después de un triple asalto y rendición en cuyo transcurso la casa ha pasado de uno a otro varias veces. Les pide a los soldados combatientes que traigan sus muertos para depositarlos en la casa mortuoria, y se siente ofendido ante la negativa de éstos. Es evidente que no está en su sano juicio.

¿Quién habría creído que esta modesta *morgue* se llenaría tanto? ¿Quién podía prever que el lugar más silencioso y retirado de la ciencia universitaria se convertiría en la arena de las batallas más duras y encarnizadas?

¡Pobre Madrid! Se la tenía por una ciudad tan despreocupada, segura y feliz... La Primera Guerra no la había tocado, se desarrolló lejos de allí. Ahora, en quince días, sufría más que las capitales europeas en cuatro años de guerra. ¡La ciudad se había convertido en un campo de batalla!

Cuando regresamos arrastrándonos a la segunda línea, agotados, mojados, sucios y silenciosos, aunque satisfechos, alguien vino corriendo y nos contó que en el sector vecino, en el Parque del Oeste, había caído Durruti. En la madrugada le había visto aún en las escaleras del Ministerio de la Guerra. Lo había invitado a venir al hogar de ancianos Santa Cristina. Durruti movió la cabeza negativamente. Tenía que ocuparse de su propio sector, tenía que proteger de la lluvia a su cuerpo de ejército, sobre todo.

Yo bromeé. «¿Acaso son de azúcar?»

Él respondió hostil: «Sí, son de azúcar, se disuelven en el agua. De cada dos queda uno. Se echan a perder en Madrid.»

Éstas fueron sus últimas palabras. Estaba de mal humor.

[MIJAÍL KOLTSOV]

Entre el 13 y el 19 de noviembre de 1936 cayeron frente al enemigo el sesenta por ciento de las tropas que Durruti había dirigido en Madrid, entre ellos la mayor parte de su estado mayor. Los sobrevivientes estaban completamente agotados y trasnochados.

[RICARDO SANZ[2]]

Militarmente eran un desastre. Una columna con esa mentalidad no podía hacer nada en Madrid. Sencillamente porque les faltaba todo sentido de disciplina, cada uno hacía lo que le daba la gana. Cuando comenzaron a comprender sus errores ya era demasiado tarde. Las unidades de ideología distinta, quiero decir los comunistas, funcionaban de otro modo; su disciplina militar era muy estricta. Entre los anarquistas no había ningún cobarde, la mayoría eran extraordinariamente valerosos, pero en conjunto eran un desastre desde el punto de vista militar.

[MARTÍNEZ FRAILE]

EL HÉROE

La historia del anarquismo español puede conducir fácilmente a la desesperación al amante de la verdad. Quien busque hechos se topará con versiones. ¿Cuántos afiliados tenía la CNT en 1919? 700.000, 1.000.000, 550.000. Tres fuentes, ninguna mejor que la otra, ofrecen tres informaciones distintas. En 1936, al estallar la Guerra Civil, los cálculos oscilaban entre un millón y 1.600.000. Un año más tarde, la redacción de *Solidaridad Obrera* desalentó toda curiosidad académica y el afán de ulteriores investigaciones con una sola frase brutal: «¡Basta de miserables estadísticas! ¡Nos debilitan el entendimiento y nos paralizan la sangre!»

Más borrosa aún se vuelve la realidad cuando nos aproximamos a la figura del héroe. La biografía de Durruti es un caso especial. Las contradicciones de la tradición oral hilan un insoluble ovillo de rumores. ¿Participó Durruti en el atentado contra el presidente Dato? ¿Qué países de Latinoamérica visitó, y qué le sucedió allí? ¿Quién incendió la catedral de Lérida? ¿Hubo un acercamiento entre Durruti y los comunistas en el otoño de 1936? No hay respuestas para estas preguntas. O hay demasiadas.

Las dos obras básicas que describen la Guerra Civil sólo dedican pocas páginas a Durruti; pero incluso los escasos datos que ofrecen ambos libros son incongruentes. El inglés Hugh Thomas informa que Durruti había sido condenado a muerte en cuatro países; que a fines de julio de 1936 su columna se componía de miles de hombres; que su muerte fue causada por una bala perdida proveniente del sector enemigo. El francés Pierre Broué, en cambio, se refiere sólo a una sentencia de muerte, dictada en Argentina; calcula en tres mil los efectivos de la columna; y afirma la posibilidad de que Durruti haya sido asesinado por su propia gente.

Estas discrepancias no son nada sorprendentes y no debería reprocharse a los historiadores por ello. Ni la más celosa crítica de las fuentes podrá desatar el nudo de esta tradición; a lo sumo podremos, con su ayuda, trazar el árbol genealógico de las diversas versiones. Así puede comprobarse cómo en tales genealogías un oscuro folleto propagandístico adquiere una cierta respetabilidad al ser citado en un estudio científico. De allí pasa a descripciones serias, obras básicas y enciclopedias. La fe de carbonero en la palabra impresa está muy difundida; lo que se cita con frecuencia adquiere la validez de un hecho.

No es difícil explicar por qué la historia de una organización como la CNT, y más aún, la FAI, se mueve en un terreno tan inestable. Cuando las masas mismas intervienen, en lugar de dejar sus asuntos a cargo de «conspicuos» políticos, no se publica en general ningún protocolo. Rara vez se escribe lo que pasa en la calle. Hay que considerar, además, la larga práctica de la ilegalidad, que se convierte en una segunda naturaleza de los anarquistas españoles. Las luchas de clases en España no eran noticia para los diarios. La clandestinidad en la que actuaban hombres como Durruti no permitía el paso de las cámaras. Puesto que los archivos de la policía española tienen buenos motivos para estar cerrados, dependemos de dos fuentes principales: la propaganda de aquella época de la CNT y los recuerdos de los supervivientes. Muchos de quienes estuvieron presentes prefieren aún hoy callar. Quien habla lo hace con ciertos miramientos; además, el intervalo de tres hasta seis décadas vuelve borroso el recuerdo. Los viejos folletos y las revistas medio desaparecidas de los años veinte y treinta sobrevivieron con creces a sus objetivos; sirvieron para la agitación inmediata, la autojustificación y la acusación. Allí se rechazan con indignación las acusaciones de la policía y se afirma con énfasis la inocencia de los compañeros; con frecuencia, sin embargo, una página más adelante se habla de sus gloriosos duelos y exitosos atentados y asaltos.

Las contradicciones de esta tradición son inseparables de su contenido. Estos materiales no permiten una lectura pasiva. Leer significa aquí diferenciar, juzgar y tomar partido.

La extraña penumbra que rodea a la historia del anarquismo español se hace más densa a medida que nos aproximamos al tema central de este libro. Incluso después de leer todo lo que se sabe de él, Durruti sigue siendo lo que siempre fue: un desconocido, un hombre de la multitud. Es sorprendente comprobar cómo se repiten en los relatos las definiciones negativas: «No era un orador», «No pensaba en sí mismo», «No era un teórico», «No me lo imagino como general», «No era orgulloso», «No se conducía como el dirigente de un partido», «De militar no tenía nada»,«El trabajo organizativo no era su fuerte», «En nuestro movimiento hubo muchos Durrutis», «No era un funcionario, ni un intelectual o estratega». Lo que era en realidad no lo sabemos. Lo esencial es inexpresable. Es imposible captar lo típico de Durruti en su peculiaridad individual. Lo que se destaca en los detalles anecdóticos es su actitud social, incluso en sus acciones más privadas. Las descripciones retienen un inconfundible perfil proletario; dibujan una silueta sin darle un contenido psicológico.

Ante Durruti fracasa la comprensión. Precisamente por eso las masas se sintieron reflejadas en él. Su existencia individual fue absorbida enteramente por un carácter social: el del héroe. Pero la historia de un héroe obedece leyes que la novela burguesa de la evolución intelectual[1] no conoce. Su metabolismo es orientado por necesidades más poderosas aún que meros hechos. La leyenda recoge anécdotas, aventuras y secretos; busca lo que necesita y descarta lo que no le sirve; y de este modo obtiene una concordancia que defiende tenazmente. El enemigo, que se obstina en destruirla y «desenmascarar» al héroe, se estrella contra la consistencia de esas narraciones colectivas, contra su carácter consecuente y su densidad. La refutación científica de ciertos detalles afecta menos aún a la historia de un héroe. Esta inmunidad otorga al héroe una extraña influencia política, que incluso los más escaldados ajedrecistas de la política realista tienen que tomar en cuenta; no se opondrán a él, sino que tratarán más bien de explotar su autoridad, sobre todo cuando éste está muerto y no puede defenderse.

La dramaturgia de la leyenda heroica ya ha sido establecida en sus rasgos esenciales. Los orígenes del héroe son modestos. Se destaca de su anonimato como luchador individual ejemplar. Su gloria va unida a su valor, a su sinceridad y a su solidaridad. Sale airoso en situaciones desesperadas, en la persecución y en el exilio. Donde otros caen él siempre se escapa, como si fuera invulnerable. Sin embargo, sólo a través de su muerte completará su ser. Una muerte así siempre tiene algo

1. En el original, *Entwicklungsroman. (N. de los T.)*

de enigmático. En el fondo sólo puede explicarse por una traición. El fin del héroe parece un presagio, pero también una consumación. En este preciso instante se cristaliza la leyenda. Su entierro se convierte en manifestación. Se pone su nombre a las calles, su retrato aparece en las paredes y en los carteles políticos; se convierte en talismán. La victoria de su causa habría conducido a su canonización, lo que casi siempre equivale a decir al abuso y la traición. Así, también Durruti habría podido convertirse en un héroe oficial, en un héroe nacional. La derrota de la revolución lo preservó de este destino. Así siguió siendo lo que siempre fue: un héroe proletario, un defensor de los explotados, de los oprimidos y perseguidos. Pertenece a la antihistoria que no figura en los libros de texto. Su tumba se halla en los suburbios de Barcelona, a la sombra de una fábrica. Sobre la blanca losa siempre hay flores. Ningún escultor ha cincelado su nombre. Sólo quien se fije bien podrá leer lo que un desconocido raspó con una navaja y mala letra sobre la piedra: la palabra *Durruti*.

LA MUERTE

La noticia

Yo venía del frente con mis hombres y al llegar a la plaza de la Moncloa alguien me llamó: «Rionda, ven acá.» «¿Quién?, ¿yo?» «Sí, tú.» Me acerqué y me dijo: «Rionda, ven enseguida, Durruti se está muriendo.» Era uno de su escolta quien me lo dijo, Ramón García, miope, de cara delgada.

[RICARDO RIONDA CASTRO]

Estaba sentado ante mi máquina de escribir. Era el atardecer cuando de repente vi entrar por la puerta al chófer de Durruti. Se llamaba Julio Graves, un muchacho de estatura mediana, que siempre se mantenía derecho. Me preguntó dónde estaba mi hermano Eduardo, a quien él conocía muy bien desde la época de las luchas revolucionarias de Barcelona. Le dije que Eduardo estaba acostado en la habitación de al lado. No le presté mucha atención al chófer, pero me acuerdo de que parecía excitado y triste. Lo atribuía a las dificultades de los días que estábamos atravesando.

Cuando mi hermano se despertó escuché que los dos intercambiaban unas palabras. De pronto los dos se pusieron a llorar. Me levanté enseguida y fui hacia ellos.

–¿Qué pasa? –pregunté.

–Durruti está herido de muerte. Tal vez ya esté muerto.

–Es mejor que nadie se entere –agregó el compañero Julio Graves.

Eran las cinco de la tarde.

Fuimos los tres al Hotel Ritz; allí se había instalado el hospital de las milicias catalanas. Muy pocos sabían la noticia. En el hospital encontré al doctor Santamaría, un médico anarquista que había venido a Madrid con las tropas de Durruti desde el frente de Aragón. Alto y flaco con su guardapolvo blanco de cirujano, me informó sobre el estado del herido. No se le podía salvar la vida a Durruti.

Una enfermera salió de la sala donde él yacía. Hablaron de una sonda, que habían introducido dos veces.

Fui al vicecomité nacional de la CNT. Ya se habían difundido algunos rumores. Los compañeros decían que era necesario guardar el secreto. Hasta muy tarde por la noche no me atreví a llamar a Barcelona para transmitir la noticia.

La dirección de los anarquistas se reunió para deliberar; teníamos que aguardar el resultado de esta consulta. Se discutió sobre todo la defensa de Madrid. Durruti era un hombre con cuyo nombre se podía ganar una batalla, incluso después de su muerte, como con el nombre del Cid.

[ARIEL]

No recuerdo la fecha exacta, pero una tarde, cerca de las tres y media, nos trajeron al hospital a ese dirigente del anarquismo español, grave, mortalmente herido, según mi opinión. En aquella época no existía una cirugía cardíaca con métodos y técnicas adecuadas. Y les informé a mis colegas. No se podía operar; era seguro un desenlace fatal. El doctor Bastos, una eminencia, corroboró mi pronóstico y aconsejó también que no se realizara una intervención quirúrgica.

En cuanto al orificio de la bala, estaba situado a la altura de la caja torácica, entre la sexta y la séptima costilla. Las lesiones internas eran muy graves, especialmente en la zona del pericardio. Era indudable que el paciente moriría de una hemorragia interna.

[Martínez Fraile]

Cuando llegué todavía vivía. Me reconoció, tenía dolores, quería hablar, pero el médico lo había prohibido. Luego dijo algo, no lo entendí bien. Algo sobre los comités. ¡Demasiados comités! Siempre hablaba de eso, desde que llegamos a Madrid. En cada esquina había un comité; era como para sacarlos a tiros de esos agujeros. ¡Demasiados comités! Ésas fueron sus últimas palabras.

[Ricardo Rionda Castro]

Cómo encontró la muerte nuestro compañero Durruti:

Nuestro malogrado compañero salió para el frente a eso de las ocho y media de la mañana, para visitar los puestos avanzados de su columna. En el camino encontró a algunos milicianos que abandonaban el frente. Ordenó detener el coche; cuando estaba a punto de bajar sonó un disparo. Se supone que dispararon desde una ventana de un pequeño hotel de la plaza de la Moncloa. Durruti cayó de inmediato al suelo, sin decir ni una palabra. La bala asesina le había perforado completamente la espalda. La herida era mortal, no había salvación posible.

[*Solidaridad Obrera*]

El recelo

Por la noche el ambiente era extraordinariamente intranquilo, emotivo y cargado de sentimientos. La muerte inminente de Durruti desorientó a la gente; cundió el temor de posibles enfrentamientos y luchas fraticidas en el seno de las organizaciones.

[Martínez Fraile]

El vestíbulo del Hotel Ritz se llenó de partidarios de la CNT. Muchos lloraban. No sabíamos qué contestar a sus preguntas. Un rato después salieron Manzano y Bonilla. Ordenaron retirar nuestras tropas del frente; preveían que se producirían conflictos cuando se supiera la noticia de la muerte de Durruti. Nuestras tropas fueron reunidas en el cuartel del barrio de Vallecas y se les ordenó que permanecieran allí. El día 21 se dio a conocer públicamente la muerte de Durruti. Ese mismo día los testigos fuimos citados ante Marianet, quien nos hizo jurar que guardaríamos silencio acerca de las circunstancias en que se había producido su muerte.

[RAMÓN GARCÍA CASTRO]

Por supuesto, la muerte de Durruti fue un golpe terrible. Volvía del frente en dirección a la ciudad, bajó del coche y cayó mortalmente herido. En la primera versión oficial, la de la CNT, se decía que un guardia civil, un tirador enemigo, le había acertado con un máuser desde un balcón. Eso suponía una precisión increíble, casi le había dado en el corazón. Nos pareció increíble. Porque no estaba solo, iba rodeado por sus guardaespaldas, sus amigos. ¿Cómo había podido llegar la bala? Teníamos nuestras dudas.

[JAUME MIRAVITLLES[1]]

Al día siguiente de mi llegada a Madrid me dirigí al cuartel de Granada, donde estaban alojados los soldados sobrevivientes de la columna. Se habían reunido en una gran sala. Había venido conmigo la entonces ministra Federica Montseny. Ella habló primero y comunicó a las tropas que yo había sido designado sucesor de Durruti.

Reinaba una gran agitación. Además de la muerte de Durruti el día anterior habían sido muertos otros dos compañeros de la columna mientras paseaban por la calle. Los milicianos exclamaron:

–¡No, Sanz, así no puede ser!

–¿Qué pasa? –pregunté.

Uno de los soldados me respondió:

–Compañero Sanz, no te extrañes de que estemos alterados. Estamos todos convencidos de que no fueron los fascistas los que mataron a nuestro Durruti. Han sido nuestros enemigos en las propias filas, nuestros enemigos dentro de la República. Lo han matado porque sabían que Durruti era incorruptible y no aceptaba compromisos dudosos. A ti te pasará lo mismo si no te cuidas. Quieren liquidar a los que representan ideas revolucionarias. Eso es lo que ocurre aquí. Hay gente que teme que la revolución vaya demasiado lejos. Ayer asesinaron por la espalda a dos compañeros mientras paseaban. A ti también te matarán si te quedas en Madrid. Queremos irnos lo antes posible de aquí, queremos regresar a Aragón. Allí sabemos con quién estamos peleando, allí no hay enemigos que nos atacan por la espalda.

Así pensaban todos más o menos.

Una parte considerable de la columna regresó a Aragón, en efecto. Los otros permanecieron en Madrid.

[RICARDO SANZ[3]]

Apenas murió comenzaron a propagarse las mentiras. Que lo habían matado los comunistas, fulano me lo dijo. ¿No lo habéis escuchado por la radio? Apenas se podía contener a los hombres de la columna Durruti. Querían tirar las armas y marcharse a casa, temían que los mataran a ellos también. Era la radio de los fascistas la que propalaba esos infundios. Primero se dijo que habían sido los comunistas. Eso dijo Queipo de Llano, el chillón de los fascistas. Después cambió su copla de improviso, que no eran los comunistas, sino la propia escolta de Durruti. ¡Qué jaleo se armó! En Madrid se armó una confusión bárbara en los estados mayores y en el gobierno, todos hablaban sin ton ni son y contaban los rumores más increíbles. Esto nos disgustó mucho. Yo mismo fui a nuestros periódicos, los periódicos de la CNT, y les dije: «¡Estamos en guerra y no podemos seguir así, hay que escribir un desmentido, y pronto, hay que acabar con este jaleo!» Y eso hicieron.

[RICARDO RIONDA CASTRO]

Al principio no se descartó la posibilidad de que hubiese sido un atentado hábilmente tramado. A favor de esta teoría hablaba la inveterada rivalidad que reinaba entre los distintos partidos y grupos. Con Durruti desaparecía uno de los pocos hombres notorios de la revolución que tenía influencia en las masas. Su vida tenía algo de legendario. Precisamente porque despertaba fuertes sentimientos en el pueblo, muchos creyeron que se trataba de un atentado, aunque esta conjetura no pudo confirmarse dadas las circunstancias.

Claro, la radio de los militares rebeldes aprovechó por todos los medios la desmoralización y la confusión nuestras. Los comités de la CNT y la FAI consideraron que esas informaciones radiofónicas eran una maniobra maquiavélica y les salieron al paso el 21 de noviembre con el siguiente comunicado:

«¡Trabajadores! Los intrigantes de la llamada quinta columna han propalado el rumor de que nuestro compañero Durruti ha caído víctima de un atentado insidioso y traidor. Advertimos a todos los compañeros contra tales calumnias infames. Esta repugnante invención trata de quebrantar la poderosa unidad de acción y de pensamiento del proletariado, que es nuestra arma más vigorosa contra el fascismo. ¡Camaradas! Durruti no ha caído víctima de una traición. Ha caído en la lucha, en el cumplimiento heroico de su deber, como otros soldados de la libertad. Rechazad los miserables rumores que hacen circular los fascistas para quebrar nuestro bloque indestructible. ¡Ni vacilaciones ni desalientos! ¡No escuchéis a esos irresponsables charlatanes cuyos infundios sólo pueden conducir al fratricidio! ¡Son los enemigos de la revolución los que los difunden!

»El Comité Nacional de la CNT. El Comité Peninsular de la FAI.»

[JOSÉ PEIRATS[1]]

Valencia, 23 de noviembre
El Comité Nacional de la CNT y la FAI han emitido el siguiente comunicado:
Con motivo de la muerte de nuestro compañero Durruti se ha divulgado una serie de rumores y suposiciones que el comité, con pleno conocimiento de las circunstancias, debe rechazar. Nuestro compañero ha sido asesinado por una bala fascista y no, como tal vez cree la gente, por obra de las maquinaciones de un determinado partido.

No debemos olvidar que estamos en guerra con el fascismo, contra cuyas hordas combate en común esfuerzo el proletariado español, lado a lado con todas las fuerzas antifascistas.

El organismo supremo de la clase obrera anarquista de España exhorta en consecuencia a todos a abstenerse de hacer comentarios que puedan perjudicar el éxito de nuestras operaciones y destruir incluso la unidad sagrada de la clase obrera española en su lucha contra las bestias de la reacción.

Esperamos que esta declaración convencerá a todos los compañeros y los impulsará a permanecer en sus puestos. ¡Adelante hasta la aniquilación del fascismo en España!
El Comité.

[*Solidaridad Obrera*]

Las siete muertes de Durruti

Estoy convencido de que fue un atentado. Apenas murió Durruti desaparecieron de Madrid los dirigentes más importantes del anarquismo español. El ambiente político cambió bruscamente.

Muchos anarquistas se vieron súbitamente perseguidos, no hace falta decir por quiénes, por los comunistas. En aquellas noches en las calles de Madrid era mucho más peligroso llevar en el bolsillo el carnet de afiliado a la CNT-FAI que el de un partido político de la extrema derecha.

[Martínez Fraile]

Algunos días después del desastre de los anarquistas en el cerro de Garabitas, cayó Durruti en el frente. Le dispararon por la espalda; se supone que lo asesinaron sus propios hombres, porque estaba a favor de la participación activa de los anarquistas en la guerra y la colaboración con el gobierno de Largo Caballero.

Muchos anarquistas tenían ante todo interés en establecer en España una república libertaria ideal; no proyectaban trabajar con los socialistas, los comunistas o los republicanos burgueses. No pensaban arriesgar la vida por el gobierno de Largo Caballero. Según ellos, no era «importante».

[Louis Fischer]

Durruti cayó sin duda víctima de una imprudencia. Por la tarde fue al frente de la Ciudad Universitaria. Allí reinaba una calma absoluta. Precisamente por eso era peligroso, porque los hombres andaban sin precauciones por allí.

Su gran Packard se detuvo cerca de la línea de fuego de sus tropas. Enfrente estaba el Hospital Clínico de la Universidad, un gran edificio de seis o siete pisos desde donde se dominaba una extensa zona de fuego. El enemigo ocupaba los pisos superiores, los nuestros los pisos inferiores.

Cuando el enemigo, que evidentemente estaba muy alerta, vio detenerse el coche a menos de un kilómetro de distancia, esperó a que los ocupantes descendieran; cuando éstos quedaron sin protección, al aire libre, descargaron una ráfaga de ametralladora que hirió mortalmente a Durruti y produjo lesiones de menos consideración a dos de sus acompañantes.

[Ricardo Sanz[3]]

244

Al día siguiente corrió el rumor de que Durruti, al querer parar una aterrorizada retirada de sus tropas, fue asesinado por uno de sus hombres. Al confirmarse poco después la trágica noticia, nuestro dolor ante la pérdida de este valeroso oficial y luchador aumentó dadas las circunstancias en que se había producido su muerte. En cuanto a su unidad, no sólo no desalojó al enemigo de sus posiciones, sino que, a la inversa, fue el adversario quien los desalojó a ellos. Después de la muerte de Durruti hubo que disolver de inmediato esas tropas. Eran un verdadero peligro para todo el frente de Madrid.

[ENRIQUE LÍSTER]

El chófer de Durruti me contó cómo había ocurrido. Me acompañó a la oficina en Madrid de *Solidaridad Obrera*, para que pudiéramos hablar con toda tranquilidad.

–Dime toda la verdad –le pedí al compañero Julio Graves.

–No hay mucho que contar. Después del almuerzo nos dirigimos al frente, hacia la Ciudad Universitaria. El compañero Manzana nos acompañó. Llegamos a la plaza Cuatro Caminos. Doblé por la avenida Pablo Iglesias a toda velocidad. Pasamos por una serie de pequeños hoteles al final de la avenida y luego seguimos a la derecha.

»Las tropas de Durruti habían cambiado sus posiciones después de las graves pérdidas que habían sufrido en la plaza de la Moncloa y ante los muros de la cárcel Modelo. Era un día luminoso, en las calles brillaba el sol otoñal de la tarde. Llegamos a una bocacalle y entonces vimos venir a nuestro encuentro a un grupo de milicianos. Durruti se dio cuenta enseguida de que esos muchachos querían abandonar el frente. Me ordenó detener el coche.

»Estábamos en la zona de fuego del enemigo: las tropas moras, que ocupaban la clínica, dominaban la plaza. Por si acaso aparqué el coche en la esquina de uno de esos pequeños hoteles. Durruti se bajó y se dirigió hacia los milicianos fugitivos. Les preguntó adónde iban. No supieron qué contestar. Durruti les increpó duramente con su voz bronca y les ordenó con tono cortante que regresaran a sus puestos. Los soldados obedecieron y regresaron.

»Durruti se dirigió al coche de nuevo. El fuego de fusilería arreció. La enorme masa rojiza del Hospital Clínico estaba justo enfrente de nosotros. Escuchábamos el silbido de las balas.

Mientras trataba de agarrar la puerta del coche se desplomó. Lo habían herido en el pecho. Manzana y yo salimos precipitadamente del coche y lo colocamos en el asiento de atrás.

»Di la vuelta lo más rápido posible y regresé a toda velocidad a la ciudad, hacia el hospital de las milicias catalanas. El resto ya lo sabes. Eso es todo.

[ARIEL]

En realidad nos movemos en un terreno de hipótesis. Sólo sé, de segunda mano, por cierto, un conocido mío me lo dijo, sin duda una persona muy bien informada, en fin, sé que Auguste Lecœur, uno de los hombres más importantes del Partido Comunista francés, que fue el segundo hombre del partido, después de Thorez, hasta su expulsión causada por sus controversias sobre Stalin, así pues, este Lecoeur, actualmente antiestalinista, dijo con toda franqueza a sus amigos que habían sido los comunistas: que ellos habían matado a Durruti.

[GASTON LEVAL]

Los anarquistas promueven una noche de San Bartolomé en Barcelona. París, 23 de noviembre.

Según el *Echo de Paris*, Durruti, el dirigente anarquista catalán que fue el alma de la resistencia en Madrid, no cayó, como informan los bolcheviques, luchando contra las tropas nacionales, sino que fue asesinado por los comunistas.

En Madrid se habrían vuelto a producir choques entre los comunistas y los anarquistas al distribuirse el botín después del saqueo de los palacios de la nobleza. En una de esas disputas, Durruti habría amenazado a los comunistas con regresar a Barcelona con sus anarquistas y abandonar a su suerte a Madrid. Ese mismo día por la tarde, Durruti habría sido atacado y derribado ante la puerta de su casa por un grupo de comunistas.

Como agrega el *Echo de Paris* desde Barcelona, los anarquistas habrían establecido un régimen de terror en la capital catalana. Al conocerse la noticia del asesinato de su cabecilla Durruti a manos de los comunistas madrileños, los anarquistas habrían organizado una especie de noche de San Bartolomé.

Por último, los terribles disturbios les habrían parecido demasiado (!!) incluso a la dirección de las asociaciones anarquistas, por lo cual éstas habrían exigido en urgentes llamadas el cese del sangriento terror.

[VÖLKISCHER BEOBACHTER]

Telegrama del secretario general del Partido Comunista de España:

«Nos hemos enterado con profundo dolor de la gloriosa muerte de nuestro compañero Durruti, ese abnegado hijo de la clase obrera, ese entusiasta y enérgico defensor de la unidad del proletariado. La bala criminal de los bandidos fascistas nos ha arrebatado una vida joven, pero llena de sacrificios. ¡Debemos unirnos más que nunca en la defensa de Madrid, hasta el exterminio de las bandas fascistas que manchan de sangre nuestro país! ¡Por la lucha unida en todos los frentes de España! ¡Vengaremos a nuestros héroes! ¡Por el triunfo del pueblo español!

»José Díaz.»

[*Solidaridad Obrera*]

Más tarde la viuda de Durruti (¿o fue el Comité Central de la CNT?) me envió la camisa para una exposición en memoria de Durruti, la camisa que llevaba el día de su muerte. Me fijé en el orificio del proyectil; además consulté también a un experto. Sacamos la conclusión de que el disparo había sido hecho a boca de jarro, porque el tejido de la camisa mostraba claramente huellas de quemaduras y pólvora.

Nosotros conocíamos muy bien la mentalidad de los anarquistas. Sabíamos que en Madrid Durruti no era ya el guerrillero de antes; se había convertido en un militar en toda regla. Sabíamos también que había procedido sin miramientos contra los dirigentes de tropas anarquistas que no habían cumplido con su deber. Incluso había ordenado fusilar a algunos. Así llegamos a la conclusión de que tal vez había sido un acto de venganza.

[JAUME MIRAVITLLES[1]]

Un año después de la muerte de Durruti se inauguró en Barcelona una exposición en honor a los heroicos defensores de Madrid. Entre otras cosas se exhibía allí la camisa que llevaba Durruti en el momento de su muerte. Estaba colocada en una vitrina. La gente se aglomeraba para observar bien el agujero circundado de quemaduras que la bala había hecho en la tela. Yo estaba en la misma sala, cuando de repente escuché decir a alguien que era imposible que ese agujero lo hubiera hecho un tirador situado a seiscientos metros de distancia. Esa misma noche encargué a especialistas del Instituto Médico Forense que examinaran la camisa. Ellos llegaron unánimemente a la conclusión de que el disparo había sido hecho desde una distancia máxima de diez centímetros.

Algunos días después cené con la mujer de Durruti, una francesa.

–¿Cómo murió él? –le pregunté–. Usted debe de saber la verdad.

–Sí, yo lo sé todo.

–¿Cómo ocurrió?

Me miró a los ojos.

–Hasta el día de mi muerte –dijo luego–, me atendré a la explicación oficial: que un guardia civil le hizo fuego desde arriba, desde una ventana. –Y en voz más baja agregó–: Pero yo sé quién lo mató. Fue uno de los que estaban a su lado. Fue un acto de venganza.

[Jaume Miravitlles[2]]

Durruti era un hombre que había respirado y vivido en la atmósfera del anarquismo del siglo XIX. Se consideraba a sí mismo heredero de Bakunin, y por lo tanto enemigo inveterado de los marxistas. Era además un hombre de gran inteligencia, un hombre que quiso ayudar a la República a vencer a los partidarios del general Franco.

En el frente de Aragón no había mucho movimiento. En Barcelona los anarquistas retenían una gran cantidad de armas automáticas que habrían sido de gran utilidad en el combate en Madrid, con la vana esperanza de resistir a los comunistas. Ya habían desistido de algunas de sus posiciones ideológicas al asociarse al gobierno. Pero su posición militar era incontrovertible: todavía estaban en condiciones de ganar luchas callejeras, ocupar radioemisoras y otros medios de comunicación o, si lo exigían sus principios antiautoritarios, de dar paso al enemigo, para impedir que los comunistas obtuvieran el control de la República. (Los comunistas, sin embargo, no estaban en condiciones de lograr este control, porque su victoria en España habría desatado seguramente una guerra mundial que Moscú no deseaba en esos momentos.)

Surgió así una situación en la cual los «puros ideólogos» de ambos sectores (los herederos de Marx, por un lado, y los de Bakunin por el otro) se vieron obligados a tratar con gente menos pura que ante todo quería ganar la guerra.

Habla muy a favor de Durruti el hecho de que se haya declarado dispuesto a marchar a Madrid para hacer un convenio con el Partido Comunista y el gobierno central. Apareció con sus guardaespaldas armisonantes en los restaurantes subterráneos de la Gran Vía, mientras fuera, en las calles, caían las granadas de las tropas de Franco. Los habitantes de Madrid nunca habían visto guerreros como aquéllos, armados hasta los dientes; la idea de que aquellos hombres de punta en blanco acudían por fin en su ayuda los llenó de entusiasmo. Durruti dejó su escolta. Fue solo a encontrarse con los comunistas. Quince minutos después fue muerto a tiros en plena calle por los agentes de un grupo anarquista que para colmo se llamaba Amigos de Durruti.

Los historiadores de la Guerra Civil describen falsamente este episodio cuando se dan por satisfechos con la explicación de que Durruti fue al frente y allí lo mataron personas desconocidas. Por razones obvias, el gobierno republicano y el Partido Comunista difundieron esta versión: ambos tenían interés en dar poca importancia al conflicto entre anarquistas y comunistas. Incluso se sostuvo que Durruti había caído víctima de una bala perdida procedente de las trincheras de Franco. Nada de esto es cierto. En realidad lo mataron en la calle, y por la espalda. Numerosos espectadores presenciaron su fin. Su muerte puede interpretarse tal vez como una manifestación extrema del modo de pensar anarquista. De todos modos demuestra que el conflicto entre los anarquistas y los comunistas era insoluble.

Los Amigos de Durruti se habían organizado mucho antes de este asesinato. El grupo representaría el espíritu del «verdadero» anarquismo y la oposición a las tendencias autoritarias del comunismo. Desde este punto de vista, es lógico que sus propios «amigos» lo mataran. Su muerte fue el último acto de la disputa entre Bakunin y Carlos Marx.

[Anónimo[2]]

Cuando a un hombre lo matan en la calle durante la guerra, no es de extrañar que se atribuya su muerte tanto al enemigo como a sus propios partidarios. El disparo mortal fue hecho en un barrio de donde estaban siendo expulsadas las tropas nacionalistas. Es imposible que el asesino lo haya reconocido y haya disparado sabiendo que tenía ante sí a Durruti, porque Buenaventura Durruti no llevaba ningún distintivo en su uniforme. El tirador disparaba contra cualquier miliciano que avanzara; así que debía de ser alguien del lado franquista. Es cierto que a Durruti lo mataron por la espalda, pero el disparo vino desde arriba, desde alguno de los edificios que todavía estaban en manos del enemigo.

Más tarde hubo polémicas sobre este asunto entre los republicanos. Algunos anarquistas dieron a entender que Durruti había sido asesinado por los comunistas. Esto es improbable. Lo cierto es que su muerte favoreció considerablemente la táctica de los comunistas. Con Durruti desaparecía la única figura del movimiento anarquista cuyo prestigio habría bastado para contrarrestar la creciente influencia de los comunistas.

El grupo Amigos de Durruti se fundó muchos meses después de su muerte. Esto se deduce del nombre de la agrupación: es una tradición anarquista denominar sus asociaciones con el nombre de algunos de los miembros de su movimiento ya fallecidos, un filósofo o un dirigente político, pero nunca con el nombre de alguien que vive todavía. La primera agrupación así denominada se formó en París. El segundo grupo se fundó en España. Combatieron la política de compromiso de la CNT y su retroceso ante el chantaje de los comunistas. Tampoco es cierto que Durruti estuviera dispuesto a llegar a un «acuerdo» con los comunistas. En la época de su muerte, los comunistas no estaban en absoluto en condiciones de ejercer una fuerte presión sobre los anarquistas. Esto fue posible después de la muerte de Durruti, al aumentar en España la influencia rusa. En las entrevistas que Buenaventura Durruti concedió poco antes de su muerte a la veterana anarquista Emma Goldman, una rusa, él expresó claramente su posición. Cuando le preguntó si no sería él demasiado confiado, respondió: «Si los obreros españoles tienen que elegir entre nuestros métodos libertarios y la clase de comunismo que usted conoció en Rusia, estoy seguro de que elegirán bien. En este sentido estoy muy tranquilo.» Emma Goldman le preguntó qué ocurriría si los comunistas tuvieran tanta fuerza que no les quedara a los obreros ninguna opción. Durruti contestó: «Ya frenaremos a los comunistas fácilmente una vez que nos hayamos desem-

barazado de Franco, y si es necesario los frenaremos antes.»
Tal vez eso habría ocurrido si él hubiese vivido.

[ALBERT MELTZER]

Nunca he creído y rechazo enérgicamente la suposición de
que Durruti haya sido asesinado por la espalda por su propia
escolta. Ésta es una mentira infame. Ninguno de sus hombres
habría sido capaz de semejante crimen. Más tarde se rumoreó
que habían sido los comunistas. Le digo con toda franqueza
que tampoco creo en esa versión. La mentira de que a Durruti
lo mataron los anarquistas la inventaron algunos periodistas e
historiadores títeres de los comunistas. Los comunistas hicieron todo lo posible por desacreditar al movimiento anarquista.
Otros repitieron esas mentiras. Hay gente que se traga todo lo
que le cuentan.

[FEDERICA MONTSENY[1]]

El testigo ocular

Ya han pasado treinta y cinco años, pero a pesar de todo sé
aún exactamente, no sólo la fecha, sino también la hora y todos los detalles.

Estábamos aparcados en la calle Miguel Ángel, número 27,
allí estaba el cuartel general de Durruti. Era el palacio del du-
que de Sotomayor, sobrino del rey Alfonso XIII. Por la tarde,
era el 19 de noviembre, llegó un mensajero del frente. El Hospital Clínico había caído en manos del enemigo. Subimos al
coche de inmediato. Eran las cuatro de la tarde, diez minutos
más, diez minutos menos. Fuimos directamente al frente, lo
más cerca posible del hospital, para examinar la situación. Delante, al volante, iba Julio, el chófer, y a su lado, como siempre, Durruti. No le gustaba ir en el asiento de atrás. En el
asiento trasero íbamos Manzana, Bonillo y yo.

Atravesamos la ciudad y por el paseo Rosales llegamos a la
plaza de la Moncloa, justo en la esquina de la calle Andrés Me-
llado. Oíamos silbar las balas. Nos detuvimos, no se podía seguir. El coche era un blanco demasiado bueno para los tira-
dores enemigos. Así que Julio paró y bajó para estudiar la
situación. Durruti quiere seguirlo, toma su pistola ametralladora, un naranjero, abre la puerta y golpea con el arma contra

251

el estribo de la puerta. Se le escapó un tiro, el disparo le dio en medio del pecho y lo atravesó de parte a parte.

Yo estaba a punto de bajar, sólo quedaba uno en el coche. Levantamos a Durruti, una enorme cantidad de sangre, tratamos de enjugarla, imposible, lo pusimos en el coche, subimos y nos dirigimos lo más rápido posible hacia el Hotel Ritz, donde estaba el hospital de las milicias.

Dejamos a Durruti al cuidado de los médicos; ellos trataron de salvarle por todos los medios. Se mantuvo plenamente consciente hasta las dos de la madrugada. No sé si dijo algo, yo no estuve allí. Pero sé que murió a eso de las cuatro de la madrugada, once o doce horas después de la desgracia.

La muerte de Durruti nos impresionó tanto que casi no podíamos creerlo, y eso que nosotros éramos los testigos oculares. Nadie se atrevió a comunicar la noticia, nadie quería decir la verdad. Por eso se dijo en el comunicado que lo había matado una bala enemiga. Ello habría podido ocurrir fácilmente, sólo que no fue así. Entonces surgieron los rumores, claro, algunos decían que los comunistas eran los culpables, otros que nosotros, su escolta, le habíamos matado, otros le echaron la culpa a la quinta columna, etcétera, etcétera. A nadie se le ocurrió pensar que en realidad había sido un accidente, que Durruti mismo se había matado.

[RAMÓN GARCÍA LÓPEZ]

Yo sostuve antes la teoría de que Durruti había sido víctima de un atentado. Había llegado a esa conclusión porque tenía en mis manos una especie de cuerpo del delito: la camisa. Ésta demostraba que el disparo había sido hecho desde muy cerca. Además sabía que la viuda albergaba ciertas dudas sobre la versión oficial. Desde entonces he conversado con mucha gente sobre ello, también con amigos de Émilienne. Parece que ocurrió de un modo totalmente distinto al que yo me había imaginado, parece que al bajar del coche, el fusil automático de Durruti, de esos llamados naranjeros (nunca supe por qué esas armas se llamaban «naranjeros»), se disparó solo y lo hirió mortalmente.

Si ocurrió así, también la actitud de la CNT es comprensible entonces. Este modo de morir habría tenido un resabio de letal ironía; las masas no habrían creído ni aceptado semejante versión. ¡Un hombre que estaba tan familiarizado con el manejo de las armas como una secretaria con su máquina de escribir! Claro, los anarquistas no tenían ningún interés en destruir con una explicación tan banal el mito que se había creado en torno a Durruti. Era inconcebible. No podía ser.

[JAUME MIRAVITLLES[1]]

Nadie supo nunca la verdad, por la simple razón de que se nos tomó juramento a todos: hasta el fin de la guerra, debíamos guardar silencio y no decir nada a nuestros padres, esposas y amigos; en parte porque esta muerte era un tanto ridícula para un dirigente anarquista, y además para no despertar la sospecha de que Durruti había sido asesinado por sus propios hombres. Federica Montseny, que era entonces ministra, y Marianet (es decir Mariano R. Vázquez, secretario general del Comité Nacional de la CNT) nos tomaron juramento.

El doctor Santamaría, con quien hablé, no sabía de dónde había venido el disparo. Pero me aseguró que había sido descerrajado desde una distancia no mayor de quince centímetros.

[JESÚS ARNAL PENA[3]]

Incluso actualmente hay gente que no quiere ni oír hablar de esto, porque no les conviene, pero ellos saben la verdad tan bien como yo. Hemos escuchado a los compañeros que estaban con él, es decir Manzana, su jefe de estado mayor en Madrid, el chófer Estancio y otro más que lo acompañaba, y ¿qué dijeron ellos? Que se le disparó el fusil por descuido. Estaba sentado así *(Rionda lo imita)* y sostenía así el fusil, con el cañón hacia arriba. Lo toma y quiere bajar, entonces se engancha el gatillo en el estribo y ¡pum!, se escapa un tiro y le atraviesa el pulmón.

Yo entiendo bastante de armas. Desde los veintidós años nunca he salido de casa sin mi pistola. Nunca se sabe, sobre todo por la tarde y por la noche. Jamás fui a una asamblea sin mi pistola, siempre la tenía a mano, en el cinturón. Uno tiene que estar listo para defenderse en cualquier momento. Pero Durruti siempre fue descuidado, ése era su defecto. Se lo dije varias veces. Era demasiado despreocupado; también Manzana opinaba así. Cuando se viaja en coche no hay que llevar el fusil así, con el cañón apuntando contra uno, y menos aún al bajar. Pero Manzana me aseguró que así había ocurrido. El naranjero es un rifle temible, se dispara con facilidad. Lo conozco

253

muy bien, porque después el fusil de Durruti lo usé yo, el mismo con el que había ocurrido el accidente; lo conservé hasta que fui a Francia. Al huir tuve que dejarlo en la frontera.

[RICARDO RIONDA CASTRO]

Sus bienes personales

Era increíble, no poseía nada, nada, absolutamente nada. Todo lo que tenía pertenecía a todos. Cuando murió me puse a buscar algunas ropas para enterrarlo con ellas. Finalmente encontramos una chaqueta de cuero vieja, muy gastada, unos pantalones color caqui y un par de zapatos agujereados. En una palabra, era un hombre que lo daba todo, no le quedaba ni un botón. No tenía nada.

[RICARDO RIONDA CASTRO]

En su equipaje se encontraron los siguientes efectos: ropa interior para una muda, dos pistolas, unos prismáticos y gafas de sol. Éste era todo el inventario.

[JOSÉ PEIRATS[1]]

La muerte de Durruti causó una profunda emoción en Madrid. Los camaradas trasladaron el cadáver al local del Comité Nacional de la CNT, donde se instaló la capilla ardiente. El 21 de noviembre a las cuatro de la madrugada el féretro fue colocado en un coche y conducido hacia Valencia, acompañado por una gran comitiva de automóviles. La población lo aguardaba en las ciudades por donde iba a pasar el séquito. En Chiva la comitiva fue recibida por los ministros García Oliver, Álvarez del Vayo, Just, Esplá y Giral. La población se manifestó en todos los pueblos con banderas rojinegras y trajo coronas al féretro. En Valencia, los representantes del comité regional levantino de la CNT depositaron coronas y flores en el coche que albergaba los restos mortales del camarada difunto.

También en Levante y Cataluña se brindó en todos los pueblos un último saludo al muerto. Poco antes de la una de la madrugada, el 22 de noviembre, el féretro llegó a la sede de la CNT-FAI en Barcelona. La capilla ardiente se instaló en el vestíbulo de la entidad, y se le cubrió con flores y banderas rojinegras. Por encima de él y en la bandera que lo cubría, estaban escritas las letras que sintetizaban la esencia de su vida, las siglas por las que había caído: CNT-FAI.

[*Durruti*[6]]

El funeral se llevó a cabo en Barcelona. Era un día nublado y gris. La ciudad cayó en una especie de histeria colectiva. La gente se arrodillaba en la calle, mientras pasaba el cortejo fúnebre con una guardia de honor de anarquistas en ropas de combate. Lloraban. Medio millón de personas se habían congregado en las calles. Todos tenían los ojos húmedos. Durruti era para Barcelona el símbolo del pensamiento anarquista, y parecía increíble que hubiese muerto.

Aquel día reinó un extraño sosiego sobre la ciudad. Las banderas rojinegras pendían de los mástiles. El sol se había ocultado. Nunca he visto un día tan silencioso, tan solemne y triste.

[JAUME MIRAVITLLES[2]]

El enorme edificio de la antigua unión de empresarios catalanes (el Fomento Nacional del Trabajo), ahora la CNT-FAI, sede del comité regional catalán de la CNT, está situado en la Vía Layetana, la amplia y moderna arteria que conecta el puerto de Barcelona con la parte nueva de la ciudad. Durruti estuvo en los últimos meses de su vida en estrecho contacto con esta casa, por la radio de esta casa había pronunciado su último discurso al pueblo español, por esta calle se condujo su féretro a Montjuïc.

A solicitud de la federación local barcelonesa de la CNT, esta calle se llama ahora avenida de Buenaventura Durruti.

[*Durruti*[6]]

Cuando se fue a Madrid, lo acompañé hasta el aeródromo. Fue la última vez que lo vi. Lo llamaba a Madrid todos los días; una tarde me dijeron que no estaba. Después me enteré de que para entonces ya había muerto.

Yo no estaba allí, no le puedo decir nada sobre ello. Pero, por supuesto, no se le podía decir a la gente que había sido un accidente, por la sencilla razón de que nadie lo habría creído. Así que se dijo que había caído en el frente. Un caído más, eso es todo. Un hombre como Durruti no muere en la cama, claro.

Sí, tuve mis dudas. Pero al fin y al cabo fueron sus amigos, García Oliver y Aurelio Fernández, quienes me dijeron que había sido un accidente. Eran sus compañeros de lucha. ¿Por qué habrían de mentirme? Quedamos en eso entonces. De todos modos no se puede cambiar.

[ÉMILIENNE MORIN]

OCTAVO COMENTARIO
LA REVOLUCIÓN ENVEJECE

Han pasado treinta y cinco años desde la derrota de la revolución española. Quien quiera seguir sus huellas, día a día, debe leer *Solidaridad Obrera*, el diario más importante de Barcelona en su tiempo. En un subsuelo en el Herengracht de Amsterdam hallará sus amarillentos pliegos, en grandes carpetas polvorientas; y en los cuatro pisos superiores encontrará todo cuanto se ha escrito, impreso y encuadernado sobre la revolución española. El Instituto de Historia Social Internacional conserva la historia de sus victorias y sus derrotas. Cartas y octavillas, decretos e informes testimoniales, frágiles folletos: una melancólica inmortalidad. Pero no sólo letra muerta, sino también las huellas de los sobrevivientes se encuentran allí: antecedentes personales, recuerdos, direcciones; referencias que llevan muy lejos: a los tristes arrabales de la ciudad de México, a los apartados pueblos de las provincias francesas, a las buhardillas de París, a los patios traseros de los barrios obreros de Barcelona, a las deslucidas oficinas de la capital argentina, y a los graneros de Gascuña.

El ebanista Florentino Monroy, exiliado en Francia, va con sus setenta y cinco años de uno a otro castillo. No cobra pensión para la vejez. Vive de reparar los armarios taraceados de los decrépitos aristócratas de la región.

Detrás de una droguería, en el somnoliento suburbio parisiense de Choisy-le-Roi, en el patio interior de la rue Chevreuil, número 6, los anarquistas españoles han instalado una pequeña imprenta. Allí imprimen los carteles cinematográficos de las aldeas de la provincia, e invitaciones para bailes de máscaras, pero también sus propias revistas y folletos.

En alguna parte de Latinoamérica trabaja Diego Abad de Santillán, en una pequeña editorial. En otra época uno de los

hombres más influyentes de Cataluña, más tarde un encona-
do crítico de la CNT dentro de sus propias filas, hoy un hombre sereno, siempre dispuesto a ayudar, un gran fumador de
pipa.

Ricardo Sanz, obrero textil de Valencia, uno de los antiguos
Solidarios, vive de una renta de 300 francos, solo en una sombría casa de campo a orillas del Garona; hace más de treinta
años que dirigió, como sucesor de Durruti, una división de las
milicias anarquistas. Muestra a sus visitantes las reliquias de la
revolución: la mascarilla de Durruti, las fotos que guarda en la
cómoda y las alacenas llenas de ejemplares de sus libros, que él
mismo ha editado en una imprenta propia.

Pero la mayoría han muerto. Se supone que Gregorio Jover
vive aún, en alguna parte de América Central. Se desconoce el
paradero de los demás.

En el viejo patio de una fábrica, en Toulouse, se encuentra
el cuartel general de la CNT en el exilio. Después de subir unas
gastadas escaleras se llega al «Secretariado Intercontinental».
Al lado de una pequeña librería, en la cual se encuentran raros
folletos de los años treinta y cuarenta y las singulares y edifi-
cantes novelas de la Biblioteca Ideal, Federica Montseny ha
instalado su oficina, donde sigue limando sus discursos y editoriales, infatigable como hace décadas.

Es un mundo aparte, muy disperso geográficamente, y sin
embargo estrecho: un mundo con sus propias reglas, su código
de preferencias y aversiones, donde cada uno sabe lo que hace
el otro, incluso cuando pasan años sin verse. Este mundo de
los viejos compañeros no está exento de frustración y celos,
de desavenencias y alienación, los estigmas de la emigración.
El promedio de edad es alto; los rumores y novedades se difunden fácilmente y persisten con tenacidad; el recuerdo se
ha solidificado hace tiempo; todos saben de memoria cuál
fue su papel durante los años decisivos; también pagan su tributo a la obstinación y pérdida de la memoria típicas de la
vejez.

Pero esta revolución vencida y envejecida no ha perdido su
integridad. El anarquismo español, por el cual han luchado
toda su vida estos hombres y estas mujeres, nunca ha sido una
secta al margen de la sociedad, una moda intelectual ni un
burgués «jugar con fuego». Fue un movimiento proletario de
masas, y tienen menos que ver con el neoanarquismo de los
grupos estudiantiles actuales, de lo que manifiestos y consig-

nas hacen suponer. Estos octogenarios contemplan con sentimientos contradictorios el renacimiento que experimentaron sus ideas en el Mayo de París y en otras partes. Casi todos han trabajado toda la vida con sus manos. Muchos de ellos van aún hoy todos los días a las obras y a la fábrica. La mayoría trabaja en pequeñas empresas. Declaran con cierto orgullo que no dependen de nadie, que se ganan la vida por sí mismos; todos son expertos en su especialidad. Las consignas de la «sociedad del tiempo libre» y las utopías del ocio les son ajenas. En sus pequeñas viviendas no hay nada superfluo; no conocen la disipación ni el fetichismo del consumo. Sólo cuenta lo que puede usarse. Viven con una modestia que no los oprime. Ignoran tácitamente las normas del consumo, sin entrar en polémicas.

Las relaciones de los jóvenes con la cultura les inquieta. Les parece incomprensible el desprecio de los situacionistas hacia todo lo que huele a «ilustración». Para estos viejos trabajadores, la cultura es algo bueno. Esto no es nada sorprendente, ya que ellos conquistaron el abecedario con sangre y sudor. En sus pequeñas habitaciones oscuras no hay televisores, sino libros. Ni en sueños se les ocurriría arrojar el arte y la ciencia por la borda, aunque sean de origen burgués. Tampoco comprenden el analfabetismo de un «escenario» cuya conciencia está determinada por los cómics y la música rock. Omiten sin comentarios la liberación sexual, que copia al pie de la letra antiquísimas teorías anarquistas.

Estos revolucionarios de otros tiempos han envejecido, pero no parecen cansados. Ignoran lo que es la irreflexión. Su moral es silenciosa, pero no permite la ambigüedad. Están familiarizados con la violencia, pero miran con profunda desconfianza el gusto por la violencia. Son solitarios y desconfiados; pero una vez traspasado el umbral de su exilio, que nos separa de ellos, se abre un mundo de generosidad, hospitalidad y solidaridad. Cuando uno los conoce, se sorprende al comprobar cuán poca desorientación y amargura hay en ellos; mucho menos que en sus jóvenes visitantes. No son melancólicos. Su amabilidad es proletaria. Tienen la dignidad de las personas que nunca han capitulado. No tienen que agradecerle nada a nadie. Nadie los ha «patrocinado». No han aceptado nada, ni han gozado de becas. El bienestar no les interesa. Son incorruptibles. Su conciencia está intacta. No son fracasados. Su estado físico es excelente. No son hombres acabados ni neuróticos. No necesitan drogas. No se autocompadecen. No lamentan nada. Sus derrotas no los han desengañado. Saben que han cometido errores, pero no se vuelven atrás. Los viejos hombres de la revolución son más fuertes que el mundo que los sucedió.

LA POSTERIDAD

Para mucha gente la muerte de Durruti significó el fin de sus esperanzas. Mientras creyeron que luchaban por la revolución su moral fue buena. Cuando vieron que sólo se trataba de ganar la guerra y que todo lo demás seguiría siendo como antes, se acabó. Muchos veían en Durruti la encarnación de sus esperanzas en una nueva sociedad. La muerte de Durruti fue terrible; con su caída declinó el espíritu revolucionario en las fábricas y en las colectividades del campo.

[FEDERICA MONTSENY[1]]

Dos versiones del discurso de Lluís Companys en el entierro de Durruti:

¡Compañeros!, en este momento de tensión os hago una llamada a la unión, a la disciplina, a la austeridad y al valor.

Por un instante sentimos asomar lágrimas a nuestros ojos. Pero ¿para qué llorar? ¿Lloraremos acaso la muerte de un hombre que ha cumplido con su deber y a quien rendimos el tributo de nuestra admiración? Lloremos más bien por los cobardes y los desalmados. Sequemos nuestras lágrimas, levantemos el brazo y sigamos nuestro camino hacia adelante, sin detenernos. Que el nombre de Durruti nos sirva de ejemplo. El camino que nos queda por recorrer es aún difícil y fatigoso. ¡Adelante! ¡Adelante!

[*Solidaridad Obrera*]

Ha muerto Durruti como mueren los cobardes o como mueren los héroes, a manos de un cobarde: por la espalda. Por la espalda mueren los que huyen o aquellos que, como Durruti, no encuentran quien se atreva a asesinarlos de frente. ¡Durruti, saludamos tu valor! Tu nombre estaba impregnado de una profunda emoción popular. Aquí quedamos nosotros con una consigna: ¡Adelante! ¡Cada uno al puesto adonde lo llama su deber, más unidos que nunca en la lucha contra el fascismo y por la libertad! ¡Adelante, sin volver la vista atrás!

[*El Pueblo*]

Ya sea que estemos de acuerdo o no con las ideas de Durruti, hay que reconocer que él llevó una vida absolutamente fiel a sus principios. Era un anarquista y cayó como un miembro disciplinado del ejército popular español.

La historia de la vida de Durruti corresponde exactamente al desarrollo del anarquismo español en su conjunto. Así como la policía reaccionaria consideraba a Durruti como un delincuente común, la prensa burguesa tiende a hablar de la CNT y la FAI como si fueran simples bandas de asesinos, saqueadores e incendiarios. En realidad, el movimiento anarquista español tiene fuertes rasgos de idealismo. Muchos anarquistas son no fumadores y vegetarianos. Muchos rehúsan el alcohol. Rechazan categóricamente toda clase de excesos. En Madrid se ven por doquier grandes carteles de la FAI y la CNT que exigen la clausura de los bares y cafés, considerados las antesalas del burdel. En estos días, la concepción anarquista del sacrificio personal se lleva a la práctica con ferviente energía en Madrid.

La cosmovisión marxista se diferencia en sus principios básicos de la cosmovisión anarquista. Sin embargo, esto no significa que el sincero idealismo de la CNT-FAI no tenga sus méritos también, o que no empleen todas sus fuerzas en la lucha contra el fascismo, una lucha que impone severos sacrificios. La muerte de Durruti es una grave pérdida para la España democrática.

Durruti luchó enérgicamente por la unión de los dos sindicatos industriales de España. Fue uno de los portavoces más importantes de un ejército popular disciplinado. Todos los partidos del Frente Popular, el gobierno y la población de la España republicana sienten que su muerte es un duro golpe.

[Hugh Slater]

¿Quién es Durruti, su jefe? En Montevideo se sabía que era un gángster internacional. Su registro penal consigna su participación en el asesinato del obispo de Zaragoza y un asalto a mano armada al banco de Gijón, de donde se llevó 550.000 pesetas.

Las policías española y chilena le buscaban por todo el mundo. Los chilenos por el asalto a una sucursal bancaria en Chile. La policía cubana lo buscaba por un atentado parecido.

En 1925 cometió un atraco en Buenos Aires. Después de salir airoso, los franceses lo requirieron por su participación en un atentado contra el rey Alfonso XIII.

Al proclamarse en España la República, Durruti regresó. Más tarde su propia gente lo mató por la espalda. Fue a razón de la distribución de un botín, y la Pasionaria, esa horrorosa mujer del gobierno de Madrid, lo elogió durante su aparatoso funeral llamándolo libertador ejemplar.

Éstos son los infrahombres que soltaron en España el compañero Dimitroff y los otros. A su lado estaban los criminales de la columna de hierro, la división Carlos Marx, que hacía trizas a los prisioneros con balas dum-dum.

[KARL GEORG VON STACKELBERG]

En noviembre de 1936 viajó a la Unión Soviética un pequeño grupo de sindicalistas anarquistas. Los sindicatos de aquel país querían mostrarnos lo que habían logrado después de la revolución; nosotros teníamos interés en explicar a nuestros anfitriones y al pueblo ruso la difícil situación a la que nos habían arrastrado la Guerra Civil y el fascismo internacional.

Ya desde el primer encuentro con los representantes de la URSS, pudimos constatar que Durruti no era desconocido allí. Las entrevistas que sobre él habían aparecido en la prensa soviética no sólo mencionaban sus acciones en la Guerra Civil, sino que se remontaban muchos años antes del 19 de julio. Los periodistas rusos habían ido a verle a las fábricas de Barcelona y habían publicado algunas entrevistas con él. El pueblo ruso sabía incluso que Durruti era anarquista, un caso excepcional, porque sobre los otros anarquistas no decían los rusos ni una palabra. En cambio los comunistas españoles como la Pasionaria, Díaz y Mije eran más populares en Rusia que en su propio país. Esto es comprensible, porque allí sólo hay periódicos comunistas, todos los demás están prohibidos. Alaban siempre a su propia gente. Sólo con Durruti hicieron una excepción.

En Kiev, las autoridades civiles y militares y los representantes de las universidades y escuelas nos ofrecieron una recepción en la gran sala del mejor hotel de la ciudad. Allí estaba presente la Ucrania oficial. El jefe de la guarnición de Kiev, un viejo bolchevique, pronunció un discurso de salutación. Después de dar la bienvenida a los huéspedes, comunicó la noticia de la muerte de Durruti e invitó a los presentes a ponerse de pie y guardar un minuto de silencio en honor al «gran guerrillero español».

Pero no sólo las personalidades oficiales admiraban a Durruti. Durante nuestra estancia en Moscú fuimos a visitar a algunos obreros que habitaban en un barrio proletario de la ciudad. En una pequeña cabaña encontramos a un obrero metalúrgico que había participado en las luchas de 1918. Tenía que mantener a una numerosa familia y vivía en la miseria. Había seguido con interés el desarrollo de la guerra en España. Nos hizo señas de que nos acercáramos a un rincón de su habitación, y sacó un viejo libro de una cómoda. Era una amarillenta edición de la obra de Korolenko. En el libro había puesto algunos recortes de periódicos: una fotografía de Durruti que había aparecido en *Pravda*, y un reportaje con su biografía.

–¿Por qué guardas eso? –le preguntamos.

–Porque tenía fe en él, porque era sincero. No era ningún impostor, de los que engañan a la clase obrera.

Siguió hojeando en su libro y encontró otro recorte, más viejo aún. En la tosca foto reconocimos a Nestor Machno, el viejo jefe anarquista. El obrero nos relató algunas acciones de Machno en el tiempo de la Revolución Rusa, y nos comentó su caída.

–Machno era uno de los más grandes revolucionarios –dijo–, y ahora quieren hacernos creer que era un bandido. Tened cuidado de que ahora que está muerto no profanen también su memoria.

Se lo prometimos.

[ANÓNIMO[3]]

Actualmente hay mucha gente, también de la burguesía, e incluso de la Iglesia católica, que estaría dispuesta a aceptar de buena gana a Durruti, ahora que está muerto, como a un hijo pródigo. De pronto han descubierto sus aspectos positivos y tratan de utilizarlo para sus fines. Los curas españoles quieren hacer de él un cristo rojo. Mientras vivía dispararon contra él. Se habían atrincherado en las iglesias de Barcelona. Eran verdaderas fortalezas las iglesias, y disparaban contra nosotros, disparaban contra todo lo que se movía. Y la burguesía puso el grito en el cielo: ¡los anarquistas queman las iglesias! Nosotros no hemos hecho más que defendernos. ¡Y la misma gente que lo persiguió como a un criminal mientras vivía, quiere hacer un santo de él ahora!

[ÉMILIENNE MORIN]

Para mí, su heroísmo no estaba tanto en lo que dicen los diarios, sino sobre todo en su vida cotidiana. Claro, eso lo sabe muy poca gente, lo saben los que lo conocieron en el café de la esquina, en su casa o en la cárcel.

Por las manos de Durruti han pasado millones, y sin embargo le he visto remedándose las plantillas de los zapatos porque no tenía dinero para llevarlos al zapatero. A veces, cuando nos encontrábamos en un bar, no tenía siquiera el dinero para pedir un café.

Cuando iban a visitarlos salía a menudo con un delantal puesto, porque estaba pelando patatas. Su mujer trabajaba. A él no le importaba; no conocía el machismo y no se sentía herido en su orgullo al hacer las labores domésticas.

Al día siguiente tomaba la pistola y se echaba a la calle para enfrentarse a un mundo de represión social. Lo hacía con la misma naturalidad con que la noche anterior había cambiado los pañales a su hijita Colette.

[FRANCISCO PELLICER]

Algunos dicen que si Durruti no hubiese muerto habríamos ganado la guerra. Ése es un gran error. Nuestra guerra no fue una guerra entre dos partidos, fue un conflicto internacional, y los militares españoles no se habrían sublevado, jamás habrían tenido una posibilidad, si no hubiesen sabido que el fascismo internacional los ayudaría, los italianos y los alemanes.

[RICARDO SANZ[1]]

Para nosotros no es ni un héroe ni un mesías. No necesitamos jefes ni caudillos. Eso no existe entre los anarquistas.

El papel de Durruti no puede interpretarse como un culto al héroe. Él tenía una cierta dignidad y un cierto valor sin los cuales es imposible vivir. En nuestros días, el Che Guevara desempeñó un papel muy parecido. Durruti no era un teórico, no era de los que se sientan ante un escritorio mientras los demás luchan. Era un hombre de acción, salía a la calle a luchar, y siempre se le encontraba donde el peligro era mayor.

[FEDERICA MONTSENY[1]]

Enseguida comprendí que Durruti era un anarquista innato. Se notaba que venía de la provincia, tenía algo de rústico. Cavilaba a menudo y pensaba lo suyo. No era un intelectual, ciertamente, y en Barcelona adquirió una cierta formación teórica.

Era de León, de la meseta castellana, y tenía algo de la fuerza y la dureza de sus paisanos. Era un hombre del temple de un Padilla o de un Pizarro, los viejos conquistadores.

En Barcelona leyó mucho, sobre todo a nuestros clásicos anarquistas, Anselmo Lorenzo, Elisée Reclus, Ricardo Mella, y sobre todo a Sébastien Faure, el filósofo francés del anarquismo. Su horizonte cultural siempre fue un poco limitado, pero a pesar de todo tenía una base sólida.

Además, siempre fue un hombre capaz de todo cuando era necesario. Sus ideas no eran un pasatiempo para él, quería realizarlas. Esto explica lo que más tarde llamarían su heroísmo. Actuaba instintivamente, sin duda. Tal vez era también un obcecado, pero al mismo tiempo tenía un temperamento bondadoso, y con esto quiero decir que su impulso más esencial era la solidaridad.

Sus recursos eran enormes desde todo punto de vista. Ello se demostraba por ejemplo en la cárcel, donde ayudaba a los doblegados y decaídos. Durruti no conocía la depresión física ni la depresión moral. No importa lo crítica que fuese la situación en que se hallaba –en las huelgas, en la lucha callejera, bajo los golpes de la represión–, siempre la afrontaba con decisión, y muchas veces con éxito. Y cuando fracasaba no se desesperaba. Enseguida pensaba en la próxima etapa, en la próxima tentativa.

No hacemos más que hablar de Durruti, todo el tiempo, como si no hubiese habido otros como él. En realidad hubo miles de Durrutis anónimos en nuestro movimiento. Algunos eran conocidos, otros no. Pero muchos cayeron, y nadie habla de ellos. Y sin embargo no eran menos valerosos ni menos decididos, y no se arriesgaron menos que Durruti o Ascaso.

Cuántos compañeros hemos perdido en la guerra, cuántos cayeron en 1919, en 1920, ¡cuántos perdieron la vida bajo la represión de Martínez Anido! Quinientos por lo menos. Eran los mejores de los nuestros. Si nos pusiéramos a llorar a nuestros muertos y a venerarlos, estaríamos muy ocupados. Es mejor seguir su ejemplo y llevar adelante lo mejor que se pueda nuestro ideal.

Creo que no hay otra solución. No importa si somos muchos o pocos, tenemos la razón y el derecho de nuestra parte. Esto tenemos que demostrarlo de nuevo cada día, con la palabra, con la pluma y con los hechos. Pero nuestras publicaciones no llegan a las masas, nuestras ediciones son pequeñas, actuamos en el exilio, el idioma de este país no es el nuestro, nuestra influencia en Francia es reducida. Debemos superar esta situación. Debemos sobreponernos a estos obstáculos.

[JUAN FERRER]

Vivió para sus ideas. Es maravilloso. A veces lo envidio. Su vida fue una vida plena. No creo que haya sido inútil.

Claro, ahora que está muerto todos quieren reivindicarlo para sí mismos. Mientras vivió lo persiguieron como a un criminal. Ahora hasta la burguesía le descubre cosas buenas, y los curas quieren embalsamarlo. Un revolucionario muerto es siempre un buen revolucionario.

[COLETTE MARLOT]

No sé, si él estuviera en la habitación, creo que nos haría callar la boca. No nos dejaría hablar así, era muy modesto. Habría dicho: «Habla de la CNT, habla de nuestros pensamientos, pero no hables de mí.» Eso habría dicho si hubiese estado aquí.

[MANUEL HERNÁNDEZ]

Sí, Durruti era pacífico y violento a la vez. Pero esto no es una contradicción. Todos estamos en esa situación. Nuestras ideas son justas, nadie ha podido rebatirlas. Hemos discutido con la gente más inteligente, y al final siempre nos han dicho: «Sí, vuestro ideal es muy hermoso, pero no lo realizáis, sois utópicos.»

Pero nosotros les decimos, no es cierto, incluso aquí y ahora se realiza una parte de esa utopía. Ante nosotros tenemos el poder del capitalismo y el sistema de represión del Estado, y este poder sigue existiendo en el comunismo. Pues abdicamos, o les hacemos frente. Pero quien les haga frente tiene que pagar las consecuencias. Y aunque uno sea muy bueno, se ve obligado a luchar como una fiera. Es una lucha impuesta. Nosotros no la hemos querido.

[JUAN FERRER]

Me propongo volver lo antes posible a España. No, no por la familia, sino porque pienso continuar la lucha. La misma lucha de entonces, cuando éramos jóvenes. Hoy, como antaño, con mis setenta y cinco años. Tal vez sea una obsesión, pero yo volveré a León.

El fascismo es sólo un episodio, una interrupción. No me hago ninguna ilusión. Cuando muera Franco vendrá otro que no será mejor. Quizá sea peor. ¿Sabéis por qué lo digo? Porque siempre fue así en la historia. Es igual que sea un gobierno de derecha, de izquierda o de centro, lo echáis abajo porque es un mal gobierno, y ¿qué conseguís? Otro peor todavía. Si no fuese así, el mundo ya sería un paraíso. Pero yo creo que es al revés. Sólo que la gente no se da cuenta, aunque hasta un ciego podría verlo. Y vota y vota y vota. Siempre es igual. Pero cuando Franco, a quien considero culpable de la muerte de un millón de seres humanos, cuando él se haya ido, puedo volver a León, y entonces veremos lo que se puede hacer y lo que yo puedo lograr todavía.

[FLORENTINO MONROY]

Sí, por supuesto, están muy bien organizados los emigrados españoles. Pagan todos los meses sus cuotas de afiliados. También el periódico sigue saliendo, el diario de los anarquistas. Quisiera creer lo que se dice allí, pero hay cosas que me parecen tan simplistas, tan ingenuas. Quizá sea duro decirlo, pero yo digo lo que pienso: yo no puedo seguirlos. La mayoría se imaginan que bastaría regresar a España, cuando llegue el momento, y volver a empezar donde lo habían dejado en 1936. Pero lo pasado ya pasó. No se hace dos veces la misma revolución.

[ÉMILIENNE MORIN]

FUENTES

Una parte importante de los documentos utilizados en este libro se debe a los interlocutores entrevistados que se citan en la lista siguiente. Doy las gracias además a la CNT de Toulouse y a los señores Ángel Montoto y Luis Romero de Barcelona. En lo que se refiere a los materiales escritos, he recibido la paciente ayuda de los miembros del Instituto Internacional de Historia Social de Amsterdam. La radio Alemania Occidental, de Colonia, me ha proporcionado los medios económicos para practicar estas largas investigaciones. En la primavera de 1972 filmé una película sobre Durruti para el Tercer Programa de dicha emisora. Doy las gracias también a los colaboradores de esa radio. Una parte de las entrevistas empleadas aquí proceden de los materiales de la película para la televisión. Cristoph Busse ha realizado las grabaciones y Rubén Jaramillo su versión escrita. En París, Abel Paz, biógrafo de Durruti, me ha ayudado con innumerables referencias. Su libro sobre Durruti, que (a diferencia del mío) plantea y satisface exigencias científicas, aparecerá próximamente en Francia. Es un libro imprescindible para quienes deseen ampliar sus conocimientos acerca de Durruti.

Cuando en el siguiente índice de fuentes no aparece citado el nombre del traductor, significa que la versión alemana es mía. *Los textos originales han sido citados literalmente, han sido parafraseados, o relatados libremente.* La enumeración de las páginas permitirá la comprobación a quien lo desee saber con exactitud. No se incluyen los números de las páginas de los folletos y textos de poco volumen.

Luz D. Alba, *19 de julio. Antología de la Revolución española*, Montevideo, 1937, p. 94 (compilación de propaganda anarquista).

Anónimo 1, *La persécution réligieuse en Espagne.* Poema prefacio de Paul Claudel, París, 1937, p. 78. (El autor, ex diputado a Cortes, pertenece a la extrema derecha católica.)

Anónimo 2, *Anarchism. The Idea and the Deed.* En «The Times Literary Supplement», Londres, 24 de diciembre de 1964. (Extracto de una reseña. El crítico, probablemente Claude Cockburn, es sin duda un ex comunista.)

Anónimo 3, en *¡Campo!* (*véase*).

Ariel, *¿Cómo murió Durruti?*, sin fecha ni lugar de edición (Toulouse, probablemente, alrededor de 1945; folleto de un comité regional de la CNT en el exilio, expresa el punto de vista «oficial» de la organización en aquella época. «Ariel» es un seudónimo, por supuesto).

Jesús Arnal Pena 1, entrevista realizada por Ángel Montoto Ferrer y publicada en *Heraldo de Aragón*, Zaragoza, 4 y 11 de diciembre de 1969 (Arnal Pena es actualmente párroco de Ballobar; durante la Guerra Civil prestó servicios en la oficina de la columna Durruti).

Jesús Arnal Pena 2, *Memorias,* manuscrito inédito, pp. 91-99, 106.

Jesús Arnal Pena 3, declaración oral al periodista Ángel Montoto Ferrer, en Barcelona, otoño de 1970.

Manuel D. Benavides, *Guerra y revolución en Cataluña,* México, D. F., 1946, pp. 189-191, 222, 259-260. (Político del PSUC; adversario de los anarquistas, cercano al Partido Comunista; descripción de tendencia fuertemente novelesca.)

Franz Borkenau, *The Spanish Cockpit. An Eye-Witness Account of the Political and Social Conflicts of the Spanish Civil War* (Prefacio de Gerald Brenan, Ann Arbor, 1963, pp. 69-71, 75, 90-92, 94-95, 108-111. (Para el tercer comentario: *passim.* Informe imprescindible de un testigo ocular, emigrante alemán. Borkenau perteneció antes de 1933 al Partido Comunista Alemán, luego abandonó el partido y se hizo anticomunista. Era sociólogo de profesión. Su libro apareció por primera vez en 1937 en Londres.) Hay edición española: *El reñidero español,* París, 1971.

Stephen John Brademas, *Revolution and Social Revolution. A Contribution to the History of the Anarcho-Syndicalist Movement in Spain: 1930-1937,* texto mecanografiado, Oxford, 1953, pp. 161, 171-172, 263, 281-284, 289, 297. (Profunda investigación académica de las fuentes.)

Gerald Brenan, *The Spanish Labyrinth. An Account of the Social and Political Background of the Civil War,* Cambridge, 1943.

(Para el segundo y tercer comentario: capítulos IV, VII, VIII. A pesar de algunas debilidades idealistas del autor, sigue siendo la mejor descripción de la historia social de España entre los años 1874 y 1936. Útil bibliografía.) Hay edición española: *El laberinto español*, París, 1962.

Pierre Broué y Émile Témine, *Revolution und Krieg in Spanien*, Frankfurt am Main, 1968. (Para el quinto comentario: *passim*. Obra básica, compuesta por dos libros. Se destaca especialmente la descripción de Broué del proceso político. La traducción alemana es preferible al original francés, porque es al mismo tiempo una edición minuciosamente revisada.)

Manuel Buenacasa, en *Durruti 4 (véase)*. Importante dirigente de la CNT en los años veinte.

Manuel Buizán. Obrero jubilado de Barcelona. Relato de segunda mano (narración de Francisco Ascaso). Entrevista del 26 de mayo de 1971 en Choisy-le-Roi.

Liberto Callejas, en *Durruti 4 (véase)*. Uno de los pocos intelectuales del movimiento anarquista español de los años veinte.

Léo Campion, *Ascaso et Durruti*, Flémalle-Haute, sin fecha. (Folleto de un anarquista belga.)

S. Cánovas Cervantes, *Durruti y Ascaso. La CNT y la revolución de julio*, Toulouse, sin fecha (alrededor de 1946). (Folleto de propaganda de la CNT).

«Communist International», Moscú, diciembre de 1937, pp. 736-738 (órgano de la Komintern).

¡Campo! Órgano de la Federación Regional de campesinos de Cataluña, Barcelona, 20 de noviembre de 1937. (Revista campesina. Número extraordinario dedicado a Durruti.)

«Crónica de la guerra española», Buenos Aires, sin fecha, núm. 44, p. 78 (serie popular).

Durruti 1, en *¡Campo! (véase)*.

Durruti 2, entrevista realizada por Pierre van Paasen en *Toronto Daily Star*, Toronto, 28 de octubre de 1936.

Durruti 3, en «Communist International» *(véase)*.

Durruti 4, *Durruti. Sa vie. Sa mort*, París, sin fecha (1938). (Antología con textos de Durruti y sobre él, publicados por la oficina de información y prensa de la CNT.)

Durruti 5, en Guérin *(véase)*.

Durruti 6, *Buenaventura Durruti*, publicado por el servicio alemán de información de la CNT-FAI, Barcelona, 1936 (folleto).

Rosa Durruti. Hermana de Buenaventura. Vive en León. Fotocopia de una carta a Ángel Montoto Ferrer, otoño de 1969.

Encyclopaedia Britannica, undécima edición, Nueva York, 1911, tomo 16, p. 444.

Friedrich Engels, *Die Bakunisten an der Arbeit,* en MEW, tomo 18, pp. 491-493 (Quinto comentario).

Ilya Grigorevic Ehrenburg 1, *Ljudi, gody, zisn'.* Edición alemana: *Menschen, Jahre Leben.* Autobiografía, primera parte. Versión alemana de Alexander Kaempfe, Munich, 1962, p. 141 (Primer comentario), p. 142-143 (Ehrenburg fue corresponsal de guerra en España).

Ilya Grigorevic Ehrenburg 2, *No pasarán. La lucha de los españoles por la libertad,* Londres, 1937, pp. 33-36.

L'Espagne Antifasciste, París, 1936-1937. núm. 4, impreso en Prudhommeaux *(véase).* (Revista allegada al POUM.)

«España libre», Toulouse, 11 de septiembre de 1949. (Contribución anónima en una revista de los anarquistas.)

Juan Ferrer. Tipógrafo de Barcelona. Vive en París. Entrevista del 26 de mayo de 1971 en Choisy-le-Roy.

Ramón García López. Obrero de Barcelona. Entrevista del 5 de mayo de 1971.

Alejandro Gilabert, *Durruti, un anarquista íntegro,* Barcelona, sin fecha (folleto de la CNT).

Daniel Guérin, *Ni Dieu ni Maître,* antología del anarquismo. París, 1970. Tomo 4, pp. 138-139, 156.

Manuel Hernández. Carpintero de Barcelona. Vive en Dreux. Entrevista del 25 de mayo de 1971 en París-Aubervilliers.

Josefa Ibáñez. Viuda de un ebanista de Barcelona, que trabajó con Durruti desde 1932 hasta 1934. Vive en París. Entrevista del 25 de mayo de 1971 en París-Aubervilliers.

Frank Jellinek, *The Civil War in Spain,* Londres, 1939, pp. 442-444, 502-503. (Primera tentativa de descripción general, escrita por un simpatizante de los comunistas.)

Marguerite Jouve, *Vu en Espagne,* febrero de 1936-febrero de 1937, p. 85 (informe de un testigo ocular, una liberal).

H. E. Kaminski (seudónimo de E. Halpérine-Kaminsky), *Ceux de Barcelona,* París, 1937, pp. 59-65, 241-253 (informe de un testigo ocular simpatizante de la CNT).

Mijaíl Koltsov, *Ispanskij dn'evnik,* Moscú, 1957. Edición alemana: *Die rote Schlacht.* Versión alemana de Rahel Strassberg, Berlín, 1960, pp. 16-17, 31-33, 45-48, 51-55, 324-325, 335-337. (Destacado periodista soviético que cayó víctima de las purgas estalinistas. Fue jefe de redacción de *Pravda* algún tiempo.) Hay edición española: *Diario de la guerra de España,* París, 1963.

John Langdon-Davies, *Behind the Spanish Barricades,* Londres, 1936, pp. 222-224 (informe de un testigo ocular, reportero liberal inglés).

Louis Lecoin, *Le cours d'une vie,* París, 1965. pp. 117-129, 153-154 (autobiografía de un abogado anarquista).

Arthur Lehning. Erudito anarquista editor de los «Archives Bakounine». A principios de los años treinta actuó en España como secretario de la Internacional Anarquista (AIT). Vive en Amsterdam. Entrevista del 2 de junio de 1971 en Amsterdam.

Madeleine Lehning. Esposa de Arthur Lehning. Es profesora de lenguas en Amsterdam. Entrevista del 26 de enero de 1971 en Amsterdam.

Gaston Leval. Anarquista y escritor. Vive en París. Entrevista del 27 de mayo de 1971 en París.

Enrique Líster, *Nuestra guerra. Aportaciones para una historia de la guerra nacional revolucionaria del pueblo español 1936-1939.* París, 1966, pp. 88-89. (General de los comunistas. Actualmente vive en Moscú y es jefe del sector prosoviético del Partido Comunista español.)

Anselmo Lorenzo, *El proletariado militante. Memorias de un internacional.* Primer periodo, Barcelona, sin fecha (1911). (Para el segundo comentario, págs. 35-38.)

César M. Lorenzo, *Les anarchistes espagnoles et le pouvoir (1868-1969),* París, 1970, pp. 78, 149-151 (documentación abundante, pero no siempre digna de confianza).

Colette Marlot. Hija de Durruti. Vive en Bretaña. Entrevista del 29 de mayo de 1971 en Quimper.

Martínez Fraile. Médico de ideas liberales. Vive en Barcelona. Entrevista del 7 de mayo de 1971.

Albert Meltzer, en *The Times Literary Supplement (véase).*

Jaume Miravitlles 1, periodista. A principios de los años treinta era comunista, después miembro del partido catalanista Esquerra y secretario de Companys. Vive en Barcelona. Entrevista del 8 de mayo de 1971 en Barcelona.

Jaume Miravitlles 2, *Memorias inéditas,* extracto en *The Civil War in Spain, 1936-1939.* Compilado y comentado por Robert Payne, Greenwich, Conn, 1968, pp. 63, 124-125.

Florentino Monroy. Ebanista y militante de la CNT. Vive en el sur de Francia. Entrevista del 24 de abril de 1971 en Lastours.

Federica Montseny 1. Importante política de la CNT en el exilio, redactora del periódico *L'Espoir.* Vive en Toulouse. Entrevista del 21 de abril de 1971 en Toulouse.

Federica Montseny 2, en Broué, edición alemana, p. 70 *(véase)*.

Federica Montseny 3, en *Revista Blanca*, Barcelona, 15 de diciembre de 1932.

Federica Montseny 4, en Gilbert Guilleminault y André Mahé, *L'epopée de la révolte. Le roman vrai d'un siècle d'anarchisme, 1862-1962*, París, 1963, p. 343.

Émilienne Morin, viuda de Durruti, taquidactilógrafa de profesión. Vive en París y en Bretaña. Entrevista del 29 de mayo de 1971 en Quimper.

Nino Napolitano, *Ascaso e Durruti nei ricordi d'eslio*, en *Era Nueva*, Turín, 1 de enero de 1948. (Memorias de un anarquista italiano.)

Julio Patán. Obrero de la construcción de León, vive en Toulouse. Entrevista del 24 de abril de 1971 en Lastours.

Abel Paz 1, *Paradigma de una revolución, 19 de julio de 1936, en Barcelona*, prefacio de Federica Montseny, sin fecha ni lugar de edición (1967), pp. 45-46, 54-55, 57-58, 61-62, 118-119, 133-135, 152-154. (Informe basado en versiones de testigos oculares y documentos; el autor es anarquista.)

Abel Paz 2, *Durruti (1896-1936) et la guerre libertaire*. En Guérin *(véase)*.

José Peirats 1, *Los anarquistas en la crisis política española*, Buenos Aires, 1964, pp. 46, 86-87, 92, 119-120, 180-183, 190. (Peirats vive exiliado en el sur de Francia; fue durante décadas el historiador casi oficial de la CNT y tuvo acceso a los archivos del movimiento anarquista.)

José Peirats 2, *La CNT en la revolución española*, Toulouse, 1951, tomo 1, pp. 50-52, 64-65, 162-163, 165, 225-227.

Francisco Pellicer, en ¡Campo! *(véase)*.

Manuel Pérez, en: ¡Campo! *(véase)*.

A. y D. Prudhommeaux, *Catalogne 1936-1937. L'armament du peuple. ¿Que sont la CNT et la FAI?*, París, 1937, pp. 11, 18-22, 25-26. (Número extraordinario de la revista trotskista *Spartacus*, marzo de 1937; contiene muchos documentos inaccesibles de otro modo.)

El Pueblo, Valencia, 24 de noviembre de 1936. Diario, citado según Diego Sevilla Andrés *(Historia política de la zona roja*, Madrid, 1954, p. 320).

Henri Rabasseire, *Espagne, creuset politique*, París, 1938. Citado según la reedición *España, crisol político*. Buenos Aires, sin fecha (1966), pp. 222-225. (Rabasseire es un seudónimo de Henry M. Pachter, emigrante alemán que actualmente enseña en la New School for Social Research de Nueva York. Estudio bien documentado sobre el comienzo de la Guerra Civil.)

N. Ragacini, en *Durruti 4 (véase)*.

Jean Raynaud, *En Espagne rouge*, París, 1937, pp. 66-67, 70. Observador contrarrevolucionario del campo cristiano.

Ricardo Rionda Castro. Vidriero de Asturias. Comisario político de la columna Durruti en 1936, después de la división 26. Vive en el sur de Francia. Entrevista del 23 de abril de 1971, en Réalville.

V. de Rol, *Ascaso, Durruti, Jover. Su obra de militantes. Su vida de perseguidos*, Buenos Aires, 1927. (Seudónimo de un folleto de lucha de los anarquistas de los años veinte.)

Luis Romero, *Tres días de julio, 18, 19 y 20 de 1936*. Barcelona, 1967, pp. 25-27, 205-209, 234-236, 349-351, 564-565, 567-568, 611-614. (Relato verídico basado en noticias periodísticas y entrevistas con testigos oculares.)

Carrasco de la Rubia (seudónimo), en *Durruti 4 (véase)*.

Heinz Rüdiger, en *Durruti 6 (véase)*. (Heinz Rüdiger era un anarquista alemán que combatió en España.)

Manuel Salas, en *Durruti 4 (véase)*.

Diego Abad de Santillán 1, «Buenaventura Durruti 1896-1936». En *Timón*, Barcelona, noviembre de 1938, pp. 11-22 (artículo necrológico de un destacado anarquista).

Diego Abad de Santillán 2, *La revolución y la guerra en España*, notas preliminares para su historia, Buenos Aires, 1938, pp 34-38, 40-42, 53-54. (Santillán vive en Buenos Aires y es lector de una editorial.)

Diego Abad de Santillán 3, *Por qué perdimos la guerra. Una contribución a la historia de la tragedia española*, Buenos Aires, 1940, pp. 67-68. (Una de las pocas autocríticas desde el punto de vista anarquista.)

Ricardo Sanz 1. Obrero textil de Barcelona. Después de la muerte de Durruti asumió el mando de la columna, y más tarde de la división 26. Entrevista del 22 de abril de 1971 en Golfech.

Ricardo Sanz 2, *El sindicalismo y la política. Los «Solidarios» y «Nosotros»*, Toulouse, 1966, pp. 104, 114-115, 127-128, 270-271. (Al igual que los títulos siguientes, es un informe de tendencia fuertemente autobiográfica, algo confuso a trozos.)

Ricardo Sanz 3, *Buenaventura Durruti*, Toulouse, 1945 (folleto).

Ricardo Sanz 4, *Los que fuimos a Madrid. Columna Durruti. 26 división*, Toulouse, 1969, pp. 57, 72-73, 112-115.

Victor Serge, *Mémoires d'un Revolutionaire. 1901-1941*. París, 1951. Versión alemana: *Beruf: Revolutinär. Erinnerungen 1901-1917-*

1941. Traducción de Cajetán Freund. Frankfurt am Main 1967. (Para el tercer comentario: págs. 63-66.)

Hugh Slater, «On the Death of the Spanish Anarchist Durruti». En *Inprecorr*, Moscú, 5 de diciembre de 1936 (Servicio de prensa de la Komintern).

Solidaridad Obrera, Barcelona, 6 de marzo de 1936, 30 de julio de 1936, 2 de agosto de 1936, 21, 22 y 24 de noviembre de 1936. (Periódico de la CNT.)

Augustin Souchy 1, anarquista. Emigrado en la época de Hitler, tuvo a su cargo el servicio de información alemana de la CNT-FAI de Barcelona en 1936. Vive en Munich. Entrevista del 3 de junio de 1971, en Munich.

Augustin Souchy 2, *Nacht über Spaien*, Darmstadt, sin fecha. Citado según la reedición: *Anarcho-Syndikalisten und Revolution in Spanien. Ein Bericht*, Darmstadt, 1969, p. 181.

Karl Georg von Stackelberg, *Legion Condor*, Berlín, 1939, pp 125-126. (Propagandista nazi.)

Hugh Thomas, *The Spanish Civil War*, Harmondworth, 1961 (detalles para el quinto comentario. Compendio manuable y fácilmente asequible. Se interesa más por la historia de la guerra y del gabinete político que por el proceso revolucionario. No siempre digno de confianza. Detallada bibliografía).

Henri Torrès, *Accusés hors séries*, prefacio de J. Kessel, París, 1957, pp. 219-221. (Memorias de un abogado liberal.)

León Davídovich Trotski, *Lesson of Spain. The Last Warning!*, Londres, 1937, pp. 19-20 (en ediciones posteriores faltan interesantes pasajes).

Eugenio Valdenebro. Tipógrafo de Barcelona. Vive en las cercanías de París. Entrevista del 26 de mayo de 1971 en Choisy-le-Roi.

Antonio de la Villa, en *Durruti 4 (véase)*.

Völkischer Beobachter, Munich, 24 de noviembre de 1936. (Ejemplo de noticiario fascista.)

Simone Weil, *Écrits historiques et politiques*, París, 1960, pp. 209-214, 217-223. (Simone Weil fue voluntaria en España y combatió en la columna Durruti.)

ÍNDICE

269. Paul Auster, **A salto de mata**
270. John Fowles, **El mago**
271. Pedro Juan Gutiérrez, **Nada que hacer**
272. Alfredo Bryce Echenique, **A trancas y barrancas**
273. Stefano Benni, **¡Tierra!**
274. Hans Magnus Enzensberger, **El corto verano de la anarquía (Vida y muerte de Durruti)**
275. Antonio Tabucchi, **La cabeza perdida de Damasceno Monteiro**
276. Mijaíl Bulgákov, **Morfina**